In der Hamburger Innenstadt kommt es zu einem Amoklauf, dem zahlreiche Passanten zum Opfer fallen. Einer der beiden Attentäter wird vor Ort erschossen, den anderen kann Nick Beck schließlich stoppen. Dabei handelt es sich bei den Attentätern um ganz normale Familienväter, gut situiert und unauffällig. Was hat sie dazu getrieben?

Die Ermittlungen führen Nick Beck zu einer terroristischen Untergrundorganisation, die chemische Substanzen für ihre Zwecke einzusetzen versteht. Und die Terroristen haben ihr nächstes Anschlagsziel bereits im Blick: eine Friedenskonferenz im US-Konsulat an der Hamburger Alster. Um der drohenden Gefahr zu begegnen, muss Nick Beck alle Register ziehen …

Tom Voss ist das Pseudonym eines deutschen Bestsellerautors, der bereits zahlreiche Krimis und Thriller geschrieben hat. Bei FISCHER Scherz hat er als Pierre Lagrange die Provence-Krimi-Reihe mit dem liebenswerten Commissaire Albin Leclerc und seinem Mops Tyson veröffentlicht. In den Krimis rund um den Ermittler Nick Beck nimmt Tom Voss die Leser:innen mit in den Norden von Hamburg.

Weitere Informationen finden Sie auf www.fischerverlage.de

TOM VOSS

DÄMMERUNG FÜR BECK

KRIMINALROMAN

FISCHER TASCHENBUCH

Aus Verantwortung für die Umwelt hat sich der S. Fischer Verlag zu einer nachhaltigen Buchproduktion verpflichtet. Der bewusste Umgang mit unseren Ressourcen, der Schutz unseres Klimas und der Natur gehören zu unseren obersten Unternehmenszielen.

Gemeinsam mit unseren Partnern und Lieferanten setzen wir uns für eine klimaneutrale Buchproduktion ein, die den Erwerb von Klimazertifikaten zur Kompensation des CO_2-Ausstoßes einschließt.

Weitere Informationen finden Sie unter: www.klimaneutralerverlag.de

FSC
www.fsc.org
MIX
Papier aus verantwortungsvollen Quellen
FSC® C014496

Originalausgabe
Erschienen bei FISCHER Taschenbuch
Frankfurt am Main, Dezember 2022

Dieses Werk wurde vermittelt durch die
Literarische Agentur Thomas Schlück GmbH, 30161 Hannover.

Redaktion: Susanne Kiesow
Satz: Fotosatz Amann, Memmingen
Druck und Bindung: GGP Media GmbH, Pößneck
Printed in Germany
ISBN 978-3-596-70721-8

PROLOG

Nick spürte instinktiv, dass mit dem Mann etwas nicht stimmte. Der Blick. Wie er sich bewegte. Das Aussehen.

Vielleicht eine Mischung aus allem.

Rückblickend hätte Nick eher reagieren sollen. Aber er hatte sich längst daran gewöhnt. Es gab immer ein Hätte, ein Würde oder Könnte. Außerdem konnte man Kerle wie diesen nicht einfach aus dem Verkehr ziehen, bloß weil sie irgendwie auffällig waren.

Solche Menschen liefen in Hamburg zu Tausenden herum, taten aber in der Regel keinem was. Es gab welche, die sich mit unsichtbaren Wesen unterhielten. Junkies, die bis zur Halskrause mit Substanzen vollgepumpt waren und wie Superman auf Speed herumstolzierten, sabbernd in den Ecken lagen oder dringend den nächsten Schuss brauchten und bereit waren, absolut alles dafür zu tun, was man ihnen ansah. Es gab Menschen, die das vereinsamte Leben in Neurotiker mit hektischem Blick verwandelt hatte, Obdachlose mit Tourette-Anfällen, sturzbetrunkene Touristen, bis zum Hals tätowierte Skinheads auf Acid, auf Krawall gebürstete Jugendliche und, und, und … Beängstigend, ja, aber in der Regel ungefährlich.

Manchmal kam es zu einem Handgemenge und allgemeiner Aufregung. Nicht schön, aber alles nicht so schlimm. Sorgen musste man sich nicht um die Lauten und Auffälligen machen. Sorgen musste man sich um die machen, die stumm in den Schatten lauerten und irgendwann explodierten wie eine Supernova.

Jedenfalls blieb Nick einfach sitzen, weil der Kerl lediglich etwas durchgeknallt wirkte, und Nick keinen Grund zum Handeln sah. Er trank seinen Espresso unter freiem Himmel in dem kleinen Eckrestaurant auf der Fleetinsel, vor dem schlichte Holzbänke und Biergartentische unter weit ausladenden Sonnenschirmen standen, die mit den Schriftzügen einer Brauerei bedruckt waren. Er schob den Teller zur Seite, der eben noch mit Kartoffelsalat und Bockwurst gefüllt war, ignorierte das allgemeine Rauchverbot und behielt den Mann sicherheitshalber im Blick.

Der Typ war groß, schmal, hatte ein fliehendes Kinn und mochte Mitte vierzig sein. Er trug einen Lederrucksack über der rechten Schulter und ein weißes Hemd zur hellgrauen Anzughose. Es klebte ihm am Leib und war an einigen Stellen rötlich gesprenkelt – schwer zu sagen, ob es feucht war, weil der Mann sich versehentlich Rotwein darübergegossen und versucht hatte, die Flecken auszuwaschen, oder weil er schwitzte wie ein Tier. Sein Gesicht wirkte, als habe er sich gerade mit einer Handvoll Wasser erfrischt, aber das Handtuch nicht benutzt. Die Haare klebten ihm im Gesicht, die Hautfarbe war teigig und seine Augen weit geöffnet, ebenfalls der Mund, durch den er schwer atmete.

Vielleicht war er gerade einige hundert Meter gesprintet. Seine Bewegungen erschienen gleichzeitig dynamisch, aber auch fahrig –, als ob er mit einem Mal aus einem wilden Traum erwacht und deswegen noch vollkommen außer sich war. Er blieb einen Moment auf dem Platz stehen, blickte ziellos umher, schien sich zu orientieren. Dann entschied er sich für eine Richtung und joggte auf das Nicks Standort gegenüberliegende Businesscenter Fleethof zu, wo sich hinter der hochmodernen Fassade aus Glas und roten Ziegeln unter anderem Büros, Praxen, Tagungsräume und ein Hotel befanden sowie davor Cafés mit Außengastronomie – schicker als das eher gutbürgerliche Restaurant, das Nick gewählt hatte.

Der Mann drängte sich zwischen den Tischen hindurch, die mit Menschen besetzt waren, die gerade wie Nick eine Mittagspause einlegten und das schöne Wetter genossen. Die Entfernung betrug etwa fünfzig Meter, weswegen Nick für einen Moment nicht eindeutig erkennen konnte, ob der Mann auf einmal ins Innere oder nur hinter einer Gruppe von Menschen und Sonnenschirmen verschwunden war. Im nächsten Augenblick tauchte er jedoch wieder auf.

Dann begannen die Schreie und das Kreischen.

1

Der Mann hatte etwas aus dem Rucksack gezogen. Er ging von Tisch zu Tisch und prügelte damit auf die Gäste ein. Pflügte sich regelrecht durch die Leute und schlug sich den Weg frei. Der Gegenstand in seiner Hand sah aus wie ein Knüppel. Ein Metallrohr. Nein, eher wie ein kurzes Schwert. Wie eine Machete.

Nick sprang auf, schlug mit dem Knie gegen den Tisch und fiel beinahe hin, fing sich aber wieder. Er lief über den Platz auf das Café zu und begriff mit jedem Schritt mehr, dass vor seinen Augen gerade ein Massaker geschah.

Die Menschen stoben auseinander, schrien, brüllten. Viele stürzten. Der Angreifer schlug und stach wahllos auf die Leute ein, traf Köpfe, Arme, Beine, Hände, Oberkörper … Eine scharfe Machete konnte eine fürchterliche Waffe sein. Und das war sie, kein Zweifel.

Nick erreichte die Tische und Stühle auf der gegenüberliegenden Seite. Überall waren Blut und Menschen, die sich klaffende Wunden hielten. Wenn es eine Hölle gab, dann war hier und in diesem Moment ihr Epizentrum. Aber den Mann sah Nick in dem grauenvollen Chaos zwischen all den umherlaufenden, gestürzten und aufspringenden Menschen nicht mehr. Nick wollte sich gerade zu einer Frau beugen, die vor ihm auf dem Boden kniete und sich den Oberarm hielt. Blut sprudelte zwischen ihren Fingern hindurch. Sie starrte den Strahl ungläubig an, nicht in der Lage, die Situation damit übereinzubringen, dass sie noch eine Minute zuvor in aller Ruhe mit ihrer Freundin in der Sonne gesessen hatte, die nun neben ihr hockte, den Gürtel aus ihrer Jeans riss, um damit den Arm abzubinden. Offensichtlich kannte sie sich mit Erster Hilfe aus.

Nick blickte wieder auf, als er ein lautes Schreien hörte.

»… alle! Alle, ich bringe euch alle um! Weil ihr es verdient habt!«

Am Rande der Bestuhlung sah er den Mann mit der Machete. Jetzt war sein weißes Hemd sehr deutlich rot besprenkelt. Definitiv nicht mit Wein. Vielleicht war es auch vorher schon keiner gewesen. Die Machete, mit der er auf die Menschen deutete, troff vor Blut. Er ging rückwärts, entfernte sich vom Ort des Geschehens. Dann drehte er sich um und rannte los.

Nick hatte zwei Optionen: bleiben und helfen oder noch Schlimmeres verhindern. Helfen konnten hier manche. Den Amokläufer stoppen nur einer.

»Ziehen Sie den Gürtel, so fest es geht, zu«, sagte Nick zu der Frau, die ihre Freundin verarztete. Auch weitere Gäste kümmerten sich nun um Verletzte. Zwei Kellner standen inmitten des Schlachtfeldes und telefonierten bereits, riefen Hilfe. Das taten auch Passanten, die am Rande des Geschehens standen.

»Ich bin Arzthelferin«, keuchte eine Frau zitternd.

»Ich bin Polizist«, sagte Nick.

»Halten Sie den Mann auf, um Gottes willen!«

»Ja«, sagte Nick.

Er sprintete los, dem Kerl hinterher. Im Laufen zog er sein Handy aus der Hosentasche und suchte seine eigene Dienstnummer aus dem Speicher, die während seiner Mittagspause auf die Zentrale im Hamburger LKA geschaltet war. Es war die Mordkommission. Im Moment nicht gerade die erste Adresse für diesen Fall, aber die am schnellsten verfügbare. Zwei Sekunden später ging jemand dran. Eine weibliche Stimme. Nick verstand den Namen nicht. Aber egal.

»KHK Beck«, keuchte er ins Handy. »Amoklage vor dem Fleethaus, Angreifer mit Stichwaffe, zahlreiche Verletzte, vielleicht Tote, verfolge bewaffnete Zielperson, sofortige Hilfe und Verstärkung benötigt. Notärzte, schickt alles raus, was Beine hat!«

»Shit«, fluchte die Stimme am anderen Ende. »Wir haben zahlreiche eingehende Meldungen. Der Täter hat vorher bereits in einem Geschäftshaus an der Binnenalster um sich geschlagen und viele Menschen verletzt. SEK und Scharfschützengruppe sind bereits draußen, Hubschrauber, es gibt einen Terroralarm.«

Fuck, dachte Nick. Und er mittendrin und ohne Waffe. Was sollte das für ein Terror sein? Der Kerl wirkte eher wie ein Bürotyp, dem eine Sicherung durchgebrannt war, und nicht wie ein Islamist. Aber man konnte sich nie sicher sein.

Die Zentrale fragte: »Wohin flieht er?«

Der Mann rannte über die mehrspurige Stadthausbrücke und kümmerte sich nicht um den Verkehr. Autos hupten, bremsten scharf. Zwei fuhren laut krachend aufeinander. Im nächsten Augenblick war Nick ebenfalls auf der Straße, wich einem Transporter aus, der wiederum ihm auswich und dann mit kreischenden Bremsen gegen einen Pfosten fuhr.

»Richtung neuer Wall«, rief Nick, »und er ...«

Nick sah das große Schild mit einem »S« auf grünem Grund. Rolltreppen und Stufen, die nach unten führten. Der Mann hastete um ein Geländer herum, fuchtelte schreiend mit der Machete. Menschen wichen ihm aus. Dann verschwand er im Eingang der S-Bahn-Station Stadthausbrücke, als ob ihn der Erdboden verschluckt hätte.

Die S-Bahn zur Mittagszeit.

Absolut nicht gut, dachte Nick.

»... S-Bahn-Station Stadthausbrücke ...«, rief Nick. »Ich stecke jetzt das Telefon weg, brauche beide Hände, halte Kontakt aufrecht ...«

»Okay, ich schicke dich auf Lautsprecher in den Lage- und Besprechungsraum.«

Was auch immer, dachte Nick, steckte das Handy in die Brusttasche seiner Jacke, ohne das Gespräch zu beenden, rannte ebenfalls um das Geländer herum und dann die Stufen hinab. Wenige Sekunden später erreichte er den Bahnsteig. Weiße Fliesen auf dem Boden, jede Menge Deckenpfeiler, blaue Paneele mit einem Muster aus schwarzen Strichen an den Wänden neben den Gleisen, Neonlicht. Mit den Linien S1, S2 und S3 konnte man von hier aus jeden Ort der Stadt erreichen.

Nick orientierte sich, blickte nach links, nach rechts. Mit einem Rauschen kündigte sich ein eintreffender Zug an. Er hörte einen Schrei von rechts.

Nick sah dorthin und erkannte den Mann mit der Machete, der direkt neben dem Gleis auf- und abstolzierte. Vor einer Bank lag jemand in seinem Blut und kroch über den Boden, rückwärts von dem Mann weg. Gleichzeitig hielt ein anderer das Opfer an den Schultern gepackt, unterstützte es und zerrte es in Sicherheit. Andere Menschen flohen.

»Das habt ihr davon, oder?«, blaffte der Machetenmann mit Stolz geschwellter Brust und fuchtelte mit der Waffe rum. »Ihr könnt mich alle mal! Das hättet ihr euch vorher überlegen sollen, hört ihr? Aber jetzt mache ich Schluss mit euch Schweinen, mit allen!«

Seine Worte vermischten sich mit dem Quäken der Stimme aus den Lautsprechern und dem Sirren, Sausen und Quietschen, als der Zug wie eine rote Schlange heranrauschte.

Nick lief los.

»Polizei!«, rief er. »Weg mit der Waffe!«

Der Mann wirbelte herum und starrte Nick an, der sein Tempo verlangsamte, die Hände anhob, um zu verdeutlichen, dass er unbewaffnet war und außerdem beschwichtigen wollte. Der Zug verlangsamte ebenfalls das Tempo. Gleich würde er stoppen.

Der Mann deutete mit der Machete auf Nick. »Ihr könnt mir nichts anhaben! Keiner kann das!«

Nick ging noch einige Schritte auf ihn zu. Dann blieb er

stehen. Nick war früher bei der Bundespolizei gewesen und beim SEK. Er war in Nahkampftechniken trainiert und hatte eine semi-militärische Ausbildung, weswegen man mit ihm besser keine körperliche Auseinandersetzung suchte. Trotzdem wusste er, dass man als Unbewaffneter kein Handgemenge mit jemandem riskieren sollte, der außer Kontrolle und bewaffnet war sowie bereits bewiesen hatte, dass er seine Waffe auch benutzen würde. Vor allem, wenn dieser Jemand eine Stichwaffe in der Hand hielt, blieb man besser auf Abstand. Es gab so gut wie keine Chance, aus einer solchen Konfrontation unverletzt hervorzugehen. Mit einem Messer konnte einem auch der Ungeübteste tödliche Wunden oder schwere Verletzungen zufügen, wenn man den waghalsigen Versuch unternahm, ihn zu entwaffnen, und mit ihm rang – insbesondere dann, wenn es der Angreifer sowieso darauf anlegte zu töten. Messer waren miese kleine Dinger. Erst recht eine Machete. In Ruanda hatten die Hutu und Tutsi Hunderttausende mit den Dingern abgeschlachtet.

»Niemand will Ihnen etwas anhaben«, sagte Nick, während der Zug anhielt und sich die Türen öffneten. Es war die Linie S1. Der nächste Stopp wäre an den Landungsbrücken, dachte Nick – an einem Tag wie heute rappelvoll mit Menschen, Massen von Touristen. »Sie sollten die Waffe hinlegen – und dann reden wir.«

»Bullshit«, fauchte der Mann und sah sich um. Die Tür an dem Waggon in seinem Rücken stand weit offen. Er musste nur drei Schritte machen und wäre drin. Genau das tat er dann, ohne dabei Nick aus den Augen zu lassen.

Nick rief: »Alle raus aus dem Waggon! Polizei! Alle! Raus da! Der Mann hat eine Waffe!«

Vereinzelt stockten die aus- und einsteigenden Fahrgäste. Andere erkannten die Situation sofort, duckten und entfernten sich schnell. Aus den Augenwinkeln sah Nick, dass zwei uniformierte Polizisten die Treppe heruntergelaufen kamen.

Der Kerl mit der Machete stand nun im Waggon. Die Tür vor ihm würde sich jeden Moment schließen.

»Bleib mir vom Hals, Bulle! Ich hacke dich in Stücke!«, schrie er.

Nick ignorierte die Drohung. Er blickte zur Seite. Die zweite Waggontür war zum Greifen nah. Er lief dorthin, sprang hinein, bevor sie sich einen Wimpernschlag später schloss und der Zug wieder losfuhr. Es gab einen Ruck. Nick schwankte für einen Moment. Dann verschwand die Bahn in einem der Tunnel, mit denen Hamburgs Untergrund durchzogen war wie ein Termitenbau.

Das Abteil war bis auf Nick und den Mann leer. Zum Glück. Nick sah den blauen Bildschirm, der den kommenden Stopp anzeigte. Er hatte recht: nächster Halt Landungsbrücken, in etwa zwei Minuten.

Nick behielt den Mann im Blick, der unschlüssig vor sich hinstarrte, dann wieder zu Nick, auf die Machete, auf sein eigenes Spiegelbild in der Glasscheibe … Nick zog das Handy, gab die Information durch und dass er mit dem Angreifer allein im Waggon war.

»Behalt ihn so lange wie möglich im Zug«, hörte Nick aus der Zentrale – wer auch immer da gerade sprach. »Wir schaffen alles, was wir haben, zur nächsten Station – aber halt ihn unbedingt im Zug, lass ihn nicht aussteigen.«

Nick steckte das Handy wieder ein. Der Irre schien eine Entscheidung gefällt zu haben und kam nun auf Nick zu, schrie wirres Zeug und schwang die Machete. Er war ungeübt, aber das hatte absolut nichts zu bedeuten.

Nick orientierte sich blitzschnell. Neben der Waggontür befand sich die Notbremse mit einer Gegensprechanlage. An einer Sitzreihe etwas weiter hinten sah er das Symbol für einen Feuerlöscher, der unter einem der Sitze stecken musste.

»Weg mit der Waffe«, sagte Nick.

Der Mann lachte, ging weiter voran. Nick hingegen bewegte sich rückwärts und kickte gegen das Klappfach mit dem roten Symbol. Es sprang auf. Ein mittelgroßer Feuerlöscher befand sich in der Arretierung. Nick nahm ihn heraus, hielt den Schlauch und den Auslöser am Tank so gefasst, dass er das Gerät mit einer Hand bedienen konnte, und zielte auf den Kopf des Mannes.

»Was soll der Scheiß!«, fauchte er. »Soll mich das beindrucken?«

In gewisser Weise tat es das, denn der Kerl blieb nun stehen. Nick machte zwei Schritte vorwärts und stand wieder neben der Notbremse.

»Weg mit der Machete«, wiederholte Nick. »Sie haben keine Chance. Also geben Sie besser auf.«

»Alter, ich hack dich in Stücke!«

Der Mann hob die Machete über den Kopf, um auf Nick loszugehen. Nick betätigte den Feuerlöscher. Das Gerät fauchte und spie dem Kerl weißes Löschpulver ins Gesicht.

Er verschwand in einer weißen Wolke, duckte sich weg, wich zurück.

Mit der freien Hand zog Nick an der Notbremse. Sie funktionierte nicht wie in einem Film und stoppte den Zug unmittelbar. Bei einem Brand im Abteil wäre es gefährlich und unsinnig, wenn die Bahn in einem Tunnel gebremst wurde. Stattdessen gab es eine Überbrückung, die es dem Lokführer ermöglichte, einzugreifen und sich zu erkundigen, was überhaupt vor sich ging. Eine Sekunde später vernahm Nick die Stimme aus der Gegensprechanlage, die fragte, was los war.

Nick nebelte den Angreifer weiter ein und rief: »Polizei, LKA, Nick Beck – bewaffneter Angreifer, halten sie den Zug sofort an!«

»Wir sind noch im Tunnel – in dreißig Sekunden sind wir beim nächsten Halt.«

Fuck, dachte Nick.

Er rief: »Öffnen Sie dann alle Türen und lassen Sie die restlichen Fahrgäste raus! Aber nicht die von diesem Waggon.«

»Ja, ich weiß nicht, aber …«

»Nicht von diesem Waggon! Nicht automatisch öffnen!«

»Aber …«

»Machen Sie, was ich sage, Mann!«

»Moment, ich bekomme gerade eine Meldung von der Leitstelle. Sie … Okay.«

Offenbar hatten die Kollegen schnell geschaltet und den Lokführer über die S-Bahn-Zentrale erreicht. Sie wussten ja, in welchem Zug Nick und der Irre sich aufhielten.

Der Feuerlöscher hatte sein Pulver verschossen. Im Abteil sah es aus, als habe jemand eine Rauchgranate gezündet. Aber der Nebel legte sich rasch und gab den Blick auf den Irren frei, der wie mit Mehl gepudert aussah. Fehlte nur noch der rote Mund, und er würde einen guten Joker aus Batman abgeben, der Nick jetzt breit angrinste und sagte: »Du hältst mich nicht auf. Niemand hält mich auf.«

»Du kommst hier nicht raus«, sagte Nick und griff den Feuerlöscher jetzt mit beiden Händen. »Am nächsten Halt wird es von Polizei nur so wimmeln. Es ist vorbei.«

Der Kerl brüllte wie ein angeschossener Stier, wischte sich die Augen frei. Dann ging er mit der Machete auf Nick los. Er schlug zu. Nick konnte gerade noch den Feuerlöscher hochreißen. Die harte Schneide traf krachend auf das Metall. Dann ein weiteres Mal. Nick zweifelte nicht daran, dass die Klinge einen Knochen wie ein Stück Butter durchtrennen würde. Er wich zurück und betete, dass der verfluchte Zug endlich die nächste Haltestelle erreichen würde und Hilfe kam. Es konnte sich nur noch um Sekunden handeln.

Der Mann verharrte keuchend in der Bewegung. Nick stieß mit der Hüfte gegen einen Sitz. Nur noch drei Reihen hinter ihm, dann folgte der nächste Waggon.

»Weg mit der Waffe«, sagte Nick erneut. »Was ist das hier überhaupt? Willst du Geld? Hat deine Frau einen anderen? Haben sie dich rausgeworfen?«

»Scheiß auf dich«, fauchte der Mann, spuckte Staub aus und fuhr sich erneut durchs Gesicht. »Scheiß auf euch alle.

Hier ist ein Mann, der aufsteht. Ihr könnt mir nichts mehr anhaben!«

»Du hast vorher in einem Geschäftshaus aufgeräumt. Die wissen jetzt, wer der Boss ist, oder?«

Der Kerl lachte. »Nicht nur die wissen das jetzt!«

»Wer noch?«

»Alle. Die Scheißer bei Hampton & Mitch, im Supermarkt … die ganzen Wichser.«

Kacke, dachte Nick. Der Typ war ein Amokläufer, kein Terrorist. Ihm ging es um maximale Auslöschung, und in der Regel knipsten sich diese Leute am Ende selbst aus. Erweiterter Selbstmord, darum ging es. So viele andere wie möglich mitnehmen auf die große Reise.

»Dann hast du es allen gezeigt. Jetzt kannst du aufhören und mir erklären, weswegen die Leute es verdient haben«, antwortete Nick.

»Ich bin noch nicht fertig.«

»Es wird von hier aus nicht mehr weitergehen, Mann. Wenn der Zug stoppt, ist Endstation für dich. Es kann ein gutes Ende oder ein schlimmes für dich nehmen. Wenn es ein schlimmes nimmt, wird nie jemand erfahren, weswegen du es allen heimzahlen wolltest. Dann war alles umsonst. Hast du selbst in der Hand.«

»Niemand hat gar nichts in der Hand. Ihr könnt mich nicht besiegen. Niemand kann mir etwas anhaben.«

»Wie du meinst. Du bist der Boss.«

Der Zug ruckte und wurde langsamer. Er verließ den Tunnel. Die blauen Paneele der Haltestelle tauchten hinter den Fenstern auf. Die weißen Fliesen. Säulen. Das Schild mit der Aufschrift »Landungsbrücken«. Menschen liefen umher, entfernten sich panisch vom Bahnsteig. Andere rannten in umgekehrte Richtung. Sie trugen Uniformen und gezogene Waffen.

Auch der Mann blickte aus dem Fenster und musste eigentlich begreifen, dass hier Endstation war. Wenngleich Nick nicht darauf wetten wollte, dass diese Information im Gehirn des Typen ankommen würde, denn er war absolut nicht zurechnungsfähig. Schwer zu sagen, ob er auf Drogen war. Er wirkte durchaus so, als habe er sich irgendwas reingezogen. Aber vielleicht handelte es sich auch um die Wirkung der körpereigenen Substanzen, die der Amoklauf zweifellos freigesetzt hatte.

Einige schwer bewaffnete Polizisten rückten mit gezogenen halbautomatischen Waffen dichter an den Zug heran. Sie trugen Zivil und Schutzwesten und Helme über der Kleidung. Es handelte sich um ein mobiles Einsatzkommando. SEKs wurden in statischen Lagen eingesetzt, MEKs operierten in beweglichen Situationen, und bis eben war das hier noch eine solche gewesen. Statisch wurde sie erst jetzt.

Nick sah aus den Augenwinkeln, wie Menschen eilig die S-Bahn verließen, von anderen Polizisten in Empfang genommen und in Sicherheit gebracht wurden. Der Kerl mit der Machete starrte weiterhin aus dem Fenster. Dann ging er zu einer der geschlossenen Waggontüren und trat mit voller Wucht dagegen. Mit dem für das Notöffnen vorgesehenen Knopf hätte er sicher mehr Erfolg gehabt, aber für rationale Überlegungen war der Mann zu aufgebracht.

Außerdem stand nun eine Gruppe von Bewaffneten auf der anderen Seite und richtete Maschinenpistolen auf den Mann. Eine andere Gruppe stand nahe der Tür, an der sich Nick aufhielt. Die zwei Teams wahrten einen Abstand von rund fünf Metern zum Waggon. Nick machte eine beruhigende Geste zu den Kollegen, die darauf aber nicht reagierten.

Der Machetenmann drehte sich wieder zu Nick und rief: »Die sollen alle verschwinden, sonst lege ich dich um!«

»Die werden nicht verschwinden.«

Der Kerl brüllte vor Wut. Es klang wieder wie ein angeschossener Stier. Er bewegte sich auf Nick zu, der den Feuerlöscher nun wieder wie einen Schild zur Abwehr vor sich hielt. Von draußen hörte man Rufen. Die Polizisten legten auf den Mann an.

Nick sagte: »Ich erkläre dir, wie das hier weitergeht. Hast du einen Namen? Ich bin Nick. Nick Beck.«

»Geht dich einen Scheiß an.«

»Dann werde ich dich Arschloch nennen. Ist das okay?«

»Urs. Urs Tredeborg.«

Der Name sagte Nick nichts. »Alles klar, Urs. Die Sache läuft so: Gleich kommt ein Verhandlungsspezialist, und der wird mit dir reden wollen. Vielleicht schalten sie mir auch einen aufs Handy, dann kannst du mit ihm sprechen. Er wird dir deine Situation erklären und fragen, was er für dich tun kann. Irgendwann wirst du dich beruhigen und zu dem Schluss kommen, dass du besser aufgeben solltest, weil du an deine Frau und deine Kinder denkst …«

»Ich gebe nicht auf. Eher …«

»Vergiss das. Wenn du dich vorher umbringen willst,

musst du das mit der Machete tun. Du kannst dich hineinstürzen, dir den Hals aufschneiden – und dann sind innerhalb von dreißig Sekunden die Sanitäter hier und retten dich. Sterben wirst du nicht. Aber zum Krüppel werden schon. Also besser gar nicht erst dran denken.«

»Wie kommst du darauf, dass ich Familie habe?«

»Ehering am rechten Ringfinger. Und du bist im entsprechenden Alter. Habe ich recht?«

Tredeborg schwieg. Nick redete weiter: »Du bist also überzeugt, dass der Verhandlungsspezialist recht hat, und legst die Waffe nieder. Wir gehen raus – und alles wird sich klären. Die andere Möglichkeit ist weniger entspannt. Ich gehe raus – und meine Kollegen kommen rein und holen dich. Das wird weh tun. Option drei: Die schießen auf dich. Auch das wird dich nicht töten, nur stoppen – und ebenfalls verkrüppeln.«

»Werden sie nicht. Ich habe eine Geisel. Dich.«

»Eine Geisel ist jemand, der gefangen gehalten wird, um Forderungen durchzusetzen. Hast du Forderungen?«

»Alle sollen sich sofort verpissen, weil ich dich sonst in Stücke hacke!«

»Die werden nicht gehen.«

»Dann wirst du gleich gevierteilt, Mann!«

»Damit kommen wir zum nächsten Problem. Ich bin auch deswegen keine Geisel, weil ich den Notöffner drücken und jederzeit herausspazieren kann.«

»Ohne Beine geht das wohl kaum.«

»Ja, mag sein, dass du mich verletzt. Trotzdem komme ich hier raus. Und das ist der Kern deines Problems. Du hast es bei mir nicht mit jemandem zu tun, der an einem Restauranttisch sitzt und sich wehrlos von dir den Schädel spalten lässt. Wenn du noch einmal mit der Machete auf mich einschlägst, gibt es zwei Szenarien. Erstens: Ich wehre den Schlag mit dem Feuerlöscher ab, und weil ich in Nahkampftechniken ausgebildet bin, verpasse ich dir einen Tritt. Einen, der dir die Luft nimmt und ein paar Rippen bricht. Der Schock wird dich für einen Moment bewegungsunfähig machen, und in diesem Augenblick werde ich dir eine mit dem Feuerlöscher verpassen, was dir im schlechtesten Fall ein paar Knochen im Gesicht bricht. Dann ist dein Arm an der Reihe, den ich ebenfalls brechen werde, um dich zu entwaffnen.« Nick wusste sehr gut, dass es auch anders ausgehen könnte. Dass der Hieb mit der Machete Nick zum Beispiel mitten ins Gesicht treffen würde oder am Oberschenkel, wo er die Hauptarterie durchtrennte. Aber das durfte er Tredeborg nicht spüren lassen.

»Zweites Szenario«, erklärte Nick. »Du hebst die Machete zum Schlag – und wirst eine Sekunde später von einem Haufen Kugeln perforiert. Wie gesagt: Sie werden dich wahrscheinlich nicht umlegen. Es wird viel schlimmer. Sie werden durch die Fenster auf deine Beine schießen und haben gerade einen ganz guten Winkel dafür. Bei fünf bis zehn Treffern werden deine Beine zerfetzt, und du sitzt den Rest deines Lebens im Rollstuhl. Mit etwas Pech erwischt eine Kugel deine Blase und den Darm. Das ist schlecht bis gar nicht zu reparieren.«

Aber auch das, wusste Nick, konnte anders ausgehen, bevor die Kugeln Tredeborg stoppten.

Tredeborg sagte nichts. Er hörte zu. Kam etwas zur Ruhe. Ausgezeichnet, dachte Nick, der sich zwang, nicht an die Bilder der Menschen zu denken, die Tredeborg vor wenigen Minuten schwer verletzt, verstümmelt oder sogar getötet hatte.

Nick ergänzte: »Ich würde an deiner Stelle den ganzen Scheiß mit der Verhandlungsgruppe abkürzen, die Machete hinlegen und mit mir nach draußen gehen, um dann in aller Ruhe zu erklären, was überhaupt los war und wer oder was dich so sauer gemacht hat.«

Aus den Augenwinkeln nahm Nick wahr, dass sich die zwei MEK-Gruppen etwas zur Seite bewegten. Er ahnte, warum. Sie gaben die Schussbahn frei, denn irgendwo hatten sich Scharfschützen postiert.

»Niemand kann mir etwas anhaben«, sagte Tredeborg, aber es klang nicht mehr so selbstbewusst wie zuvor.

»Denk mal nach«, erwiderte Nick, »du mit einer Machete gegen mindestens zwanzig Polizisten mit automatischen Waffen?«

Tredeborg schwieg.

»Ich habe einen Vorschlag«, sagte Nick. »Ich werde den Feuerlöscher aus der Hand legen. Dann ziehe ich mein Handy aus der Hintertasche meiner Jeans. Ich habe eine Verbindung zur Einsatzleitung. Die hören schon die ganze Zeit zu. Ich werde denen sagen, dass du die Machete ablegst und wir dann rauskommen und sich alle entspannen können.«

»Scheiß drauf«, sagte Tredeborg.

»Ist die beste Lösung, glaub mir. Du hast keine Chance. Echt nicht.«

Schließlich nickte Tredeborg langsam.

Nick legte den Feuerlöscher auf den Boden und behielt sein Gegenüber im Blick. Er zog das Handy aus der Hosentasche, führte es ans Ohr.

»Seid ihr noch da?«, fragte er.

»Alles klar bei dir, Nick?«

»Sieht gut aus hier. Urs Tredeborg und ich werden gleich rauskommen. Gebt das weiter.«

»Okay, sehr gut.«

»Urs legt die Machete hin. Ich werde die Tür öffnen. Dann verlassen wir den Waggon.«

Tredeborg regte sich nicht.

»Alles klar Nick, sehr gut«, sagte die Stimme.

Nick steckte das Handy wieder ein.

»Ich will nicht ins Gefängnis«, sagte Tredeborg.

»Schon klar. Aber du musst deine Situation jetzt realistisch einschätzen. Auch wenn du dich vielleicht wie Superman fühlst: Du bist es nicht.«

Tredeborg schluchzte. Er zitterte. Tränen schossen aus seinen Augen und zeichneten nasse Bahnen in sein weiß gepudertes Gesicht.

»Ich gehe nicht ins Gefängnis!«, schrie er.

»Vielleicht musst du gar nicht ins Gefängnis. Erst mal müssen wir reden«, log Nick.

Ein Ruck ging durch Tredeborg.

»Okay, komm«, sagte Nick. »Wir machen jetzt den Sack zu. Lass die Waffe fallen, okay? Und dann erklärst du mir, was eigentlich los ist und was dich so sauer auf die ganzen Mistkerle gemacht hat.«

»Okay. Ich werde sie wegwerfen …«

»Nein!«

»… so dass jeder es sieht …«

»Nicht! Einfach fallen …«

Tredeborg machte eine schnelle Bewegung mit der Machete, um sie von sich zu schleudern.

Zeitgleich zerplatzten eine Glasscheibe und sein Kopf. Die eine Hälfte seines Gesichts klappte zur Seite, als eine Kugel seinen Schädel seitlich traf und eine Mischung aus Gehirn, Fleisch, Blut und Knochensplittern durch die Luft flog. In der nächsten Sekunde sackte sein Körper leblos zusammen. Die Machete fiel scheppernd zu Boden.

Nick inhalierte tief und flüsterte: »Scheiße!« Die Scharfschützen hatten die rasche Bewegung als Angriff interpretiert. Dabei hatte Tredeborg die Machete wegwerfen wollen, und Nick hatte ihn davor gewarnt.

Trotzdem: Nick hatte der Einsatzleitung vorher unmissverständlich klar gemacht, dass Tredeborg aufgeben wollte und sie rauskommen würden. Hatte keinen gekümmert. Wozu dann all die Mühe?

»Shit!«

2

Nick kickte gegen den Feuerlöscher und schlug mit der Hand auf den Knopf zur Notöffnung. Die Türen gingen mit einem Zischen auf. Sofort drangen die Kollegen vom MEK ins Innere ein, um den Waggon zu sichern und Tredeborgs Tod zu verifizieren. Alles war hektisch bis chaotisch. Auch draußen, wo gefühlte fünfhundert Funkgeräte auf einmal krächzten und Einsatzkräfte sowie Sanitäter und Notärzte hin und her liefen.

Zwei MEK-Kollegen, die Nick unter der Panzerung nicht erkannte, kamen zu ihm und fragten, ob er okay sei. Er nickte nur kurz, nahm sich eine Zigarette aus der Schachtel, die in der Brusttasche seines Hemdes steckte, und klemmte sie in den Mundwinkel, tastete sich nach einem Feuerzeug ab und fand es schließlich in der vorderen Jeanstasche. Er steckte die Zigarette mit zitternden Fingern an.

Jemand kam zu ihm, uniformiert – offensichtlich jemand, der hier vor Ort die Einsatzleitung hatte. Er hatte eine Glatze, trug eine randlose Brille und außerdem eine Schutzweste. Der Name »B. Jonathan« stand darauf. Über seine Schulter hinweg sah Nick, wie zwei Scharfschützen ihre Gewehre verstauten. Sie hatten sich auf den nach oben führenden Treppen postiert, um von dort aus einen besseren Schusswinkel zu haben. Sie schienen plötzlich aufzumerken, erhielten vermutlich irgendeinen Funkspruch – beschleunigten ihre Arbeit erheblich und liefen die Stufen hinauf.

»Alles klar bei Ihnen, Beck?«, fragte Jonathan.

Nick zog an der Zigarette und schwieg.

»Gut, dass Sie zur Stelle waren. Glück im Unglück. Der Kerl hat in einem Geschäftshaus bei einer Unternehmensberatung und in einem Supermarkt mit der Machete um sich geschlagen, bevor er auf die Leute im Café losging. Wir laufen dem seit fast einer Stunde von Ort zu Ort hinterher.«

»Davon habe ich nichts mitbekommen. Bis er plötzlich auf dem Platz auftauchte. Ich habe Mittagspause gemacht.«

»In einem Büro hat er begonnen, zog dann durch die Stadt. Es gibt sehr viele Verletzte und einige Tote. Angeblich sechs bislang. Geht alles noch ziemlich drunter und drüber.«

»Urs Tredeborg ist der Name.«

»Hat die Zentrale mitbekommen, wie ich hörte. Zeugen nannten den Namen ebenfalls.«

»Er wollte aufgeben.«

Jonathan nickte. »Die Scharfschützen haben dennoch nur auf den richtigen Moment gewartet.«

»Die hätten nicht schießen müssen. Es war alles unter Kontrolle. Die sind normalerweise nicht so nervös.« Aber wie Nick wusste, war im Hamburger Polizeigesetz der finale Rettungsschuss von der Weisungspflicht ausgenommen. Das heißt, es bedurfte keines besonderen Befehls dazu. Wenn jemand aus der Situation heraus entschied, dass nur ein tödlicher Schuss eine unmittelbar bevorstehende Lebensgefahr abwehren konnte, dann war es okay abzudrücken.

Nick sagte: »Die haben die Bewegung fehlinterpretiert, als er die Waffe wegwerfen wollte. Das war ein beschissener Fehler. Ich habe angenommen, dass völlig klar war, dass die Lage unter Kontrolle ist, meine Fresse!«

Jonathan blickte Nick an und erklärte: »Die hätten geschossen, wenn der sich nur die Nase geputzt oder mit der Wimper gezuckt hätte.«

»Wir wollten rauskommen. Der wollte aufgeben. Eher hätte der sich selbst umgebracht als …«

»Beck. Die hatten einen Schießbefehl. Eine Anweisung. Nix mit Ermessen.«

Nick zog an seiner Zigarette und blickte Jonathan an. »Wie jetzt?«, fragte er. »Von wem?«

»Nicht von uns. Ein paar Etagen drüber. Wegen der Terrorlage. Ich habe keine Ahnung. Wir hören: Beck kommt raus, der Typ gibt auf. Alle sagen: Zum Glück. Dann zuckt der Typ – und die schießen. Ich frage: Was soll das? Und höre: Wir hatten Anweisung zu schießen. Ich sage: Aber die Lage hatte sich entspannt. Die wollten rauskommen. Die sagen: Kam von oben, Schussbefehl wurde nicht aufgehoben, sondern beibehalten.«

»Wer ist ein paar Etagen drüber oder ganz oben?«

»Beck. Ich mache hier nur den Scheiß vor Ort, okay? Ich habe im Moment keine Ahnung. Ich bin froh, dass das vorbei ist. Regen Sie sich nicht auf, Mann. Machen Sie drei Kreuze, dass Sie heil da rausgekommen sind.«

»Das war keine Terrorlage. Der Typ hatte irgendwas genommen. Der war durchgedreht, aber kam wieder runter. Der wollte gerade die Machete wegwerfen. Das war ein Mann in einer Ausnahmesituation.«

»Wussten wir anfangs nicht. Es hieß Terroralarm. Einzeltäter mit Machete. Sollte eigentlich auf Amoksituation angepasst werden, als wir kapiert hatten, was da los war. Wurde es aber nicht. Es hieß, wir bleiben dabei: Terrorlage.«

»Hat wer gesagt?«

»Keine Ahnung. Ging plötzlich drunter und drüber. War mir aber auch egal. Der Typ hat eine Menge Leute auf dem Gewissen. Hätten Sie eine Waffe gehabt, hätten Sie den vorher schon ausgeschaltet, oder nicht? Also.«

Und ob, dachte Nick. Er hätte nicht lange gezögert. Keine Sekunde lang. Allerdings hätte er ihm nicht den Kopf von den Schultern geschossen, sondern nur die beiden Kniescheiben pulverisiert, um ihn zu stoppen, und möglicherweise auch die Ellenbogen, damit er nicht mehr mit der Machete herumfuchteln kann. Aber die Sache hatte sich anders entwickelt, und das, nachdem Nick den Typen unter Lebensgefahr und unbewaffnet zum Aufgeben bewegt hatte. Ausgerechnet im Augenblick der geringsten Gefahr. Nick hatte die Sache im Griff gehabt. Scheiße, er war sauer, aufgekratzt und spürte, dass er noch randvoll mit Adrenalin war. Außerdem begriff er das mit dem Schießbefehl nicht. Der Mann hatte sich sprichwörtlich ergeben, Nick hatte alles klargemacht – und die knallten ihn trotzdem ab.

Nick sagte: »Wir haben alles richtig gemacht, okay? Wir haben den Täter lokalisiert, in seine Richtung agiert, haben ihn isoliert und handlungsunfähig gemacht, wir …«

»Wir brauchen den Scheiß nicht zu diskutieren, Beck. Das kam nicht von uns.«

»Und ich frage noch mal: Wer hat die Scharfschützen angewiesen?«

»Weiß ich nicht. Frag die Scharfschützengruppe.«

»Die sind gerade mit fliegenden Fahnen abgerauscht, die konnten gar nicht schnell genug wegkommen …«

Jonathan verharrte und hob die Hand, um Nick zu bedeuten, dass er einen Moment den Mund halten sollte. Er presste den Zeigefinger gegen den Knopf im Ohr und hörte einer Durchsage zu.

Nick spürte einen Klaps auf der Schulter. Er drehte sich um und blickte in zwei Gesichter, die er häufiger zu sehen bekam, seitdem er sich vor etwa einem halben Jahr entschieden hatte, auf das Angebot einzugehen, zum LKA zurückzukehren. Es hatte eine Reihe von Gesprächen, bürokratischen Overkill und jede Menge Papierkram gegeben, um vom Job als Bezirksbeamter in die Mordkommission zu wechseln. Aber das kannte Nick bereits – denn das war andersherum beim Wechsel vom LKA in den Bezirksdienst genauso gewesen.

Nick hatte die Entscheidung damals getroffen, nachdem seine Partnerin Betty Duschkow bei der Verfolgung des »Elbripper« genannten Serienmörders getötet worden war. Nick hatte sich dafür verantwortlich gemacht, sich nach Nordbek und in die Käffer rund um Duvenstedt im Hamburger Norden in den Streifendienst zurückgezogen und mit dem professionellen Trinken begonnen. Das Trinken hatte er inzwischen wieder aufgegeben. Ebenso die Idee, vor sich selbst weglaufen zu können. Und seit letztem Winter, in dem der Elbripper schließlich gestellt worden war, fehlte ihm ein neues Ziel, eine Aufgabe.

Deswegen hatte er schließlich ja zum LKA-Angebot gesagt, weil er sich wieder sicher im Sattel fühlte und außerdem die Nase voll davon hatte, von allen Seiten bedrängt zu werden, endlich wieder zum LKA zurückzukehren und – Originalton von KHK Cleo Torner – sich »nicht weiter hängen zu lassen und wie ein selbstmitleidiger Waschlappen nach Aufmerksamkeit und Mitgefühl zu heischen«. Cleo und Nick hatten den Elbripper-Fall gemeinsam gelöst. Mittlerweile befand sich Cleo in Elternzeit, aber wohl nicht für sehr lange.

Schultz und Janson trugen Schutzwesten über der zivilen Kleidung und ihre Dienstwaffen am Gürtel. Schultz nahm seine Baseballcap ab und wischte sich mit der Hand über den kahlen Schädel. Janson dagegen hingen die Haare bis auf die Schultern. Nick hatte sie bis vor einem Jahr ebenso lang getragen. Jetzt nicht mehr. Das galt auch für den Bart, der im Gegensatz zu dem Hipsterbart von Janson sehr kurz rasiert war. Nick spürte Jansons massierenden Daumen im Nacken und entzog sich mit einer Bewegung.

»Kaum isser bei der kämpfenden Truppe«, sagte Janson, »macht er wieder den Helden. Respekt, mein Freund.«

»Hat nur nicht viel genutzt«, sagte Nick. »Die haben ihn umgepustet, obwohl ich ihn so weit hatte.«

»Tja«, Janson zuckte mit den Schultern, »weisste – so spielt das Leben. Manchmal frisst du den Bären, und manchmal, da frisst der Bär eben dich, wie es in *The Big Lebowski* heißt.«

Nick schwieg. Schultz ebenfalls. Er sagte selten viel. Jetzt schob er sich einen Kaugummistreifen in den Mund und musterte den Einsatzleiter, der mit zwei Kollegen tuschelte. Plötzlich geriet alles wieder in Bewegung.

Janson sagte: »Wir waren gerade unterwegs zu einer Zeugenbefragung, als wir von dem Irrsinn hier hörten, und dachten, wir könnten uns nützlich machen. Aber du hast uns ja schon alles abgenommen, Beck.«

»Wer weiß«, sagte Schultz, kaute und setzte sich die Cap wieder auf. »Irgendwas stimmt hier nicht.«

Das spürte auch Nick. Er drehte sich zu Jonathan und den Kollegen, mit denen der sich gerade unterhielt. Das MEK setzte sich plötzlich in Bewegung. Jonathan nahm Nicks Blick auf, erklärte den anderen Uniformierten noch etwas und kam wieder rüber, den Finger immer noch auf den Knopf im Ohr gepresst.

Dann sah er Nick mit einem Blick an, als hätte ihm gerade jemand geflüstert, dass soeben die Aliens auf dem Jungfernstieg gelandet waren. Im nächsten Moment verstand Nick, warum die Scharfschützen es plötzlich so eilig gehabt hatten und alle anderen hektisch wurden wie ein aufgescheuchter Wespenschwarm.

»Keine Ahnung, was hier los ist«, sagte Jonathan leise. »Aber wir haben einen weiteren Amokläufer.«

3

Das Autohaus in Altona war von der Polizei eingekreist und weiträumig abgesperrt. Blaulicht überall. Rettungsfahrzeuge. Feuerwehr.

Das SEK war vor Ort, die Scharfschützen gingen gerade in Position. Mitten in dem Glasbau voller Ferraris, Lamborghinis, Ford Mustangs und ähnlicher Luxuskarossen stand Joris de Vries und führte sich wie der jüngere Zwillingsbruder von Urs Tredeborg auf.

Es gab zwei Unterschiede. Der Inhaber von De Vries Cars, mit zwei Niederlassungen in Hamburg einer der Hofausstatter der gehobenen Kiez-Klientel, hatte keine Machete bei sich, sondern ein langes Küchenmesser, und er agierte im Vergleich zu Tredeborg nur wie ein Halbirrer. De Vries war zunächst vor den Augen der Familie in seiner Villa ausgeflippt und hatte gesagt, er werde jetzt mit allen Arschgeigen aufräumen und sei »untouchable«. Dann war er mit seinem Morgan in eine Bankfiliale gefahren, hatte dort einige Menschen mit dem Messer verletzt und war anschließend ins Autohaus geflohen. In seinem Geschäft war er dann auf die Angestellten losgegangen, von denen drei entkommen konnten.

Mit zwei leicht verletzten Frauen – einer Sekretärin und einer Verkäuferin – hatte er sich nun verbarrikadiert und war allem Anschein nach im Begriff, die ganze Hütte mitsamt den Autos in Brand zu setzen. Zumindest lief er gerade mit einem Benzinkanister im Showroom herum und kippte die Flüssigkeit auf die Fliesen. Die beiden Geiseln saßen in einem knallroten Chevrolet Camaro SS, der durch die vollständig verglaste Front des Verkaufsgebäudes gut zu erkennen war. Mit anderen Worten: De Vries hatte jeglichen Bezug zur Realität verloren – wie Tredeborg zuvor. Und er schien ebenfalls auf einem persönlichen Rachefeldzug zu sein.

Nick glaubte nicht daran, dass das ein Zufall war: zwei solche Ereignisse an einem Tag, fast zeitgleich. Nein, das war kein Zufall. Vermutlich glaubte das auch keiner der Kollegen, und falls die Scharfschützen auch hier ausdrückliche Anweisung zum Schießen hatten, wäre das Spektakel so oder so innerhalb weniger Minuten beendet. Trotzdem sah hier nichts nach einem politisch motivierten Anschlag aus, obwohl nach wie vor die Terrorlage ausgerufen war. Der Begriff »Terror« gab den Behörden deutlich mehr Spielraum als bei einer Amoklage. Wahrscheinlich ging es darum. Und darum, dass man am Anfang nicht genau gewusst hatte, womit man es zu tun hatte, und deswegen lieber vorsichtig war.

Janson und Schultz hatten Nick mitgenommen. Er hatte sich eine Schutzweste organisiert und angezogen. Jetzt stand er mit den beiden neben einem gepanzerten Polizeiwagen und rauchte. Nick blickte zu den Scharfschützen, die mit ihren Gewehren in ein gegenüberliegendes Wohnhaus gingen, um vermutlich in einer der oberen Etagen auf den Balkonen Position zu beziehen. Links und rechts vom Autohaus stellten sich zwei SEK-Teams in voller Kampfmontur auf.

Wenige Meter vor Nick sprach Jonathan mit einem Kollegen in Zivil. Zwei Laptops standen auf der Kühlerhaube eines Einsatzfahrzeuges. Sie zeigten die Livebilder der Überwachungskameras aus dem Showroom des Geschäftes, die auf die mobilen Computer geschaltet worden waren – Spezialisten mussten sich in das System gehackt haben. Der Polizist in Zivil war Roderick Palmer, den Nick als Verhandlungsführer kannte. Er war spezialisiert darauf, mit Geiselnehmern oder potenziellen Selbstmördern zu verhandeln. Außer einer Schutzweste trug er ein Headset und eine verspiegelte Pilotensonnenbrille, die in der Sonne blitzte, als er nach oben sah, wo am Himmel gerade ein Hubschrauber auftauchte.

Nick zog an der Zigarette und stieß den Rauch langsam wieder aus. Schultz setzte sich seine Sonnenbrille auf und zog die Cap etwas tiefer ins Gesicht. Der Himmel war mit einem Mal wolkenlos, die Sonne brannte auf sie herab.

Schultz kaute auf seinem Kaugummi. »Schicke Autos«, sagte er. »Wäre schade drum, wenn er die alle abfackelt.«

»Total«, bestätigte Janson. »Schau dir mal an, was da steht, Nick – wäre das nichts für dich? Tausch deinen Mercedes gegen so einen Ford Mustang ein. Sechziger-Jahre-Modell oder so.«

Nick hätte nichts gegen einen Mustang einzuwenden.

Aber er bevorzugte sein schwarzes 280 SE Coupé von Mercedes Benz, Baujahr 1971, mit leicht angedeuteten Heckflossen. Der Wagen war ein Erbstück, weswegen Nick eine besondere Beziehung zu dem Wagen hegte. Manche hielten ihn für verrückt oder exzentrisch, einen solchen kostbaren Oldtimer als Alltagswagen zu nutzen. Aber der Mercedes war höchstens die Hälfte von einem der Autos aus de Vries' Fuhrpark wert, allenfalls so viel wie ein Jahreswagen von Mercedes oder BMW.

Nick beobachtete einen nachtblauen Audi, der durch die Polizeiabsperrungen gelotst wurde. Ein Typ in hellgrauem Anzug stieg aus, orientierte sich und folgte dann einer Geste der Einsatzleitung, ging zur SEK-Führung und blickte zu dem Haus, in dem die Scharfschützen verschwunden waren.

Schultz sagte: »Hier braucht uns keiner. Rumstehen können wir auch woanders. Verschwinden wir.«

»Weisste doch gar nicht«, erwiderte Janson.

»Das ist nicht unsere Baustelle.«

»Ich verschwinde erst, wenn ich sicher bin, dass der die Autos nicht abfackelt.«

»Oder die Frauen.«

»Die natürlich auch.«

»Denen tut er nichts«, sagte Nick.

»Sicher?«, fragte Janson.

»Ziemlich«, sagte Nick und ging rüber zu Jonathan, der ebenfalls ein Headset trug, und zum Verhandlungsführer Roderick Palmer, der sein Gesicht vom Himmel abwendete und Nick ausdruckslos ansah.

»Beck war vorhin in der S-Bahn«, erklärte Jonathan. »Hat Tredeborg zum Aufgeben bewegt. Nutzte am Ende aber nichts. Finaler Rettungsschuss.«

»Okay«, sagte Palmer. »Ich habe eine Verbindung zu de Vries über ein Mobiltelefon und eines der geschäftlichen Telefone. Eben hat er abgebrochen, weil er den Laden in Brand stecken will. Er sagt, er hat genug davon. Er war in der Bank, um mit den Leuten abzurechnen, die ihm keinen Kredit geben wollten.«

»Pleite?«

Palmer zuckte die Achseln. »Er drehte zu Hause durch, war die ganze Nacht lang unterwegs und kam nur, um sich ein Messer zu holen.«

Jonathan sagte: »Bei Tredeborg war es ähnlich, soweit wir bislang wissen.«

»Vielleicht«, meinte Nick, »waren sie zusammen unterwegs. Das hier ist kein Zufall.«

»Denke ich auch nicht«, erwiderte Palmer. »De Vries hat keinerlei Forderungen.«

»Hatte Tredeborg ebenfalls nicht.«

»Es tut ihm leid, dass er seine Angestellten verletzt hat, und er will mit ihnen ins Krankenhaus fahren.«

»Er ist gemäßigter als Tredeborg«, meinte Nick.

»Er hält sich dennoch für unbesiegbar.«

»War bei Tredeborg ähnlich. Ist er zugänglich?«

»Geht so«, sagte Palmer. »Dass die Polizei da ist, nimmt er gar nicht wahr.«

»Ebenso Tredeborg. Ich glaube, er war auf Drogen.«

»Wie bekamen Sie ihn zum Aufgeben?«

»Ich habe einfach geredet. Ihm seine Chancen erläutert. Er war einsichtig. Als er die Waffe weglegen wollte, haben die seine Bewegung fehlinterpretiert und ihn erschossen.«

Nick blickte zum Haus mit den Scharfschützen. Wie erwartet hatten sie Stellung auf zwei Balkonen bezogen und legten ihre Gewehre an, justierten die Zielfernrohre. Weiter unten sah Nick den Mann im hellgrauen Anzug, der ebenfalls zu den Schützen sah, dann auf die Uhr blickte und etwas in sein Handy tippte, bevor er sich zum Autohaus wendete. Er mochte Ende dreißig sein, war schmal, trug eine trendige Hornbrille, hatte eine Krawatte umgebunden und wirkte in dem Aufzug eher wie ein Banker oder ein Abteilungsleiter bei einer Versicherung.

»Wer ist das?«, fragte Nick.

»Nordberg«, erklärte Jonathan. »Terrorexperte im Auftrag des BKA. Er stammt aus einer Abteilung, die ich nicht kenne. Bei einer Amoklage wäre das BKA nicht im Boot. Aber bei Terror hat das BKA den Hut auf.«

»Ist er die ›obere Etage‹?«

Jonathan nickte.

»Es ist keine Terrorlage.«

»Sie wiederholen sich, Beck.«

»Ich weiß.«

»Ich will die beiden Frauen unversehrt aus dem Glaskasten bekommen und de Vries in Handschellen sehen. Der Rest ist mir egal.«

Palmer sagte zu Jonathan: »Wir sollten klären, ob sich Tredeborg und de Vries kennen. Ob sie zusammen unterwegs waren. Zusammen etwas eingeworfen haben. Die Ehefrauen anrufen und fragen.«

Jonathan nickte.

»Kann ich ein Headset bekommen?«, fragte Nick.

Palmer fragte zurück: »Was wollen Sie mit de Vries besprechen?«

»Ich will ihn fragen, ob er Tredeborg kennt, und von ihm erzählen.«

Nick blickte auf die Bildschirme der Laptops. Palmer ebenfalls. De Vries war fertig damit, das Benzin auszugießen. Jetzt suchte er offenbar ein Feuerzeug oder Streichhölzer.

Nick sagte: »Die Schützen sind gleich so weit. Innerhalb der nächsten paar Minuten werden die ihn erschießen, wenn wir nicht versuchen, die Situation zu klären.«

»Sofortiger SEK-Zugriff«, schlug Jonathan vor.

De Vries fand nicht, wonach er suchte. Mit dem Messer in der Hand ging er zum Wagen mit den beiden Geiseln und öffnete die Tür.

»Zu spät«, sagte Nick.

De Vries duckte sich und setzte sich in den Wagen.

»So lange er im Wagen bleibt«, sagte Nick, »können die ihn nicht erschießen. Eine Frau neben ihm, die andere auf der Rückbank, wo sie wenig Platz hat. Ihr Körper ist hinter dem Fahrersitz.«

»Unter Umständen«, sagte Jonathan, »schießen die trotzdem. Verletzung der Geisel durch in Kauf zu nehmenden Kollateralschaden.«

»Werden sie nicht«, sagte Nick. »Die Kugel muss durch

die dicke Außenverglasung und dann durch die schräge Autoscheibe. Viel zu viel Toleranz und Ungenauigkeit. Die Schaufensterscheibe allein würden die Schützen in Kauf nehmen, wenn de Vries zugleich von den Geiseln isoliert wäre. In der S-Bahn haben sie auch durch Glas geschossen. Verlässt er den Wagen, werden sie sofort schießen. Und wenn er tot ist, werden wir nicht erfahren, was letzte Nacht los war. Ebenfalls nicht, warum eine BKA-Behörde die Terrorlage aufrechterhält, um im Boot zu bleiben und einen zweiten finalen Rettungsschuss zu legitimieren.«

»Übertreib nicht, Beck«, meinte Jonathan. »Das sind keine Killer. Die haben dir womöglich das Leben gerettet.«

Nick ging nicht darauf ein. »Wundert mich, dass sie noch nicht gesagt haben: Legt die LKA-Verhandlungsgruppe auf Eis. Wir fliegen unsere eigene ein.«

»Wenn sie den Schießbefehl aufrechterhalten«, sagte Palmer, »legen sie sowieso keinen Wert auf Verhandlungen.«

Das sah Nick ebenso. »Dann werden sie Sie vielleicht gleich zurückpfeifen, Palmer, damit Sie nicht im Wege stehen.«

»Scheiße«, sagte Palmer und gab Nick ein Headset. »Probieren wir es.«

Palmer drückte eine Taste auf dem Laptop, um de Vries anzurufen. Die Videoaufnahmen zeigten, dass er reagierte, sein Handy nahm, es anschaute, es erst wieder weglegen wollte, es dann aber doch ans Ohr führte und das Gespräch annahm, während er im Auto nach irgendetwas zu suchen schien.

»Was ist schon wieder«, bellte seine Stimme, »ich habe keine Zeit! Ich muss ins Krankenhaus! Die brauchen Hilfe, die bluten hier alles voll!«

»Bluten sie schlimm?«, fragte Palmer.

»Nein, nur kleine Schnitte. Das war ein Versehen, okay? Das sind meine Angestellten. Ich tue doch meinen Angestellten nichts. Aber das muss genäht werden.«

»Okay«, sagte Palmer. »Wir können einen Notarzt hineinschicken, was halten Sie davon?«

»Hier brennt gleich alles, Mensch! Das geht nicht!«

»Dann warten Sie doch damit, das Geschäft in Brand zu setzen, und wir versorgen erst mal die Verletzten. Sie können die beiden auch rausschicken. Wir kümmern uns dann sofort um sie.«

De Vries lachte und schien gefunden zu haben, was er suchte.

Palmer blickte Nick an. Er sagte: »Ich habe hier einen Kollegen, der gerne mit Ihnen sprechen würde. Er hat vorhin Urs Tredeborg getroffen.«

De Vries hielt inne. »Urs?«, fragte er.

Nick sagte: »Hallo, Herr de Vries. Ich bin Nick Beck. Urs Tredeborg hat vorhin mit einer Machete sehr viele Menschen verletzt und getötet. In einem Büro, einem Supermarkt, in einem Café, in der S-Bahn. Ich war mit ihm zusammen in einem Waggon.«

»Urs hat das gemacht?«

»Ja. Sie kennen sich?«

»Natürlich kennen wir uns. Was ist mit Urs?«

»Er ist tot. Er ist von Scharfschützen erschossen worden. Und diese Scharfschützen zielen jetzt auch auf Sie.«

»Der ist … *was*? Tot? Erschossen?«

»Ja.«

»Das ist eine beschissene Lüge! Ihr könnt uns nichts anhaben!«

»Das hat Urs auch gesagt. Aber es hat sich gezeigt, dass das nicht stimmt. Und die Sache ist so: Sie mögen sich für unverwundbar halten, aber ihre beiden Angestellten sind es nicht. Sie bluten. Wenn die Scharfschützen schießen, dann treffen sie vielleicht aus Versehen die Frau neben Ihnen.«

»Scheiße! Pfeift die zurück!«

Palmer sagte: »Das liegt nicht in unserer Hand. Das kann ich nicht entscheiden. Die Einsatzleitung wird die Schützen erst dann anweisen, sich zurückzuziehen, wenn die Frauen nicht mehr in Gefahr sind.«

»Die sind nicht in Gefahr! Kapiert ihr das nicht: Ich will ins scheiß Krankenhaus mit denen! Ich will denen helfen!«

»Beck und ich verstehen das«, sagte Palmer. »Aber ich habe wirklich nicht die Befugnis, die Schützen abzuziehen. Wenn Sie die Frauen gehen lassen würden, wäre das etwas anderes. Oder wenn Sie zumindest Ihr Messer aus dem Fahrzeug werfen würden. Das wäre eine Geste. Dann könnte die Einsatzleitung sicher sein, dass Sie niemanden damit verletzen wollen.«

»Mein! Gott!«, brüllte de Vries. »Dann steige ich eben aus und werfe das Messer weg und stecke kurz die Hütte an, und alle sind zufrieden, oder was?!«

Nick und Palmer wechselten wieder einen Blick. Wenn de Vries aussteigen würde, wäre das sein Todesurteil.

»Lassen Sie doch einfach das Seitenfenster runter«, sagte Palmer, »und werfen das Messer raus.«

De Vries bewegte sich etwas. Er ließ tatsächlich das Fenster runter. Und er schleuderte das Küchenmesser hinaus.

»Zufrieden?«, rief er.

»Danke, Herr de Vries. Die Einsatzleitung hat das gesehen. Die werden gleich schauen, was sie machen können, okay?«

»Aber zackig!«

»Sind Sie okay, de Vries?«

»Bin ich, scheiße nochmal!«

Er beugte sich nach vorne, stellte den Motor des Camaro an und fummelte mit irgendetwas herum, das auf den Bildschirmen nicht zu erkennen war.

»Die haben Urs ermordet!«, rief er.

Nick sagte: »Urs hat ebenfalls Menschen ermordet. Ich stand neben ihm, als er erschossen wurde.«

»Mann, er wollte nur klar Schiff machen!«

»Ich weiß. Das hat er auch. Genau wie Sie. Aber Sie scheinen mir vernünftiger zu sein als Urs.«

»Ich habe Urs gesagt, er soll es ruhig angehen lassen. Aber so ist er eben – der macht keine halben Sachen. Scheiße, dass das so eskaliert bei ihm, wollte keiner!«

»Natürlich nicht. Und wir bekommen das hier hin, de Vries. Es war sehr gut, dass Sie das Messer weggeworfen haben. Jetzt sollten Sie die Frauen gehen lassen.«

»Nein, wir fahren jetzt ins Klinikum.«

»Sie kommen aus dem Showroom doch gar nicht raus mit dem Camaro.«

De Vries lachte und war immer noch mit irgendetwas beschäftigt. »Und ob, Mensch.«

Nick nahm das Headset ab, schloss die Faust um das Mikro. Er sagte zu Jonathan: »Der will immer noch ins Klinikum. Er wird rausfahren. Reden Sie mit dem SEK. Das ist die Chance für einen Zugriff. Das Auto blockieren, sobald er auf den Hof fährt.«

Jonathan fragte: »Wie will er da denn herauskommen?«

»Die Autos hat man ja auch in den Showroom bekommen. Irgendwo gibt es eine Ausfahrt. Keine Ahnung. Geben Sie dem SEK Bescheid. Die wissen, was zu tun ist.« Denn das war, wie Nick wusste, eine Situation, die hundertfach geübt wurde. Als er nach seiner Zeit bei der Bundespolizei beim SEK gewesen war, hatte er ähnliche Trainings absolviert. Geiselbefreiung aus einem Fahrzeug oder das Stellen eines flüchtigen Täters gehörten zu den Routinesituationen.

Jonathan wendete sich ab und sprach in das Headset. Nick setzte seines wieder auf.

Palmer redete weiterhin mit de Vries. »Es ist doch gar nicht nötig«, sagte er, »das Gebäude anzustecken.«

»Ich will damit nichts mehr zu tun haben. Der Laden ist sowieso im Arsch! Sollen die Versicherungen bezahlen, dann kommt was in die Kasse – die beschissene Steuer!«

»Die Versicherung wird bei Brandstiftung nicht bezahlen.«

»Das sehen wir dann«, sagte de Vries.

Er hielt etwas in der Hand. Es sah aus wie ein brennendes Tempotaschentuch. Er musste es mit dem Zigarettenanzünder entflammt haben. Er warf es aus dem Seitenfenster. Eine Sekunde später verwandelte sich der Showroom in ein Flammenmeer. Dann röhrte der Motor des Camaro auf. Es war selbst bis hierher deutlich zu hören.

»Ich muss jetzt los!«, rief de Vries.

Die Reifen quietschten, das Heck brach aus. Dann bekamen die Reifen Grip, und der Wagen schoss voran.

Ein Camaro beschleunigte mit seinen 400 PS in rund vier Sekunden von null auf hundert Stundenkilometer. Er wog 1,7 Tonnen. Einer solchen Wucht stellte sich nichts entgegen. Schon gar kein Schaufenster.

Der Camaro brach durch die Außenverglasung, die in einer Milliarde Splittern krachend zerbarst. Der Wagen schoss aus den Flammen wie ein Dämon, überwand einen Steinabsatz spielend und raste auf die Polizeifahrzeuge zu. Spätestens jetzt, hoffte Nick, müsste de Vries erkennen, dass der Weg blockiert war. Er könnte unmöglich vorhaben, die Autos zu rammen und sich den Weg hindurchzubahnen.

Oder doch?

Verdammt, dachte Nick, genau das plante de Vries. Nick rief in das Headset: »Stopp! Halten Sie an, Mann! Bremsen! Hier kommen Sie nicht durch! Sie müssen anhalten, Scheiße, de Vries!«

Nick ruderte mit den Armen und lief in die Bahn des Camaro. Stellte sich ihm in den Weg.

De Vries ging voll in die Eisen. Erneut brach das Heck aus. Die Bremsen qualmten. Zwei Meter vor Nick blieb der Wagen stehen. De Vries rammte den Rückwärtsgang rein. Aber bevor der Wagen überhaupt richtig in Fahrt kam, fuhr der gepanzerte SEK-Einsatzwagen an und blockierte ihn. Der Camaro traf mit dem Heck auf. Es klang, als ob man eine Coladose zertrat.

Nick sprang aus dem Weg, als zwei Streifenwagen heranfuhren und sich vor die Kühlerhaube stellten. Jetzt war der Wagen eingekeilt. De Vries hämmerte auf die Hupe. Ein kleiner Zündsatz explodierte. Er hatte den einzigen Zweck, de Vries für eine Sekunde abzulenken und zu erschrecken. Schon im nächsten Augenblick griff das Einsatzkommando zu.

Zwei Teams tauchten schlagartig jeweils an den Seiten des Fahrzeugs auf. Türen wurden aufgerissen. Die Frau auf der Beifahrerseite wurde herausgezogen und hing noch im Sicherheitsgurt fest. Ein SEK-Beamter beugte sich schützend und mit gezogener, auf de Vries gerichteter Pistole über sie. De Vries wurde ebenfalls aus dem Wagen gezerrt und von zwei Polizisten gleichzeitig gepackt, sein Kopf nach unten gedrückt. Schon lag der brüllende und um sich schlagende Mann auf dem Boden, das Knie eines Beamten im Nacken, während zwei andere ihm die Arme auf den Rücken zwangen und die Hände mit Kabelbinder verschnürten. Die Frau vom Beifahrersitz wurde bereits von einem Notarztteam und Polizisten in Empfang genommen, die vom Rücksitz ebenfalls.

Innerhalb von dreißig Sekunden war der Spuk vorüber.

Jetzt rauschte die Feuerwehr mit drei Löschfahrzeugen heran, um sich um den Brand zu kümmern. Die Flammen schlugen mittlerweile meterhoch aus dem Showroom und der zerborstenen Verglasung. De Vries würde sich noch sehr darüber wundern, dachte Nick, was seine Versicherung dazu sagte.

Er zog sich das Headset vom Kopf und warf es zu den Laptops. Palmer zog seines ebenfalls ab und klopfte Nick auf die Schulter.

»Wir haben Glück gehabt«, sagte er und blickte auf die Uhr. Sein Job hier war erledigt.

»Haben wir«, erwiderte Nick und blickte zum Haus, in dem die Scharfschützen Position bezogen hatten. Sie packten gerade wieder ihre Sachen zusammen. Weiter unten erkannte Nick diesen Nordberg. Er stand bei den SEK-Leuten, die sich gerade zur Nachbesprechung versammelten und gleich ihr Zeug einsammeln und verschwinden würden. Wasserflaschen wurden an die Polizisten verteilt. Inzwischen war es unerträglich heiß in der Sonne. Nordberg war zwar fast hundert Meter entfernt. Aber Nick konnte dennoch erkennen, dass er zu ihm herübersah. Er zog eine Sonnenbrille aus der Brusttasche seines Sakkos, setzte sie auf und wendete sich dann ab, um zu seinem Audi zu gehen und zu verschwinden.

Nick nahm eine Zigarette aus der Packung, steckte sie an und ging zurück zu Schultz und Janson, die ihre Schutzwesten ausgezogen hatten. Im Gehen entledigte er sich seiner eigenen. Das Hemd darunter war klatschnass geschwitzt.

»Mann, Beck«, sagte Janson, »was haste dem denn ins Ohr geflüstert, dass er einen auf ›Fast and Furious‹ macht und mit dem schönen Auto durch die Scheibe fährt, als ob er Vin Diesel persönlich wäre?«

Nick zuckte mit den Schultern. »War seine eigene Entscheidung.«

»Der hätte dich fast umgemüllert!«

Nick zog an der Zigarette. Er dachte an eine nächtliche Straße. Einen Körper. Sein Wagen, der darüber hinwegfuhr. Das Rumpeln. Das Krachen.

»Hat er aber nicht«, erwiderte Nick.

4

Cleo saß gebannt vor ihrem Tablet und starrte auf das Display. Sie inhalierte die Nachrichten regelrecht, sah die Livevideos an und die Fotos, checkte dann die lokalen Gruppen auf Facebook und Instagram, wo es noch mehr Videos und Fotos zu sehen gab. Auf dem Fernseher war der lokale Nachrichtenkanal eingeschaltet, in dem kontinuierlich über die Ereignisse berichtet wurde.

Cleos Herz raste. Sie konnte nicht fassen, was heute in ihrer Stadt geschehen war. Niemand konnte das. Zwei fast zeitgleiche Amokläufe, und es hieß nach wie vor, dass es sich dabei um Terroranschläge handelte, die dem Anschein nach aufeinander abgestimmt worden waren. Es war bisher unklar, ob es sich um islamistische Angriffe handelte oder Attacken von Einzeltätern, die entweder ihr ganz privates Kino im Kopf hatten oder meinten, im politischen Auftrag einer Gruppierung zu handeln, ohne einen konkreten Auftrag erhalten zu haben. Beides hatte die Welt schon mehr als einmal erlebt.

Und mitten im Geschehen war Nick Beck.

Cleo hatte erst ihren Augen nicht trauen wollen, als sie Nick auf einem Foto in der S-Bahn erkannte.

Auf dem Bild, das jemand mit seinem Handy geschossen hatte, trat Nick gerade aus dem Waggon, in dem der erste Angreifer erschossen worden war. In den Nachrichten hieß es dazu, dass der Täter trotz des Eingreifens eines Hamburger Polizisten nicht gestoppt werden konnte. Schließlich hatte sie Nick auch auf einem Video erkannt, das vom Rande des Geschehens am Autohaus aufgenommen worden war. Drei Polizisten waren zu sehen, die Cleo sofort auffielen. Schultz, Janson und Nick – und auf einem weiteren Foto identifizierte sie Nick erneut, dieses Mal mit einem Headset.

Was, zum Teufel, hatte er da zu suchen?

Cleo hatte ihn zuletzt im Winter gesehen, als er sie ins Krankenhaus gebracht hatte. Sie hatten den Elbripper gejagt, während Cleo hochschwanger gewesen war – und dann waren die Fruchtblase geplatzt und das Baby gekommen. Zu früh, noch vor dem Beginn ihrer gesetzten Auszeit beim LKA. Zur Geburt hatte ihr Nick einen Blumenstrauß geschickt. Seither herrschte Funkstille. Cleo hatte lediglich gehört, dass er das Angebot, zum LKA zurückzukehren, inzwischen angenommen und seinen Job im Bezirksdienst aufgegeben hatte. Eine vernünftige Entscheidung. Einerseits. Denn andererseits gab es da immer noch einige offene Fragen bezüglich Fanny Moneckes Tod, die Cleo bislang noch nicht hatte klären können – aber, ehrlich gesagt: Seit das Kind da war, hatte sie erst mal andere Sorgen gehabt.

Anna war gerade eben eingeschlafen. Pünktlich auf die Minute. Sie hatte einen Rhythmus, nach dem man beinahe die Uhr stellen konnte, und nachts schlief sie inzwischen sechs Stunden am Stück durch. Wenn Cleo das mit den Aussagen anderer Mütter verglich, konnte sie Gott auf Knien dafür danken, ein so traumhaftes Baby zu haben. Vielleicht würde das nicht immer so bleiben, aber bislang war alles gut, und viele von Cleos anfänglichen Befürchtungen hatten sich in Luft aufgelöst – spätestens, nachdem sie Anna im vergangenen Winter zum ersten Mal im Arm gehalten hatte.

Sogar Chris hatte sich wieder einigermaßen gefangen. Während der Schwangerschaft war er ihr unglaublich auf die Nerven gegangen, hatte sich wie eine Glucke benommen, Cleo bevormundet und einen Mordsaufstand um ihre Hochzeit gemacht. Mittlerweile war Cleo klar, dass dabei Aufregung, Übersensibilität und Unsicherheit eine große Rolle gespielt hatten. Sie schnappte sich das Handy und rief Chris an, der vorhin zum Einkaufen gefahren war. Es dauerte einen Moment, bis er das Gespräch annahm.

»Ja?«, seine Stimme klang völlig normal.

»Chris, ist alles okay bei dir?«

»Ja, ich bin noch im Supermarkt, warum?«

»Hast du von diesen schrecklichen Angriffen gehört?«

»Ja, im Autoradio. Aber hier ist alles okay.«

»Vielleicht ist es noch nicht vorüber.«

»Ich bin gerade an der Kasse. In fünf Minuten bin ich wieder im Wagen und komme nach Hause.«

»Hast du die Babynahrung?«

»Massenweise.«

»Auch das richtige Milchpulver?«

»Natürlich!«

Cleo lächelte. »Bis gleich dann.«

»Ciao«, sagte Chris und beendete das Gespräch.

Chris arbeitete als Meeresbiologe in einem Hamburger Institut. Nachdem Anna zu früh zur Welt gekommen war, hatten Cleo und Chris sich sehr spontan darüber Gedanken machen müssen, wie sie sich die Elternzeit aufteilen würden. Natürlich hätten sie sich das viel früher überlegen sollen. Chris war zunächst davon ausgegangen, dass Cleo sowieso den größten Teil übernehmen würde. Das Wunschdenken hatte einen Grund. Chris war wenig begeistert davon gewesen, dass Cleo letztes Jahr hochschwanger in die Mordkommission gewechselt war und sich dabei in Gefahr gebracht hatte, weswegen es ihm besser gefiel, wenn sie diesem Job fernblieb. Und man konnte sagen, was man wollte: Cleo hatte sich in Gefahr begeben, in größte Gefahr. Und nur deswegen war Anna auch zu früh gekommen.

Cleo hatte sich enorme Vorwürfe gemacht. Nicht auszudenken, wenn dem Baby etwas geschehen wäre. Cleo hatte erwartet, dass Chris ihr ebenfalls Vorwürfe machen würde. Aber erstaunlicherweise war das Gegenteil der Fall gewesen. Das Baby hatte Chris vollkommen verändert. Ein paar Wochen nach der Geburt hatte er zugegeben, dass er sich wie ein Idiot verhalten habe und auch nicht so genau sagen konnte, was ihn da geritten habe. Er habe das Gefühl gehabt, unter einer dauerhaften Anspannung zu stehen – die Hochzeit, das Kind, die Zukunftsängste und alles.

Man hätte das für Ausflüchte halten können, aber Cleo glaubte ihm, denn er war inzwischen fast wieder der Alte – wenngleich ihm der Gedanke immer noch nicht gefiel, dass seine Frau mit Mördern zu tun hatte und wieder zu tun haben würde, sobald sie in den Job zurückkehrte. Aber daran werde er sich schon gewöhnen, hatte er gesagt und gemeint, es sei ja auch irgendwie toll und sexy zu wissen, dass *seine* Frau für Gerechtigkeit sorgt, was Cleo nun wieder total süß von Chris gefunden hatte.

Tatsächlich dauerte es nicht mehr lange, bis Cleo an zunächst drei Tagen in der Woche wieder arbeiten würde. Und Chris konnte seine Arbeit sowieso gut aus dem Homeoffice erledigen und war damit einverstanden, ein Jahr lang in Elternzeit zu gehen.

Eigentlich wich sie privaten Auseinandersetzungen gerne aus, weil sie Wert auf Harmonie legte und außerdem nicht gern ihre Zeit mit Diskussionen verschwendete. Ihre Freundin Susann war da ganz anders. Susann war Künstlerin, hatte die Hochzeitskarten für Cleo und Chris entworfen und meinte immer, das Leben bestehe grundsätzlich aus Konfrontationen und man solle keiner aus dem Weg gehen, damit man daran wachsen kann. Was dazu führte, dass Susann sich andauernd über alles und jeden aufregte und stets alles bis ins kleinste Detail ausdiskutieren musste.

Das war nichts für Cleo.

Jedenfalls hatte Chris sich schließlich gefangen, sich selbst hinterfragt, und ihm und Cleo war dann klargeworden, dass das eben Chris' Art und Weise war, mit Unsicherheiten umzugehen – und Unsicherheiten gab es für einen jungen Vater und eine junge Mutter natürlich jede Menge.

Mittlerweile verteilte Chris sogar selbst Ratschläge, fühlte sich als Mitglied in einer anderen Liga, in der man endlich mitreden konnte, und war als Biologe zu der Auffassung gekommen, dass die Natur Menschen robust ausstattete und auch Kleinkinder zum Überleben konstruiert waren.

Von der Rationalität eines Wissenschaftlers war allerdings nichts zu sehen gewesen, als er seine Tochter zum ersten Mal im Arm hielt. Unter dem Wunder der Geburt, hatte er später erklärt, habe er sich gefühlt wie ein Astronaut. Fast alle Menschen, die bislang das Orbit erreicht und wieder zurückgekehrt waren, hatten denselben überwältigenden Effekt erlebt, der die Sicht auf das Leben ein für alle Mal veränderte: der Blick auf die Erde, das Begreifen der Grenzenlosigkeit, der Zerbrechlichkeit, das Verstehen, dass alles eins war … Cleo hatte das zwar übertrieben gefunden, die Meinung aber für sich behalten, um Chris nicht zu verletzen. Natürlich war Anna ein kleines Wunder. Aber man musste es auch nicht übertreiben, zumal dieses »kleine Wunder« Cleo und Chris in Zukunft sicherlich noch das eine oder andere Mal den letzten Nerv rauben würde. Aber sie wollte sich nicht beklagen.

Cleo betrachtete das Standbild mit der Szene vom Einsatzort am Autohaus. Sie fragte sich erneut, was ausgerechnet Nick Beck dort getrieben hatte. Und was überhaupt da draußen los war. Vielleicht, dachte Cleo, sollte sie morgen mal die Kollegen im LKA besuchen und ihnen bei der Gelegenheit die kleine Anna vorstellen. Das hatte sie nämlich noch nicht getan, und irgendwie, überlegte Cleo, war es nach etwas über einem halben Jahr ja mal wirklich an der Zeit dafür.

Abgesehen davon könnte sie sich dann mal wieder etwas schick machen. Zu Hause trug sie nur noch bequeme Joggingsachen, die man schnell waschen konnte, weil sie dauernd bekleckert wurden, und wenn sie nach draußen ging, dann eher in praktischer Kleidung. Und sich mit einem Lidstrich schminken, der Christin Torner in der Schulzeit den von Kleopatra abgeleiteten Spitznamen »Cleo« eingebracht hatte, Gott – wann hatte sie das das letzte Mal getan?

5

Faust kam gerade vom Joggen am Strand von St. Peter-Ording, als ihn die Nachrichten ereilten. Spörl hatte ihm ein paar Mails geschickt. Faust hatte sie unmittelbar gelesen und, zurück in der Ferienwohnung, den Link zu den Medienberichten über die heutigen Geschehnisse in Hamburg geöffnet.

Zwei Angriffe von mutmaßlichen Terroristen – der eine mit deutlich mehr Opfern als der andere. Es sei noch unklar, um welche Art von politisch motivierten Taten es gehe und aus welchem Lager sie stammten. Die Behörden würden jedenfalls bis auf weiteres von Anschlägen ausgehen, da die Attacken beinahe zeitgleich und an verschiedenen Stellen stattgefunden hatten. Das lasse auf ein koordiniertes Vorgehen schließen. Eine Organisation habe sich zu den Anschlägen bisher nicht bekannt, weswegen die Polizei zunächst von Einzeltätern ausgehe.

Es handelte sich um zwei Hamburger Bürger aus der gehobenen Mittelschicht: den Inhaber eines Autohauses für Sportwagen und einen Außenhandelskaufmann, beide mit Familie. Niemand aus der Nachbarschaft hätte ihnen jemals solche Taten zugetraut. Die Motive seien weiterhin unklar. Der eine war tot, der andere inhaftiert. Begleitet wurden die Berichte von Fotos und Videos der Polizeieinsätze, die Menschen mit ihren Handys aufgenommen und den Medien zur Verfügung gestellt oder selbst gepostet hatten, von professionellen Aufnahmen der abgeriegelten Tatorte und privaten Wohnhäuser, an denen Nachbarn der Angreifer von Reportern befragt wurden.

Eines der Handyvideos zeigte einen Mann, der »Ich bin unbesiegbar« brüllte und zwischen am Boden liegenden Menschen mit einer Machete herumfuchtelte. Die anderen Aufnahmen zeigten ein brennendes Autohaus sowie ein Auto, mit dem der Fahrer ein Schaufenster durchbrach und offenbar flüchten wollte. Ein Polizist in Zivil sprang ihm in den Weg. Dann wurde das Fahrzeug blockiert.

Faust hatte kein gutes Gefühl.

Wirklich nicht.

Er blickte weiterhin auf das Laptop und zog die verschwitzten Sachen aus, fuhr sich beiläufig über die tätowierten Oberarme und die Narbe von der Schusswunde, die unterhalb des linken Schlüsselbeins in den inzwischen leicht ergrauten Brusthaaren verborgen lag. Er schaltete den Computer ein, ging duschen und dachte darüber nach, was zwei Typen auf einmal so zum Ausflippen bringen würde, dass sie sich für Rambo hielten und wie eine Ein-Mann-Armee auf die Allgemeinheit losgingen. Zwei völlig normale Kerle aus der Mittelschicht, die sich unbesiegbar fühlten und selbst von der Polizei kaum in den Griff zu bekommen waren.

Je länger Faust darüber nachdachte, desto besorgter

wurde er. Schließlich verließ er die Dusche und trocknete sich ab. Und offenbar war er nicht der Einzige, der sich Gedanken machte. Ansonsten hätte er nicht die Textnachrichten von Spörl erhalten. Nicht die erste, nicht die zweite mit dem Link und nicht die dritte mit der Uhrzeit und der Bitte um ein kurzes persönliches Gespräch in Verbindung mit einem Treffen am gewohnten Ort.

Nicht gut, dachte Faust, stellte am Computer den Nachrichtenstream ein, während er sich anzog, und drehte sein linkes Ohr in Richtung der PC-Lautsprecher. Auf dem rechten hörte er nicht mehr so gut. Nach all den Jahren rächte sich das Arbeiten ohne Gehörschutz. Manche Geiger waren auf dem linken Ohr halb taub, weil es stets dicht am Korpus ihres Instrumentes war, das sehr laut sein konnte. Bei einem Gewehr war die andere Seite betroffen. Abgesehen davon erreichten Schüsse noch einmal ganz andere Dezibelstärken als Geigen, und Faust hatte sicher Zehntausende Schüsse von unterschiedlichstem Kaliber durch die Läufe gejagt.

Er hatte gehofft, dass es damit ein für alle Mal vorbei war.

Aber jetzt war er sich da nicht mehr so sicher.

6

Es war dunkel, als Nick spät nach Hause kam. Er parkte den Mercedes vor dem verrosteten Tor der Werkstatt, die an eine freie Tankstelle angeschlossen war. Die einzige weit und breit – und erst recht in Nordbek, einem kleinen Straßendorf mit zwei Handvoll Häusern vor den Toren Hamburgs unmittelbar an der Grenze zu Schleswig-Holstein.

Nick stieg aus, schloss ab und sah sich um. Alles war still. Kein Mucks zu hören. Nicht einmal der Wind. Die Tankstelle hatte bereits geschlossen. Die letzten Kunden kamen meistens gegen kurz vor zehn Uhr abends, um sich im Shop noch eine Flasche Korn zu kaufen, die sie über die Nacht bringen würde. Die ersten standen schon morgens um sieben wieder auf der Matte, wenn die Tankstelle öffnete, und besorgten sich einen Flachmann, weil ihre Spritanzeige bereits im roten Bereich stand.

Nick konnte es den Trinkern nachempfinden. Er hatte selbst eine Weile an der Flasche gehangen, um sich zu betäuben und – ehrlich gesagt – auch deswegen, weil er nichts Besseres zu tun hatte, als sich abzuschießen. Er hatte den Alkohol bereits im Gepäck gehabt, als er aus der Stadt geflohen und nach Nordbek gelangt war, wo er sich das kleine Apartment im Wohnhaus hinter der Tankstelle gemietet hatte.

Seine Partnerin Betty Duschkow war gestorben, wofür Nick sich verantwortlich gemacht hatte. So etwas sollte nie wieder passieren, weswegen er abgetaucht war und sich in den Bezirksdienst hatte versetzen lassen. Geholfen hatte die Flucht nicht, auch nicht der Alkohol. Im Gegenteil. Er hatte Nick in ziemliche Schwierigkeiten gebracht und ihn noch selbstmitleidiger und schwermütiger gemacht, als er sowieso schon war. Schließlich hatte er den Absprung geschafft, bevor er ernsthaft in die Sucht abgeglitten wäre, und war seitdem trocken. Er trank Cola, Kaffee, Wasser und hatte nur gelegentlich ein Bier probiert, um zu sehen, was geschehen würde. Für einen Rückfall hatte es nicht gesorgt, aber Nick blieb dennoch lieber vorsichtig.

Er steckte sich eine Zigarette an, weil er in der Wohnung nicht rauchte – höchstens am geöffneten Fenster. Die Luft war frisch, beinahe kühl. Nick spürte, wie er wieder runterkam. Sein Adrenalinpegel war den ganzen Tag über hoch gewesen. Im Büro hatte er sich den Nachmittag und Abend lang den Mund fusselig geredet, damit sein Eingreifen am Mittag dokumentiert werden konnte. Und jetzt war er hundemüde. Er checkte das Handy, auf dem zwei Nachrichten eingegangen waren. Sie hatten mit seinem laufenden Fall zu tun, der nicht mit einem der Amokläufe in Verbindung stand. Vielmehr ging es um den Tod eines Polizisten.

Frank Brauner war ein verdeckter Ermittler für das

Drogendezernat gewesen und vor zwei Wochen mit drei Kugeln im Körper tot in einem abbruchreifen Gebäude aufgefunden worden, das von Junkies genutzt wurde. Wie es den Anschein hatte, war Brauner entweder aufgeflogen oder hatte sich zu tief in etwas verstrickt. Verdächtige gab es bislang nicht, aber jede Menge Spuren – und Nicks Überlegung, dass zwei Schüsse in die Brust und einer in den Kopf ziemlich professionell wirkten. Die ersten beiden waren gezielt und in kurzer Folge aus nächster Nähe abgegeben worden. Der letzte in die Stirn folgte, als Brauner schon am Boden lag – um absolut sicherzugehen. Am Tatort hatte man zwei Päckchen Heroin gefunden, außerdem ein Set mit Spritze. Brauners Ärmel war hochgekrempelt, und man hatte Heroin in seinem Blut festgestellt. Nur dass Brauner zuvor niemals etwas konsumiert hatte. Es wirkte inszeniert, zudem die Beutelchen – kein ernsthafter Junkie hätte die jemals dort liegen lassen, auch nicht nachdem er einen Mord begangen hatte. Nein, das war nach Nicks Meinung alles nur Show. Folglich handelte es sich um keine Affekttat beziehungsweise nicht die Tat von einem nervösen Süchtigen.

Die Vorgehensweise sprach eher dafür, dass Brauner in das Haus gelockt worden war, damit man ihn ermorden und es dann so aussehen lassen konnte, als sei er von einem Junkie umgelegt worden, vielleicht in einem Streit. Ein kleiner Dealer oder ein paar abgefuckte Crackheads würden außerdem eher nicht mit einer Glock 17 herumballern. Denn eine solche war verwendet worden, wie Nick seit gestern Nachmittag wusste, nachdem das Ergebnis der Beschussprüfung auf seinen Tisch geflattert war. Die Forensiker hatten die Kugeln aus Brauners Körper begutachtet und gemäß dem Kaliber und der Riefen und Einkerbungen mit hoher Wahrscheinlichkeit auf die Glock 17 getippt. Wenn man sich eine solche als nicht registrierte Waffe im Darknet oder sonst wo besorgen wollte, legte man mehr als tausend Euro auf den Tisch. So viel Geld würden Süchtige lieber anders investieren und eher ein Messer oder eine billige polnische Tokarev verwenden, um jemanden umzulegen.

Eine Glock 17 wurde aber von vielen Polizei- und Militäreinheiten rund um den Globus eingesetzt. Es handelte sich also um eine professionelle Vorgehensweise und eine professionelle Pistole, die jemand vielleicht deswegen verwendet hatte, weil der den Waffentyp kannte und ihre Verlässlichkeit schätzte.

Das alles schränkte den möglichen Täterkreis nach Nicks Meinung ein. Trotzdem hielt er bislang nur eine Reihe von losen Fäden in der Hand – und die zwei Mails von vorhin halfen ihm nicht viel weiter.

Sie stammten von einem der beiden internen Ermittler, denen Nick heute ausführlich sein Eingreifen bei den Amokläufen geschildert hatte. Bei der Gelegenheit hatte er sie danach gefragt, ob irgendetwas gegen Brauner vorlag, was offensichtlich jedoch nicht der Fall war. Brauner hatte eine blitzsaubere Weste.

Aber niemand, der wie Brauner seit zwanzig Jahren im Job ist, hatte nach Nicks Erfahrung eine blitzsaubere Weste. Es sei denn, er war ein Heiliger, oder jemand hatte ihm die Weste gewaschen. Vielleicht war Brauner dennoch ein Heiliger gewesen und genau deswegen jetzt tot, dachte Nick und zog an der Zigarette. Sie leuchtete orange auf.

Doch Brauner, dachte er, war nur ein einzelner Mann und einer, der in und mit der Gefahr lebte. Tragisch, okay, aber was war das im Vergleich zu den inzwischen acht Toten und mehr als fünfzig zum Teil schwer verletzten, vollkommen unschuldigen Menschen von heute? Immer schwierig, dachte Nick und schnippte die Kippe auf die Straße, solche Sachen gegeneinander aufzurechnen. Also ließ man es besser bleiben.

Er ging zum Haus und sah, dass in der unteren Etage in jedem Raum Licht brannte. Er schloss die Haustür auf, machte sie hinter sich wieder zu. Kaum hatte er die Treppe erreicht, sprang die untere Wohnungstür auf.

»Nick?«, fragte Lola.

Nick stoppte auf der ersten Stufe. »Wer sonst?«

Lola lächelte schräg und hielt noch die Klinke in der Hand.

»Howdy, Nickieboy«

»Howdy.«

»Schon gegessen?«

»Nein. Ich schiebe mir etwas in die Mikrowelle, und …«

»Ich habe Lasagne. Willst du?«

Nick musterte Lola. Sie war eher klein, Anfang oder vielleicht auch schon Ende zwanzig, sah aber jünger aus – ziemlich hübsch –, und wenn sie ungeschminkt war, konnte man einige kleine Aknenarben erkennen. Sie war barfuß, trug heute eine Jogginghose und ein deutlich zu enges weißes Retro-T-Shirt mit rot abgesetzten Ärmeln und dem Aufdruck »Baby Girl«. Die weißblonden Haare waren inzwischen nicht mehr raspelkurz wie noch im Winter. Lola ließ sie wieder länger wachsen. Sie hatte blaue und rötliche Strähnen eingefärbt, die sie ein wenig wie Batmans psychopathische Widersacherin Harley Quinn erscheinen ließen. Es passte zu ihr. Lola benahm sich manchmal mindestens so durchgeknallt und übersexualisiert wie die irre Harley, was seine Gründe in Lolas Biographie hatte. Na ja, und was letzten Winter geschehen war, hatte weitere Spuren hinterlassen, gar keine Frage.

Lola führte zusammen mit ihrem Freund Frankie die Tankstelle und die Werkstatt, vor der Nick eben geparkt hatte. Eigentlich gehörte beides, samt dem Haus, Lolas Ehemann Jochen Heitzer, der aber gerade im Knast saß. Eine schwierige Beziehung, äußerst problematisch. Heitzer konnte vom Alter her locker ihr Großvater sein, während Frankie – ein von oben bis unten tätowierter Muskelprotz und nicht gerade der hellste Stern am Firmament – in ihrem Alter war. Heitzer hatte Lola missbraucht und misshandelt. Aber Nick wusste außerdem, dass Lola blitzgescheit und mit allen Wassern gewaschen war und es von Anfang an darauf abgesehen hatte, sich die Tankstelle und das Haus unter den Nagel zu reißen.

Ihr erstes Etappenziel war gewesen, Heitzer aus dem Weg zu räumen, wozu Lola Nick als Polizisten instrumentalisiert hatte. Der hatte letzten Sommer den Fehler gemacht, Lola gefährlich nahe an sich heranzulassen, was

Lola sofort ausgenutzt hatte. Und vielleicht wäre es besser gewesen, Nick hätte Nordbek wieder den Rücken gekehrt und wäre zurück in die Stadt gezogen. Aber dieses Kaff und diese Wohnung gefielen ihm, und irgendwie, dachte er, wäre es aus verschiedenen Gründen nicht verkehrt, weiterhin ein Auge auf Lola zu haben. Spätestens seit letztem Winter fühlte er sich noch verantwortlicher für sie. Wie gesagt: Alles war nicht so einfach.

»Lasagne?«, fragte Nick und ließ es wie eine Feststellung klingen.

»Meine Lasagne ist legendär.«

»Du kochst?«

»Ich werde noch eine richtige Hausfrau, was?«

»Scheint so.«

Lola lächelte. »Gefällt dir die Idee?«

Nick sagte nichts.

»Ich habe eine ganze Auflaufform gemacht. Die putzt Frankie normalerweise allein weg, aber er kann heute doch nicht kommen. Also?«

Nick atmete ein und wieder aus. »Was ist los, Lola?«

Sie kaute auf der Unterlippe und bohrte mit dem großen Zeh in der Fußmatte herum. Die türkisfarbenen Nägel sahen frisch lackiert aus. »Nichts, ich dachte nur, du hast Hunger, und ich habe jede Menge Lasagne? Soll ich dir eine Portion raufbringen? Oder willst du hier was essen? Bierchen dazu? Oder zwei?«

»Lola …«

»Ich habe gehört, was in der Stadt los war. Ich habe dich im Internet gesehen.«

»Ja, ich war dabei.«

»Hast du auf wen geschossen?« Lolas Augen blitzten auf.

»Nein.«

»Hat wer auf dich geschossen?«

»Nein.«

»War sicher sehr gefährlich, oder?«

»Ja.«

»Doch lieber ein Bierchen? Oder einen Drink? Ich habe Jack Daniels da und Gin und ...«

»Ich trinke nicht mehr, wie du weißt.«

»Seitdem bist du total unentspannt, Nickieboy.«

»Besser so.«

»Hm«, machte Lola und zuckte mit den Schultern. Sie bohrte weiter mit dem Zeh in der Matte. »Also, keine Lasagne? Du solltest echt was essen nach so einem Tag.«

»Wenn du denkst, du kannst mich aushorchen: Vergiss es.«

»Das will ich gar nicht.«

»Was willst du denn?«

Sie warf Nick einen Augenaufschlag zu, drehte sich dann um und ging betont langsam zurück in die Wohnung. »Ich mache dir jetzt eine Portion warm.«

Nick seufzte und fuhr sich über den Stoppelbart. Schließlich folgte er Lola.

Die Wohnung hatte sich ziemlich verändert. Nachdem Heitzer nicht mehr hier lebte, sondern für rund zwei Jahre in einer Zelle saß, hatte Lola alles neu möbliert. Sie wollte einerseits abstreifen, was hier geschehen war, und andererseits ihre Marke setzen. Die biedere deutsche Einrichtung aus Eiche rustikal war verschwunden. Alles glich jetzt einem Ikea-Showroom. Die Tapeten waren neu, die Teppiche ebenfalls. Auch die Küche hatte sie ausgetauscht – Nick hatte Frankie beim Schleppen geholfen.

Lola bot Nick einen Platz am Küchentisch an. Er setzte sich und zog die Jacke aus, während Lola ein Stück Lasagne auf einen Teller packte, ihn in die Mikrowelle schob und das Gerät anstellte. Sie schnappte sich eine halb leere Rotweinflasche und bot Nick etwas an, was er jedoch ablehnte und stattdessen um Wasser bat. Lola goss ihm etwas ein, stellte die Weinflasche – ohne Glas – auf ihre Seite des Tisches und servierte Nick die Lasagne, nachdem die Mikrowelle sich mit einem »Ping« gemeldet hatte. Lola legte Nick das Besteck hin. Sie kam ihm dabei nahe und berührte seinen Oberarm mit ihrem. Er konnte den Duft ihres Parfüms riechen und wusste, dass Lola ihre Wirkung auf Männer sehr gut kannte und manchmal auch ausnutzte. Sie lächelte Nick flüchtig zu, ging dann um den Tisch herum und hockte sich mit angezogenen Füßen auf den Stuhl. Im Licht der LED-Deckenlampe wirkten die Züge ihres Gesichtes schärfer und härter.

Sie massierte sich beiläufig den Nasenrücken, den sie letzten Winter zwar hatte richten lassen, aber ein kleiner Buckel war zurückgeblieben. Alle anderen Verletzungen waren gut verheilt, zumindest die körperlichen. Die seelischen würden niemals vollständig heilen. Nick kannte sich damit aus. Die Narben würden bleiben und sie stets daran erinnern, was geschehen war. Manchmal würden sie aufbrechen und bluten. Vielleicht war heute einer dieser Tage, und Lola wollte deswegen nicht allein sein. Sie hatte zwar mit einer Therapie begonnen, um alles zu verarbeiten und die Panikattacken zu bekämpfen, die sie seit jener Nacht fest im Griff hatten. Aber sie hatte die Therapie nach einigen Sitzungen wieder abgebrochen, weil der Psychologe nach Lolas Meinung zu tief gegraben und einige Türen aufgestoßen hatte, die sie lieber fest verschlossen halten wollte. In der Beziehung, hatte Nick gedacht, waren sie sich gar nicht so unähnlich.

»Na ja«, sagte Lola und griff sich die Weinflasche, »also ich habe mit einem Anwalt gesprochen. Ich will mich von Heitzer scheiden lassen. Es wird ein bisschen schwierig, dass ich das Haus und die Tankstelle mit der Werkstatt bekomme, weil das alles ist, was er besitzt. Aber mein Anwalt meint, die Chancen auf einen Teil davon wären ganz gut – denn Heitzer ist ja im Knast, und ich kümmere mich weiter um das Geschäft und dass alles läuft, aber ich muss wohl noch etwas drauflegen.«

»Hast du denn Geld?«, fragte Nick.

»Ja und nein. Heitzer hat welches, und das ist ja irgendwie auch meins. Einerseits hat er in der Werkstatt immer wieder Jobs schwarz gegen cash erledigt. Andererseits kam auch einiges an Kohle herein, die wir mit den Videos gemacht haben. Du weißt schon.«

Nick wusste. Sie und Heitzer hatten private Sexvideos aufgenommen – oder besser: Heitzer hatte Lola dazu gedrängt. Die Videos hatten sie im Internet auf einschlägigen Plattformen verkauft oder gestreamt. Einige waren als Beweismittel gegen Heitzer wegen der Anklage in Bezug auf häusliche Gewalt vorgelegt worden.

Lola trank einen kräftigen Schluck Wein aus der Flasche. »Ich habe ein Konto aufgelöst, auf das das Videogeld gebucht worden war – na ja, und zusammengerechnet ist das gar nicht schlecht. Außerdem hatte Heitzer noch einiges in bar hier versteckt. Ich habe es gefunden. Ich will Heitzer anbieten, dass er das Geld bekommt, und ihn damit auszahlen.«

»Mit seinem eigenen Geld?«

»Es ist Geld, das es offiziell nicht gibt. Insgesamt etwa zweihunderttausend Euro. Und wenn er nicht einverstanden ist, dann drohe ich mit dem Finanzamt. Und dann ist es futsch, verstehst du?«

Nick verstand.

»Natürlich«, sagte Lola, »kannst du auf alle Fälle hier wohnen bleiben. Ich will auch noch jemanden für die Tanke anstellen. Das wächst mir über den Kopf. Frankie möchte einen Kompagnon für die Werkstatt einbinden – also: alles cool.«

»Und worüber willst du mit mir sprechen?«

Lola nahm noch einen Schluck.

»Über die Videos.«

»Was soll ich dazu sagen?«

»Hast du mal welche gesehen?«

Nick hustete und schüttelte mit dem Kopf. »Gott bewahre, nein!«

Lola richtete sich auf und schnappte sich das Handy. »Willst du? Kein Problem, einige sind echt ganz geil.

Warte … Viele ältere Typen sind heiß auf jüngere Frauen. Gefällt dir bestimmt.«

»Lola.« Nick machte eine abwehrende Geste.

»Moment. Hier.« Sie hatte etwas gefunden, tippte auf dem Handy herum und drehte es zu Nick.

Er sah …

Nick legte die Handfläche auf das Display. »Lola. Weg damit. Ernsthaft.«

»Wieso?«

»Weil ich das nicht sehen will.«

»Gefalle ich dir nicht? Oder …«

Nick schloss kurz die Augen, öffnete sie dann wieder und sagte: »Ich habe euch immer wieder gehört, okay? Das reicht mir. Ich muss es nicht auch noch sehen. Also: Was ist das Problem mit den Videos?«

»Es ist ein *Wer*-Problem und kein *Was*-Problem. Ich will die Videos nicht mehr im Umlauf haben. Ich meine: Klar, die sind wer weiß wo im Internet unterwegs, aber was ich offline haben kann, das will ich offline haben. Doch der Kerl, mit dem Heitzer für das ganze Server- und Online-Plattformenzeugs zusammengearbeitet hat, sieht das anders. Der sieht das sogar so, dass ich damit allein weitermachen soll. Na ja, weißt du, Nickieboy, und das ist eben das Problem: dieser Typ.«

»Inwiefern?«

»Das ist ein Pornoproduzent. Der hat mit Heitzer irgendwelche Sachen abgezogen, keine Ahnung, Heitzer hat ihm seine Autos getunt, und so kamen die ins Geschäft. Der sah mich und meinte: Ey, du kannst echt viel Geld verdienen, Süße. Und ich habe gesagt: So viel kannst du mir gar nicht bezahlen. Aber dann kam es hintenrum irgendwie doch so. Tja.«

»Na und?«

»Da sind Papiere unterschrieben worden, so Verträge, hat Heitzer alles gemacht.«

»Hast du ebenfalls etwas unterschrieben?«

Lola blickte aus dem Fenster und setzte ein weiteres Mal die Weinflasche an, trank noch einen Schluck, krümmte ihre Zehen und schüttelte kaum wahrnehmbar ihren Kopf.

Nick sagte: »Lass das einen Anwalt klären.«

Lola lachte auf. »Du kennst den nicht. Der macht schon seit einiger Zeit Stress. Jetzt kommt der vorbei und will mit mir reden und ein paar Sachen klären.«

»Mach die Tür nicht auf.«

»Wie gesagt«, meinte Lola, ohne Nick anzusehen, »du kennst den nicht.«

»Sorg dafür, dass Frankie dabei ist.«

»Frankie wird dabei sein. Aber das wird den nicht interessieren.«

Lola sah wieder zu Nick. »Kannst du mir da helfen?«

»Ich wüsste nicht, wie«, erwiderte Nick und kratzte den Rest der Lasagne auf dem Teller zusammen.

»Na ja, du bist Polizist, oder? Und das könnte schon etwas Eindruck schinden. Ich dachte, wenn der also mit mir reden will, dann könntest du vielleicht einfach mal kurz reinkommen und sagen: Ach, hallo, ist noch Lasagne da? Das ganze LKA hat sich gestern die Finger danach geleckt. Keine Ahnung. So in der Art. Oder du kommst, weil du die Auflaufform zurückhaben willst.« Lola lachte unsicher.

Nick schob den Teller zur Seite und trank etwas. »Ich kann mich da nicht einmischen.«

»Nickieboy, ich will einfach nur meine Ruhe haben. Ich will mir etwas aufbauen und wieder klarkommen. Ich habe mein Ziel direkt vor Augen. Das lasse ich mir nicht kaputtmachen. Aber diese Leute werden es tun.«

»Leute? Ich dachte, es wäre nur einer?«

»Er ist nicht ganz allein. Da sind so ein paar Biker.«

Nick dachte an letzten Sommer. Er streckte sich etwas. »Ernsthaft?«, fragte er.

Lola nickte. »Die stehen bei so einigen auf der Gehaltsliste. Und bei dem auch.«

Nick seufzte.

»Kannst du mir helfen? Einfach nur die Nase reinhalten – und dann bekommen die das große Flattern?«

»Ich glaube nicht, dass die das beeindrucken wird.«

»Aber vielleicht doch.«

Nick atmete ein. Er atmete wieder aus. Er stand auf, nahm seine Jacke, fuhr sich mit der Hand über den Nacken und dachte nach. Worum Lola ihn bat, war keine große Sache. Aber Lola war jemand, der Schwierigkeiten magisch anzog. Nick konnte keine weiteren Probleme gebrauchen, und er hatte Lola schon mehr als einmal geholfen. Andererseits glaubte er ihr, dass sie ihr Leben auf die Reihe bekommen wollte. Und, ehrlich gesagt, war es bei ihm nicht anders. Ständig wurden ihm Stöcke zwischen die Beine geworfen – oder er brachte sich selbst zu Fall. Außerdem hatte er das Gefühl, dass er Lola nach letztem Winter noch etwas schuldete.

»Okay«, sagte er dann. »Ich werde mich blicken lassen. Gib mir Bescheid, wenn sie kommen.«

Lola lächelte. Ihre Augen blitzen. »Echt?«

»Echt.«

»Danke!« Lola sprang auf, stellte sich auf die Zehenspitzen, umarmte Nick und gab ihm einen Kuss. Mitten auf den Mund. »Ich wusste, dass ich auf dich zählen kann. Ich schicke dir eine Mail.« Lola roch gut. Sie fühlte sich gut an. Und das wusste sie, gar keine Frage.

»Alles klar«, sagte Nick. »Ich gehe dann mal hoch.« Er musste sich regelrecht aus Lolas Griff winden.

»Nick?« Lola zupfte seinen Hemdkragen zurecht. »Ich werde mich erkenntlich zeigen.« Sie sah Nick mit einem Augenaufschlag an und stellte sich mit den Zehen auf seine Schuhe. »Was auch immer du möchtest.«

»Klar«, sagte Nick und dachte: Jetzt aber nichts wie weg. »Schönen Abend noch, Lola.«

»Dir auch, Nickieboy.«

Nick schloss die Tür hinter sich und ging rasch die Treppe hoch. Er öffnete die Tür zu seiner Wohnung und hörte, wie sein Handy in der Jackentasche »Ping« machte. Er schaltete das Licht ein, schloss die Tür und fischte es aus der Jacke. Lola hatte ihm zwei Mails geschickt. Die Uhrzeit für das Treffen mit diesem Produzenten, nahm Nick an. Aber es handelte sich um zwei größere Dateien. Es waren …

Oh Mann, dachte Nick und klickte sie wieder fort. Lola

hatte ihm zwei ihrer Filme geschickt und dazu eilig getextet: »Falls du doch wissen willst, worum es geht, oder einfach Bock hast – bist ja Single!«

Nick warf das Handy aufs Sofa und ließ die Jacke folgen. Diese Frau konnte einen um den Verstand bringen. Und er, Nick – er musste verflucht vorsichtig sein, denn er kannte sich nur zu gut. Wie ging noch mal das Zitat von Oscar Wilde? »Allem kann ich widerstehen, nur der Versuchung nicht.« Das galt ebenfalls für Nick. Was auch immer diese Versuchung sein mochte.

Bevor er unter die Dusche gehen konnte, summte das Handy erneut. Dieses Mal war es ein Anruf. Nick hoffte nicht, dass das Lola war. Sie war es nicht. Stattdessen meldete sich die beste Stimme der Welt, honigsüß und tief, die so gar nicht zu ihrer Inhaberin passen wollte.

»Geht es dir gut, Nick?«, fragte Bekka.

»Den Umständen entsprechend.«

Bekka – oder genauer: Prof. Dr. Rebecca Stoeven – war forensische Psychologin und arbeitete für ein privates Institut. Nick kannte sie schon seit einigen Jahren. Ihre Wege hatten sich mehrfach vor Gericht gekreuzt. Bekka hatte ihm außerdem bei den Ermittlungen im Elbripper-Fall geholfen und auch, als er nach dem Tod seiner Kollegin Betty Duschkow abgestürzt war. Nick verglich Bekka gern mit einer rothaarigen Elfe, die er sich gut in einer Rüstung und mit einem Bogen auf dem Rücken vorstellen konnte. Wobei ihre eher tiefe Stimme im Widerspruch zu ihrem ätherischen wirkenden Äußeren stand.

Nick fand Bekka sehr anziehend und hatte das Gefühl,

dass das auf Gegenseitigkeit beruhte. Bis letzten Winter hatte er angenommen, sie sei verheiratet, und hatte daher Distanz gewahrt. Inzwischen wusste er, dass sie geschieden war und allein mit ihren beiden Töchtern lebte, die im besten Teenageralter waren. Weihnachten hatte er Bekka besucht – sie hatte Nick am zweiten Feiertag zum Essen eingeladen, als die Kinder ihren Vater besuchten. Seitdem hatten sie ein paar weitere Dates gehabt.

Geschehen war aber noch nichts. Bekka hatte Nick zu verstehen gegeben, dass sie nach ihrer Scheidung – immerhin hatte die Ehe fast zwanzig Jahre gehalten – nichts überstürzen wollte. Nick hatte keine Eile. Außerdem fragte er sich, ob er jemand war, der mittel- oder langfristig zu Bekka passte. Nick hatte keinerlei Praxis im Umgang mit Kindern. Außerdem war Bekka eher der intellektuelle Typ. Jemand, der Ausstellungen und klassische Konzerte besuchte oder zu Lesungen ging und sich ausgiebig über Politik und Geschichte unterhalten konnte. Die letzte Ausstellung, die Nick besuchte hatte, war mit der Schulklasse gewesen.

Andererseits, dachte er, schien es Bekka nicht wichtig zu sein, dass Nick eine andere Art von Leben führte als sie. Und hätte er so nicht die Chance, sich für neue Dinge zu öffnen? Wer wusste schon, was er in all den Jahren verpasst hatte und ob ein Konzertabend in der Elbphilharmonie ihn nicht neu programmieren würde?

Mittlerweile fühlte sich Nick in Bekkas Gegenwart wenigstens nicht mehr so, als würde sie wie in einem offenen Buch in ihm lesen. Bekka konnte einen mit den Blicken durchbohren, schließlich war sie Psychologin. Wenn sie einen ansah, hatte man das Gefühl, dass man vor ihr nichts verheimlichen konnte. Und Nick … Na ja.

Nick hatte Geheimnisse, die besser niemals ans Tageslicht kommen würden. Lola hatte einmal gesagt, dass er auch gut einer von den bösen Jungs sein könnte. Das stimmte.

Bekka schwieg einige Momente, gab Nick Raum, um zu entscheiden, ob er darüber sprechen wollte. Schließlich erklärte sie: »Ich wollte nur wissen, ob du in Ordnung bist, und es lieber von dir persönlich hören, als dir nur eine Mail zu senden.«

»Ich bin okay. Und danke für deinen Anruf.«

»Es war ein großes Glück, dass du zur Stelle warst. Es ist ein noch größeres Glück, dass dir nichts geschehen ist. Entschuldige, das klingt profan – aber ich bin wirklich sehr froh. Ich wollte mich schon eher gemeldet haben, aber mich gleichzeitig nicht aufdrängen.«

»Du drängst dich nicht auf.«

»Ich hatte, ehrlich gesagt, auch nicht die Möglichkeit gehabt, mich eher zu melden. Ich habe sehr kurzfristig einen Auftrag erhalten, der mit einem der Amokläufe von heute zusammenhängt.«

»Oh?«, machte Nick. Er zog sich die Schuhe aus, ging ins Bad und schaltete das Licht an.

»Ja, es ist … etwas überraschend. Es geht um den Täter vom Autohaus.«

»De Vries?«

»Er befindet sich in Untersuchungshaft. Ich soll umgehend ein psychologisches Gutachten über seine Haftfähigkeit erstellen beziehungsweise hinsichtlich der Unterbringung in einer geschlossenen Psychiatrie. Ich war davon etwas überrascht, weil ich annahm, dass der Fall beim LKA liegt, aber ich bekam meinen Auftrag von der Bundesstaatsanwaltschaft. Auf meine Nachfrage erklärte man mir, es gehe um einen Terrorangriff.«

»So ein Bullshit.«

»Das dachte ich auch. Es waren doch klassische Amokläufe?«

»Ja. Verlass dich drauf. Das waren sie. Ich habe mich im Zentrum des Hurrikans befunden. Mit Terror hatte das nichts zu tun. Tredeborg und de Vries waren normale Typen, die aus irgendwelchen Gründen durchgeknallt sind. Es machte den Eindruck, als standen sie unter Drogen. Ich hatte Tredeborg so weit, dass er aufgeben wollte. Die Scharfschützen haben ihn trotzdem getötet. Direkt vor meiner Nase. Sie hatten eine ausdrückliche Schießanweisung, und zwar von einer uns übergeordneten Stelle. Sie hätten auch de Vries erschossen.«

»Ich habe ein Dossier über die Vorfälle vom Bundesinnenministerium erhalten – das heißt, von einer gewissen Stabsstelle dort, von der ich noch nie gehört habe und die dem BKA assoziiert ist. Es klingt zwischen den Zeilen durch, dass man sich eine Isolation des Tatverdächtigen wünscht – ob in der Psychiatrie oder in Einzelhaft. Wahrscheinlich hat es Sicherheitsgründe.«

Nick zögerte einen Moment. Er fragte: »Von wem genau hast du den Job erhalten?«

»Das darf ich dir nicht sagen.«

Dann eben anders, dachte Nick, und fragte: »Sagt dir der Name Nordberg etwas?«

»Er sagt mir nichts«, erwiderte Bekka. »Aber ich habe ihn heute einige Male gehört.«

7

»Nordberg?«

»Das ist der Name«, erwiderte Nick.

Gregor Franz hielt einen Kaffeebecher in der Hand, ging neben Nick über den langen Flur und würdigte Nick keines Blickes. Franz war Nicks Chef. Er hatte ihn wieder zurück ins Mutterschiff geholt. Nick fragte sich manchmal, ob Franz die Entscheidung bereute. Zum Beispiel jetzt. Franz ging schnell. Er war trainiert, radelte regelmäßig, Falten waren wie mit dem Meißel in sein Gesicht gezogen, die Haut auf dem kahlen Kopf mit einigen Altersflecken gesprenkelt.

»Beck, wir sind nicht im Geschäft«, sagte Franz. »Dein Einsatz in allen Ehren, aber die Zuständigkeit für die Anschläge liegt eine Etage höher. Früher oder später werden die Kollegen Ermittlungsunterstützung und Zuarbeit benötigen oder geben die Fälle komplett an uns, weil sie sie nicht mehr als Terror einstufen. That's it. Aber selbst dann werde ich dich nicht mit ins Boot nehmen, weil du an der Brauner-Sache arbeitest. Was gibt es da Neues?«

»Im Augenblick stagniert es. Ich glaube nicht an einen Junkie-Mord. Ich nehme eher an, dass die Sache geplant war. Man hat Brauner eine Falle gestellt, um ihn aus dem Verkehr zu ziehen. Die Vorgehensweise war professionell. Ich habe mit der Internen wegen Brauner gesprochen. Aber er scheint blitzsauber zu sein. Geradezu ein Vorzeigepolizist. Keinerlei Beschwerden, keine Verstöße, nicht einmal ein Ticket für Falschparken. Brauner war überaus akkurat. Selbst seine Berichte sind lehrbuchmäßig verfasst.«

»Ich wünschte, das könnte man von jedem Kollegen behaupten.«

Nick ging auf die Bemerkung nicht ein.

»Warum die Interne?«, fragte Franz. Der Hinweis schien ihm nicht zu gefallen.

Nick ahnte, warum nicht. Er erklärte: »Ich habe mit denen wegen meiner Beteiligung an den Amokläufen von gestern gesprochen …«

»… Anschlägen …«

»… sie wollten ein paar Dinge wissen. Bei der Gelegenheit habe ich mich wegen Brauner erkundigt. Ich glaube … Es ist nicht schlecht, wenn die Interne informiert ist. Brauner könnte auf etwas gestoßen sein, weswegen er zum Schweigen gebracht worden ist. Weil er ein Saubermann war, ließ er sich auf keine Deals ein. Oder es war von vornherein klar, dass er das nicht tun würde. Deswegen wurde er umgelegt – von jemandem, der weiß, wie man das macht, und der eine militärische Vergangenheit oder eine bei der Polizei hat.«

Nein, es gefiel Franz überhaupt nicht, worauf Nick anspielte. Das war ihm im Gesicht abzulesen. Er erwiderte:

»Dafür kommen tausend Personen aus hundert verschiedenen Staaten in Betracht.«

»Es war entweder ein Profi im Auftrag, der sein Handwerk früher einmal gelernt hat. Oder jemand, der noch aktiv ist. Ist er noch aktiv, führen die Spuren möglicherweise zu uns.«

»Scheiße«, knurrte Franz. »Diese Möglichkeit wollen wir so schnell es geht ausschließen.«

»Daran arbeite ich.«

»Weswegen du dir diese Anschläge aus dem Kopf schlagen sollst. Ich weiß, du warst unmittelbar beteiligt. Du hast das Gefühl, persönlich betroffen zu sein. Bist du aber nicht.«

»Das waren keine Terroranschläge.«

»Nick Beck, der Hellseher. Ist mir auch, ehrlich gesagt, im Moment vollkommen egal, was der Hintergrund ist. Diese beiden Typen haben ein Massaker angerichtet und einen riesigen Saustall hinterlassen. Ich bin froh, wenn den jemand anders ausmistet. Wir haben selbst jede Menge Arbeit. Zum Beispiel du mit dem Brauner-Fall.«

»Was sollen das für Anschläge gewesen sein? Es hat sich bislang keine Organisation dazu bekannt. Es gibt keine politischen Hintergründe, gar nichts.«

»Die beiden Typen haben fast zeitgleich agiert.«

»Das stimmt.«

»Rechter Terror«, sagte Franz. »Wie Linke sahen sie jedenfalls nicht aus. Wie Islamisten schon gar nicht.«

»Wir werden es nie erfahren, wenn wir aus den Ermittlungen gedrängt werden.«

»Früher oder später erfahren wir es.«

»Die nehmen uns das Heft aus der Hand, Gregor.«

»So spielt das Leben.«

»Wenn nicht schnell Ergebnisse über die Hintergründe der Tat geliefert werden, steigt uns die Öffentlichkeit auf den Kopf, die Medien, alle. Das ist unsere Stadt, Mensch.«

»Das hat mir das Rathaus auch gesagt. Bist du jetzt deren Pressesprecher, Nick? Du solltest mal drüber nachdenken, dich zu bewerben.«

»Irgendetwas läuft hinter den Kulissen. Die wollten die beiden Angreifer gar nicht stellen. Die wollten sie lieber aus dem Verkehr ziehen. Deswegen der Schießbefehl.«

»Vielleicht hatten sie ihre Gründe dafür.«

»Und dieser Nordberg …«

»… gehört zum Bundesamt für Operative Kooperation«, sagte Franz und bog um eine Ecke. Nick folgte ihm. Sie konnten bereits Gelächter und Stimmengemurmel vernehmen.

»BOK«, fuhr Franz fort. »Am Innenministerium angedockt. Ist zwischen BKA, Bundespolizei, Verfassungsschutz, Bundesnachrichtendienst und Militärischem Abschirmdienst positioniert. Habe ich noch nie gehört, aber spielt keine Rolle. Die leiten die Ermittlungen und fahren im Moment auf dem BKA-Terror-Ticket. Deswegen sind wir raus und erst dann wieder drin, wenn die das wollen. Die haben den Hut auf und halten die Fäden in der Hand.«

Das taten sie in der Tat. Sie hatten sich sämtliche Unterlagen, Videoaufnahmen und Einsatzprotokolle besorgt sowie ein eigenes Team für Vernehmungen eingeflogen. Eine

Maschine, die wie geschmiert zu laufen schien und entweder perfekt eingestellt war – oder nur darauf gewartet hatte, zum Einsatz zu kommen.

Schließlich wurden die Stimmen und das Gelächter noch lauter. Franz stoppte vor der Bürotür, die halb geöffnet war.

»Dann mal los, Beck«, sagte er. »Und immer schön freundlich.«

8

Cleo hatte den Maxi-Cosi auf dem Schreibtisch direkt neben den Muffins abgestellt, die sie heute Morgen gebacken hatte. Schultz und Janson waren da. Einige weitere Kollegen hatten sich kurz blicken lassen, auch aus der Drogenabteilung, und Hanka Schuddebohm, unter deren Leitung Cleo ein kurzes Intermezzo gegeben hatte. Fast zwanzig Kollegen hatten spontan eine Grußkarte für sie unterschrieben und für einen Gutschein im Babyzubehörgeschäft gesammelt. Cleo hatte sich sehr darüber gefreut – und war außerdem sehr stolz darauf, mit Anna angeben zu können.

Schultz biss gerade in seinen vierten Muffin, als sich die Tür öffnete und Gregor Franz hereinkam. Er hatte Nick im Schlepptau.

»Die große und die kleine Torner«, sagte Franz mit einem breiten Lächeln, begrüßte Cleo und inspizierte Anna, die hochkonzentriert mit einem Spielzeugball beschäftigt war, in dessen Löcher sie ihre Fingerchen stecken oder an dem sie kauen konnte. »Mein Enkelsohn ist schon ein Jahr alt«, erklärte Franz. »Das geht so schnell. Genieß die Zeit. Die kommt nie wieder.«

Den Satz hatte Cleo schon häufig gehört, aber da war sicherlich etwas dran. Wenn sie allein auf das letzte halbe Jahr zurückblickte und sich überlegte, welche Entwicklungsschritte die Kleine bereits durchgemacht hatte … und das galt natürlich auch für Cleo selbst.

Sie schnappte sich das Tablett mit den Muffins und bot Franz und Nick einen an. Beide griffen zu.

Janson sagte: »Das wäre auch mal was für dich, Beck, so eine halbe Portion, oder?«

Nick schmunzelte und winkte ab. »Weiß nicht, ob ich dafür gemacht bin«, sagte er und biss in den Muffin. Aber die Art, wie er Anna betrachtete, sagte Cleo, dass ihm das schon ganz gut gefallen könnte. »Geht es euch gut?«, fragte er Cleo.

»Die Kleine ist ein Traum, und die durchwachten Nächte halten sich bislang in Grenzen.«

»Warte, bis die Zähne kommen«, meinte Schultz und schmunzelte. Er hatte selbst zwei Kinder, Janson hingegen nicht. Cleo wusste nicht einmal, ob er verheiratet war oder eine Freundin hatte.

»Oje«, machte Cleo und lachte. »Na, auch das werde ich überleben. Und es dauert nicht mehr lange, da komme ich ja für drei Tage in der Woche wieder zurück. Mein Mann geht dann in Elternzeit.«

Nick merkte auf. »Gute Sache«, sagte er.

»Seit Anna da ist«, fuhr Cleo fort, »ist Chris wie ausgewechselt.«

»Trägt er dich auf Händen?«, fragte Janson.

»Das nicht, aber – er war vorher anders.«

»Vorher«, sagte Franz und wischte sich ein paar Krümel aus dem Mundwinkel, »ist alles anders. Du machst dir eine Million Gedanken, aber wenn das Kind erst da ist, versteht man, dass es eine ganze Menge Gedanken zu viel waren. Kinder sind robuster, als man glaubt. Man selbst ebenfalls. Extrem leidensfähig. Die Menschheit hätte sonst nie überlebt, wenn Kinder bekommen dich so fertigmachen würde, wie du am Anfang befürchtest.«

»Ich gehe mir einen Kaffee holen«, sagte Nick. »Die Muffins sind übrigens sehr lecker.«

Damit verließ er das Büro.

»Ich glaube, ich könnte ebenfalls noch einen vertragen«, sagte Cleo und zeigte wie zum Beweis ihren leeren Becher vor. »Würden die Herren kurz auf meine Tochter achten?«

»Klar«, sagte Franz.

»Hier isse sicher wie in Abrahams Schoß«, meinte Janson.

Cleo lächelte – und folgte Nick, der schon auf dem Weg in die Teeküche war, wo es einen Kaffeeautomaten gab. Sie schloss zu ihm auf und ging neben ihm her.

»Die Nachrichten sind voll mit Bildern von dir«, sagte sie.

»Werde ich nun doch berühmt?«

»Vielleicht?«

»Ich hatte gehofft, ich schaffe es einmal mit der Gitarre, aber …« Nick zuckte mit den Schultern.

»Ich habe dich noch nie spielen gehört.«

»Ein Gutenachtsong für Anna wäre zu laut auf der E-Gitarre.«

Cleo lachte.

»Außerdem«, sagte Nick und bog in die Teeküche ein, »bin ich nicht sicher, was dein Mann davon halten würde.«

»Im Grunde hätte er sicher nichts dagegen. Er mag Rock.«

»Oh, na dann.« Nick nahm Cleo die Tasse aus der Hand und stellte sie unter den Automaten. »Schwarz? Milch? Zucker?«

»Schwarz. Seitdem ich wieder darf – am liebsten sogar doppelt schwarz.«

Nick stellte den Automaten an, der sofort lossurrte. »Du stillst nicht?«

»Nein, von Anfang an nicht.«

»Hatte ich auch nicht angenommen.«

»Warum?«

Nick zuckte wieder mit den Schultern. »Du bist nicht der Typ dafür. Nicht böse gemeint. Konnte ich mir nur nicht bei dir vorstellen.«

Cleo lachte. »Worüber du dir Gedanken machst.«

»Über viel zu viele Dinge – das ist eines meiner Grundprobleme. Wer weniger denkt, ist meistens glücklicher.«

Cleos Kaffee war fertig. Er gab ihn ihr in die Hand. Jetzt war seine Tasse dran. Er wählte Espresso.

»Komplett verrückt«, sagte Cleo, »was da gestern los war.«

»Ja. Ich war in der Mittagspause und sah diesen Amokläufer. Ziemlicher Zufall, dass das direkt vor mir geschah. Na ja.« Nick nahm seine Tasse und schwenkte den Inhalt, als würde er einen Whiskeytumbler in der Hand halten und die Konsistenz des Alkohols prüfen wollen. »Am Ende hätten sie ihn sowieso abgeknallt.«

»Warum?«

Nick erklärte es ihr. Gab ihr eine Kurzversion seiner Theorie und erklärte ein paar Hintergründe – dass es eine Abteilung des Bundesinnenministeriums gab, die niemand kannte und die gerne die Fäden in der Hand behalten wollte.

Cleo sagte: »Ich glaube nicht, dass das Terroristen waren. Für mich hört sich das alles eher nach Amokläufern an, Durchgeknallte, denen ein Draht aus der Mütze gesprungen ist. Allerdings ist es beachtlich, dass es zweimal fast zeitgleich an unterschiedlichen Orten passiert ist.«

»Richtig«, erwiderte Nick und trank etwas.

»Diese Abteilung, dieses Bundesamt …«

»Was ist damit?«

»Ich war letztes Jahr bei dieser FBI-Fortbildung über Serientäter in den USA.«

»Ich erinnere mich.«

»Da war auch jemand vom BKA dabei. Ich könnte ihn mal anrufen.«

»Um was zu tun?«

»Um ihn zu fragen, was es mit diesem Bundesamt auf sich hat und ob er Nordberg kennt.«

»Gute Idee. Obwohl es dich offiziell nichts angeht.«

Cleo lächelte. »Hat dich das je interessiert?«

Nick schüttelte mit dem Kopf.

»Und was wirst du als Nächstes tun?«

»Mich um Dinge kümmern«, antwortete Nick, »die mich ebenfalls nichts angehen.«

»Falls du Hilfe brauchst, melde dich jederzeit bei mir.«

»Du bist doch in Elternzeit.«

»Das stimmt, aber ich kann dabei auch telefonieren, etwas im Internet checken oder bloß meinen Grips benutzen.«

Nick lachte leise.

»Ich rede auch nicht von Ermittlungsunterstützung oder wer weiß was. Ich rede davon, dass ich mich zu Tode langweile. Klar, mein Leben ist vollkommen erfüllt mit der Kleinen, und es ist super. Echt. Ich bin gerne Mama. Aber ich bin auch sehr gerne Polizistin.«

»Ich halte dich auf dem Laufenden«, sagte Nick.

Cleo lächelte ihn strahlend an.

»Guter Junge«, sagte sie.

9

Das Institut für Rechtsmedizin gehörte zum Universitätsklinikum Eppendorf. Unter anderen Umständen hätte sich Nick hier mit Razan Sabia getroffen, der Drummer war und gelegentlich mit Nick jammte. Aber Sabia arbeitete hier nicht mehr – er hatte nach den Vorfällen des letzten Winters, in dem Nick den Elbripper gestellt hatte, gekündigt. Deswegen saß Nick jetzt im kleinen Büro von Dr. Katja Mund, die Mitte fünfzig war und angesichts der vielen Fotos an den Wänden sämtliche Vulkane Islands beim Vornamen kennen musste. Schwarze Steine, grauer Himmel, einsam. Nicht die Art von Urlaub, die Nick machen würde. Er war mehr der Strand- oder Roadtrip-Typ.

»Es ist nun einmal so, Nick«, sagte Katja mit einem mitleidigen Gesichtsausdruck und faltete ihre feingliedrigen Finger auf dem Schreibtisch. Sie trug eine dünne Fleecejacke mit dem Aufdruck eines Herstellers für Outdoorbekleidung über dem Jeanshemd.

»Schon klar«, erwiderte Nick. »Aber trotzdem.«

Katja rollte mit den Augen. »Das BKA hat die Finger drauf. Das heißt … Ich weiß gar nicht. Ist es eigentlich das BKA?« Sie beugte sich zu ihrem Computer, rief irgendeine

Datei auf und zuckte mit den Achseln. »Nicht direkt. Eine andere Behörde. Bundesamt für Operative Kooperation. Nie gehört.«

»Nicht nur du. Es ist eine Stelle, die zwischen dem BKA, der Bundespolizei sowie dem Verfassungsschutz, dem Bundesnachrichtendienst und dem Militärischen Abschirmdienst angesiedelt ist. Habe ich heute gelernt.«

»Und was machen die?«

Nick zuckte mit den Schultern. »Sich um operative Kooperation kümmern. Ich weiß es nicht.«

»Hm.« Katja wandte sich wieder an Nick. »Jedenfalls bekommen die alle Untersuchungsergebnisse. Ist leider nicht zu ändern, Nick.«

»Ich bin nur an dem einen interessiert.«

»Das kann ich dir dennoch nicht geben. Es ist Bestandteil der Begutachtung. Warum interessiert dich das so sehr, wo der Fall gar nicht in eurer Zuständigkeit liegt?«

»Der Mann wurde zwei Meter neben mir erschossen, obwohl ich ihn zum Aufgeben bewegt hatte und er seine Waffe weglegen wollte. Ich will wissen, warum er erschossen wurde.«

»Wie soll die Obduktion das belegen?«

»Mich interessiert das toxikologische Gutachten.«

»Frag doch dieses Amt für Kooperation.«

»Das werden die mir nicht auf die Nase binden. Zumal der tödliche Schuss auf deren Kappe geht. Ich habe ein persönliches Interesse. Ich will wissen, was da vor sich ging, um damit abschließen zu können. Du heftest es nicht einfach ab, wenn ein Kopf vor deiner Nase explodiert.«

Abgesehen davon hatte Nick das Gefühl, dass vor ihm ein Blatt Papier mit einer Geschichte lag, deren Worte vor Nicks Augen gerade Wort für Wort mit einer anderen Geschichte überschrieben wurden, und dieser Nordberg einer der Autoren sein könnte.

Er fragte: »Hatte Tredeborg Drogen intus? Auf mich hat er gewirkt, als sei er randvoll mit irgendeinem Stoff. Mir reicht ein Ja oder ein Nein. Damit vergibst du dir doch nichts.«

»Wenn es so auf dich gewirkt hat«, sagte Katja, »dann wird es wohl der Fall gewesen sein. Du kennst dich da ja aus.«

»Kokain? Speed? LSD?«

»Nichts von alledem.«

»Sondern?«

Katja zögerte. Dann erklärte sie: »Wie gesagt, ich darf dir die Ergebnisse nicht geben. Aber ich kann dir so viel sagen, dass der toxikologische Befund keine Rückstände einer uns bislang bekannten Droge oder Medikation aufweist. Es tauchen häufiger mal neue Präparate auf, und alle kennen wir nicht. Das ist auch nicht unsere Aufgabe. Dafür gibt es Labore. Das Bundesamt für Kooperation, oder wie das heißt, wird es sicherlich identifizieren.«

»Ja«, sagte Nick, »daran habe ich keinen Zweifel.«

Wenige Minuten später verließ Nick das Gebäude. Er nahm das Handy, um Bekka eine Nachricht zu schreiben, und rauchte vor der Tür eine Zigarette.

Nick textete: »Auffällige Blutprobe bei Tredeborg – unbekannte Substanzen im Blut. De Vries ebenfalls?«

Bekka antwortete, als Nick die Zigarette bereits löschte: »Ok, melde mich«.

Möglicherweise, dachte Nick und ging zum Auto, steckte Bekka gerade sogar in der Begutachtung von De Vries. Nick überlegte, Cleo eine Mail zu schicken. Möglicherweise hatte sie einen Informanten, der etwas über einen neuartigen Stoff wusste. Er fragte sich außerdem, ob dieser Nordberg mit seinen Terrortheorien gerade bei Bekka war. Und er fragte sich, was die Familien von de Vries und Tredeborg zu dem Terrorverdacht sagen würden.

Es gab einen einfachen Weg, um das herauszufinden.

10

In dem kleinen Einfamilienhaus in Harvesterhude traf Nick Franziska Tredeborg nicht an. Das Haus lag in Alsternähe, musste aus den zwanziger Jahren stammen und würde nach Nicks Schätzung auf dem Immobilienmarkt sicherlich nicht unter zweieinhalb Millionen Euro weggehen. Entweder Tredeborg und seine Frau verdienten fabelhaft, oder das Haus war geerbt. Nick tippte auf Letzteres: Tredeborg und die Ehefrau als Steuerberaterin verdienten sicherlich ziemlich gut, aber nicht gut genug.

Dennoch reichte es, um sich eine Putzfrau zu leisten, die Nick öffnete. Sie erklärte, Frau Tredeborg sei gerade bei einer psychologischen Betreuung und den ganzen Tag über bei der Polizei gewesen, während weitere Polizisten hier im Haus gewesen seien, sich alles angesehen und einiges mitgenommen hätten. Sie richte nun die Wohnung wieder einigermaßen her, damit Frau Tredeborg keinen Schreck bekäme. Das, dachte Nick, musste Nordbergs Team gewesen sein.

Also stieg er wieder in den Mercedes und fuhr ein paar Blöcke weiter, wo de Vries mit seiner Familie in einem ähnlichen Haus wohnte, keine zwei Minuten entfernt. Nick klingelte an der Haustür und vernahm einen schweren Gong. Danach hörte er Schritte. Als sich die Tür öffnete, sah er in das Gesicht von Veronika de Vries. Sie war stark geschminkt, aber nicht stark genug, um die verweinten Augen und den Schock zu kaschieren, den die Ereignisse in ihr Gesicht gefräst hatten.

»Ja?«, fragte sie mit einer Stimme, die entweder von Hunderten Zigaretten oder einer durchweinten Nacht stammte. Vielleicht von beidem.

Nick zeigte seinen Ausweis und erklärte, wer er war. Veronika de Vries erwiderte, dass sie nicht wisse, was die Polizei schon wieder hier wolle und ob sie etwas vergessen hätten? Nick erklärte, er habe nur ein paar Fragen.

Veronika de Vries schloss die Tür ein wenig, schüttelte mit dem Kopf und sagte: »Tut mir leid, man hat mir gesagt, ich soll ausschließlich mit der Bundespolizei reden oder wie die sich nennen.«

»Bundeskriminalamt«, sagte Nick und schob seinen Doc Martens etwas vor. Das Türblatt schlug dagegen. Veronika de Vries blickte auf. Nick fuhr fort: »Ich war gestern am Autohaus. Ich habe mit Ihrem Mann gesprochen, als er sich dort verbarrikadiert hatte. Ich war außerdem mit Urs Tredeborg in der S-Bahn und habe mit ihm verhandelt. Ich halte keinen von beiden für einen Terroristen. Ich glaube, es muss in der Nacht zuvor etwas passiert sein.«

Nun hatte Nick ihre volle Aufmerksamkeit. Drei Minuten später saß er im Wintergarten und trank einen ziemlich guten Kaffee.

»Mein Mann«, sagte Veronika de Vries, »ist kein Terrorist. Das ist lächerlich. Ich habe der Polizei schon alles erzählt, immer und immer wieder. Sie haben Akten mitgenommen, Computer …«

»Das war das Bundeskriminalamt. Ich bin vom Hamburger LKA. Ich weiß, es ist anstrengend. Aber würden Sie mir erzählen, was am Morgen passiert ist und was nach Ihrer Meinung zu den Vorfällen geführt hat?«

»Joris und Urs waren die ganze Nacht lang unterwegs und haben gefeiert. Sie kennen sich schon seit Jahren und sind befreundet. Joris kam gegen sieben Uhr morgens wieder nach Hause und war außer sich. Er schwitzte, hatte Pupillen so groß wie Untertassen und war völlig rastlos. So habe ich ihn noch nie erlebt. Ich hatte große Angst, wirklich. Er hat sich ein Messer geholt und herumgeschrien, dass jetzt ein für alle Mal Schluss sei mit all dem Stress und er reinen Tisch machen werde. Keiner könne ihm mehr etwas anhaben.«

»Hat er Sie bedroht?«

»Nein. Ich wollte ihn zurückhalten, aber er sagte, er wolle jetzt denen in der Bank mal gehörig in den Arsch treten.«

»Warum wollte er das?«

Veronika de Vries knetete die Hände. Die Knöchel traten unter der gebräunten Haut weiß hervor. »Mit den Autohäusern lief es nicht gut. Joris musste überlegen, Insolvenz anzumelden und neu zu starten. Aber dazu brauchte er Geld. Die Hausbank wollte es ihm nicht geben. Auch keine andere Bank. Er hatte Angebote für einen privaten Kredit von guten Kunden, aber die hatte er ausgeschlagen. Er wollte damit lieber nichts zu tun haben.«

»Inwiefern?«

»Das waren zwei Kunden von St.Pauli, die bei ihm schon einige Autos gekauft haben.«

»Wie heißen die?«

Veronika de Vries wusste es nicht. Sie erklärte: »Joris war sich nicht sicher, was das für Geld sein würde. Dennoch stand er mit dem Rücken zur Wand. Und wenn er keinen Kredit von der Bank bekommen würde, dann wäre alles aus. Er war verzweifelt. Und gestern Morgen sagte er, denen würde er es jetzt zeigen – und zur Hölle mit den beschissenen Autohäusern. Er wolle klar Schiff machen und die Neustarttaste drücken. Er war vollkommen durchgedreht und – na ja, man hat es ja gesehen. Aber das hatte nichts mit Terror zu tun, wirklich. Das habe ich immer und immer wieder beteuert, aber die andere Polizei meinte nur: Kann ja sein, und das werden wir dann ja sehen, wenn das alles nicht so ist, aber wir müssen das erst ausschließen.«

De Vries war also, wie erwartet, auf einem persönlichen Rachefeldzug gewesen. Die Frage war, was der Auslöser gewesen war.

»Glauben Sie«, fragte Nick, »dass Urs Tredeborg und Ihr Mann in der Nacht zuvor Drogen genommen haben?«

Veronika de Vries betrachtete ihre Hände. Sie sagte: »Ich weiß nicht, ob es Probleme geben kann, wenn ich dazu etwas sage.«

»Wir unterhalten uns nur. Das ist keine Vernehmung.

Sie haben den Zustand Ihres Mannes beschrieben, und das legt den Verdacht nahe, dass er etwas genommen hatte. Ich habe mit ihm geredet, und er klang ziemlich wirr. Er war besorgt wegen der Personen, die er mit dem Messer verletzt hatte. Er wollte sie ins Krankenhaus bringen. Das klang ziemlich verrückt angesichts der Situation.«

Veronika de Vries begann zu weinen. »Joris würde niemals jemandem etwas tun. Er ist ein friedlicher Mensch.«

»Ich bin mir ziemlich sicher, dass er unter dem Einfluss von irgendetwas stand. Urs Tredeborg ebenfalls. Die beiden waren in der Nacht zuvor feiern – und am anderen Morgen laufen beide Amok. Ich glaube nicht, dass das ein Zufall war. Es muss etwas vorgefallen sein.«

»Ich weiß nicht genau, was sie getan haben. Sie zogen manchmal um die Häuser. Dampf ablassen. Urs stand ebenfalls oft unter Druck, genau wie Joris. Sie haben bestimmt ab und zu mal etwas genommen.«

»Kokain? Speed?«

Veronika de Vries zuckte mit den Achseln.

»Wenn meine Kollegen davon etwas im Haus gefunden haben, werden die Probleme nur noch größer.«

»Er würde das nie mit ins Haus bringen. Ich habe ihm immer gesagt, dass ich nichts davon hier haben will.«

»Okay«, sagte Nick. »Wo waren sie feiern?«

»Ich denke, sie waren auf St. Pauli unterwegs. Ich weiß nicht, wo. Will ich auch lieber gar nicht wissen. Ich kann nur immer wieder sagen: Es ist Unsinn mit dem Terrorvorwurf. Was soll Joris denn bitte für ein Terrorist sein? Ein Islamist? Das ist doch lächerlich. Ein Rechter? Joris hat zeitlebens SPD gewählt. Er stammt aus den Niederlanden und war als Student sogar Mitglied in der Antifa.«

Das musste nichts heißen, dachte Nick. Aber andererseits unterstützte diese Aussage sein Bild von de Vries. Er war ein an sich harmloser Mann, der unter großem Druck stand und sich deswegen ab und zu mal weggeknallt hat. Und eines Tages nahm er womöglich eine neuartige Substanz. Die sorgte schließlich dafür, dass der Korken aus der Flasche ploppte und de Vries endgültig abrechnen wollte und sich für Superman hielt. Bei Urs Tredeborg, nahm Nick an, würde es nicht anders gewesen sein.

11

»Bei Tredeborg dasselbe«, sagte Nick.

»Hm.« Bekka betrachtete ihn und schien nachzudenken. Ihre roten Haare hatte sie heute zum Zopf geflochten, was Nick gut gefiel. Sie trug ein dunkelblaues Kostüm mit Blazer, das sie sehr geschäftsmäßig und noch schlanker als üblich wirken ließ.

Sie strich einige Kondenswassertropfen vom Bierglas ab, das vor ihr auf dem auf alt gemachten Holztisch stand, und trocknete den Finger an der Serviette ab. Bekka hatten ihren Burger nur zur Hälfte geschafft. Im »Roadhouse« gab es gewaltige Portionen. Es lag außerhalb der Stadt an der Bundesstraße und war im Stil eines amerikanischen Diners gebaut. Die Jukebox spielte gerade einen alten Song von Bon Jovi, was für Nick unter anderen Umständen ein Anlass gewesen wäre, den Laden zu verlassen.

Er trank einen großen Schluck Cola und stellte sich vor, es sei Bier. Gelegentlich erlaubte er sich zwar eines, aber in Gegenwart von Bekka wollte er sich lieber zurückhalten. Sie wusste, dass er bis letztes Jahr zu viel getrunken hatte und es keine Garantie dafür gab, nach einem weiteren Schicksalsschlag nicht wieder rückfällig zu werden.

»Auch Tredeborg«, sagte Nick, »war kein Rechter oder ein Verschwörungstheoretiker. Aber er stand wie de Vries unter Druck. Sein Arbeitgeber hatte eine Unternehmensberatung an Bord. Es standen Umstrukturierungen und Rationalisierungen bevor. Tredeborgs Abteilung hatte außerdem nach Meinung der Unternehmensberater Hampton & Mitch underperformt.«

»Bei Hampton & Mitch hat Tredeborg die Menschen angegriffen?«

»Ja. Es war ein Rachefeldzug. Er besaß eine Machete, die er bei der Gartenarbeit eingesetzt hat.«

»Sehr extrovertiert. Hat er einen Privatdschungel?«

Nick zuckte mit den Schultern. »So ein Männerding«, erklärte er. »Das gefiel ihm offenbar. Ich habe erst mit der Frau von de Vries gesprochen. Später dann auch mit der von Tredeborg. Er hat sich morgens die Machete geholt, nachdem er die Nacht durchgemacht hatte. Seine Frau meinte, er sei völlig außer sich und verschwitzt gewesen, die Pupillen groß wie Untertassen. Sie konnte sich außerdem nicht erklären, warum er im Supermarkt um sich geschlagen hat und in dem Café. Über den Supermarkt hatte er sich allerdings mehrfach aufgeregt, weil dort ständig umgeräumt wurde und er auf dem Parkplatz Strafzettel bekommen hatte, nachdem dort die Parkscheibenpflicht eingeführt worden war. Er war deswegen einige Male mit Kassierern und anderem Personal aneinandergeraten.«

»Eine leicht reizbare und aggressive Persönlichkeit«, sagte Bekka. »Vielleicht ist er deswegen massiver vorgegangen als de Vries.«

Nick erklärte: »Dann die Gäste in dem Café: Tredeborg habe sich oft darüber aufgeregt, dass die Menschen in der Gastronomie chillen, während er sich den Arsch aufreißen muss und als Ergebnis nur in den Hintern getreten wird. Auch die Touristen regten ihn auf. Er fuhr auf dem Weg zur Arbeit oft an den Landungsbrücken vorbei und hat zu Hause immer mal wieder gesagt, dass er auch lieber eine Hafenrundfahrt machen würde als ins Büro fahren. Deswegen, denke ich, wollte er mit der S-Bahn dorthin und mit der Machete weitermachen.«

»Neid«, sagte Bekka, »der aus der Unzufriedenheit mit den eigenen Lebensumständen resultiert, sowie Projektion.«

»De Vries und Tredeborg waren Freunde und sind gelegentlich abgetaucht, um Dampf abzulassen. Auch in der Nacht, bevor sie durchgedreht sind.«

»Ja«, sagte Bekka und steckte sich eine Pommes zwischen die perfekten Zähne. »De Vries hat das bestätigt, als ich mit ihm gesprochen habe. Er sagte, sie würden gelegentlich gemeinsam Kokain nehmen oder Amphetamine, Ecstasy. In dieser Nacht hatten sie etwas Neues dabei.«

»Woher hatten sie das?«

Bekka kaute an den Pommes und zuckte mit den Schultern. »Hat er nicht gesagt. Auch in der polizeilichen Vernehmung durch das BKA nicht. De Vries war kaum in der Lage, sich zusammenhängend zu äußern. Ich habe so viel herausgefiltert, dass es sich um einen Stoff handelte, der viel besser als Kokain wirken soll und in Tropfenform verabreicht wird. Er wusste nicht, wie man den nennt. Er und Tredeborg haben das Zeug genommen.«

»Und sich das Gehirn gegrillt.«

Bekka nickte. »Die Wirkung sei großartig gewesen. Sie fühlten sich unverwundbar und haben sich gegenseitig hochgeputscht, sich über alles und jeden aufgeregt. Daraufhin haben sie noch etwas nachgeworfen – und dann kam der Blackout. An alles, was folgte, hat de Vries keine Erinnerung mehr.«

»Ist er schuldfähig?«

Bekka sagte: »Ich habe mir die Blutproben angesehen. Sie weisen Substanzen auf, aber ich weiß nicht, worum es sich dabei handelt. De Vries befindet sich nach wie vor in einem psychischen Ausnahmezustand, aber der ist wohl eher in den Nachwirkungen dessen begründet, was er und sein Freund angerichtet haben. Nachdem die Wirkung der Droge nachgelassen hat, stürzt das nun alles auf ihn ein. Ich habe empfohlen, ihn vorläufig in einer Psychiatrie unterzubringen, bis er sich etwas erholt hat. Ich muss nicht unterstreichen, dass du das alles nicht von mir weißt.«

»Natürlich nicht. Und Nordberg?«

»Habe ich nicht kennenlernen dürfen.«

»Das waren jedenfalls keine Terroranschläge.«

»Ich denke, dass sich Tredeborg und de Vries in der vorherigen Nacht aufgeputscht haben und unter dem Einfluss von Drogen der Welt den Krieg erklärt haben. Ein bisschen wie in diesem Film ›Falling Down‹ mit Michael Douglas, in dem er auf einem Rachefeldzug durch die Stadt zieht. De Vries und Tredeborg haben ihre Wut entladen. Aber diese gelegentliche Wut auf alles kennt jeder Mensch. Ich würde de Vries und Tredeborg eigentlich nicht so einschätzen, dass sie das Potenzial zum Amoklauf hätten. Ja, sie haben sich in schwierigen Lebenssituationen befunden, aber ich habe keinen Trigger für diesen Gewaltausbruch erkennen können – kein plötzlicher Jobverlust, das Zusammenbrechen einer Ehe, der Tod eines geliebten Menschen. Sie standen sicherlich unter Druck. Sie haben sich gegenseitig in ihrer Wut aufgeputscht – und dann sind die Dämme gebrochen. Alle Hemmungen fielen, und gleichzeitig gab es die Idee, unverwundbar zu sein und keine Restriktionen fürchten zu müssen.«

»Durch die Droge«, sagte Nick.

»Es hat den Anschein«, erwiderte Bekka.

»Aber Nordberg hält immer noch am Terrorverdacht fest. So lange, bis das Gegenteil bewiesen ist. Er tut das, weil er dadurch mehr Einflussmöglichkeiten hat. Wozu?«

»Ich weiß es nicht, Nick.«

Jenny kam herüber. Sie führte das »Roadhouse«, hatte lange graue Haare und die von Wetter und Sonne gegerbte Haut einer alten Indianerin. Silber- und Jadeschmuck klimperten an ihren Handgelenken, als sie abräumte.

»Nächstes Mal«, sagte sie mit einem Lächeln zu Bekka, »solltet ihr euch einen Burger teilen.«

»Gute Idee«, erwiderte Bekka, lachte und blickte zu Nick.

»Aber nur«, sagte er, »wenn du Bon Jovi aus der Jukebox verbannst.«

»Gefällt dir nicht?«

»Poserrock.«

»Ich habe mal Richie Sambora kennengelernt, den Ex-Gitarristen«, sagte Jenny und stapelte die Teller.

»Oh?«, machte Nick.

Jenny hatte auf ihn stets wie jemand gewirkt, der in den Siebzigern oder Achtzigern auf einem Chopper die Route 66 entlanggefahren war. Das »Roadhouse« war mit entsprechenden Devotionalien gespickt: Budweiser-Neonreklame, Büffelschädel, ein Plakat der letzten AC/DC-Tour mit Bon Scott … Aber Richie Sambora getroffen?

»Mein damaliger Freund war viele Jahre als Roadie unterwegs – solange sein Rücken das mitmachte. Er hat auch für Bon Jovi gearbeitet. Wir haben Richie auf dem Coachella-Festival mit seiner Tochter getroffen. Ein sehr netter Mann und absolut kein Poser.«

»Dein Ex-Freund war Roadie bei Bon Jovi?«

»Allan, ja. Ist lange her. Er war bei Aerosmith, Mötley Crüe, Gott, eigentlich bei allen. Die meisten sind sehr freundliche Menschen. Axl Rose ist allerdings ein Affe.«

Nick wusste nicht, was er sagen sollte. Bekka grinste. Nick sagte: »Du hast mir nie davon erzählt?«

»Warum auch? Es sind Musiker. Manche sind mehr, andere weniger bekannt. Allan hatte halt beruflich oft mit denen zu tun. Ist das ein Grund, um damit anzugeben? Macht es mich zu einem besseren Menschen, weil ich in Eddie Van Halens Pool geschwommen bin? Der Pool war jedenfalls nicht mit Weihwasser gefüllt, Nick.« Jenny schmunzelte.

»Du warst in Eddie Van Halens Pool?«

»Allan war zum Geburtstag eingeladen. Ich habe ihn begleitet, und … Ach, weißt du was? Vergiss es einfach.«

Nie im Leben, dachte Nick, werde ich das vergessen. Jenny schwirrte mit den Tellern ab. Nick blickte zu Bekka und spürte, dass sein Mund offen stand. Bekka grinste noch breiter.

»Du solltest dein Gesicht sehen«, sagte sie.

»Sie war in Eddie Van Halens Pool.«

»Aber sie hat schon recht, es macht niemanden zu einem besseren Menschen.«

»Doch.«

Bekka lachte auf.

»Poolwasser«, erklärte Nick, »wird automatisch heilig, wenn Eddie Van Halen darin gebadet hat.«

Jetzt lachte Bekka noch lauter. Sie trank den Rest Bier aus. Nick leerte seine Cola. Er überlegte, noch einen Espresso zu bestellen.

»Weißt du was?«, fragte Bekka. »Am kommenden Wochenende sind die Mädels bei ihrem Vater. Er holt sie Freitagmittag ab. Wollen wir abends etwas Schönes zusammen machen?«

»Gern«, sagte Nick. Er wollte noch etwas ergänzen, als sein auf dem Tisch abgelegtes Handy summte. Als er den Absender sah, war ihm klar, dass dieser Abend ein abruptes Ende finden würde.

12

Vor dem Werkstatttor standen zwei schwere Motorräder, ein teures Cabrio von Audi und ein E-Bike. Vier Fahrzeuge, die kaum zueinanderpassten. Aber sie sagten Nick, wer zu Besuch war. Die Motorräder gehörten den Bikern, dem Geleitschutz. Der Audi dürfte der Wagen von dem sogenannten Produzenten oder Website-Betreiber sein. Das E-Bike gehörte Frankie, der damit jeden Tag zur Arbeit in die Werkstatt fuhr.

Also mindestens drei Personen mit einem dringenden Anliegen auf der einen Seite und auf der anderen lediglich Lola und ihr Freund, der ein netter und gut aussehender Kerl mit einem im Fitnessstudio gestählten Körper war, aber gegen eine Handvoll professioneller Schläger vermutlich machtlos. Und Nick nahm an, dass es sich bei den Besitzern der Motorräder um solche handelte. Typen, die Eindruck schinden sollten. Nick erinnerte sich an einige Biker, mit denen er im letzten Sommer nachhaltige Probleme gehabt hatte. Wäre möglich, dass diese Burschen hier zum selben Club gehörten. Das würde Nicks Position schwächen, denn in diesem Fall hätten sie eine Rechnung mit ihm offen. Schlecht.

Nick schloss den Mercedes ab und ging ins Haus. Auf dem Flur hörte er Stimmen. Er klopfte an Lolas Tür. Zunächst geschah nichts. Schließlich wurde geöffnet. Lolas Gesicht erschien, dessen Züge sich schlagartig entspannten, als sie Nick sah. Lola war nicht sehr groß. Über ihren Kopf hinweg erkannte Nick einige Personen im Wohnzimmer. Ein Biker, dann Frankie, der auf einem Stuhl saß und hilfesuchend zu Nick blickte, sowie die in einer Anzughose steckenden Unterschenkel und teuren Schuhe eines Mannes, der halb verdeckt war und die Beine im Sitzen übereinandergeschlagen hatte. Was bedeutete, dass ein Biker sich entweder in einem anderen Raum befinden oder aber hinter der Tür stehen würde, was Nick für wahrscheinlicher hielt.

»Ich komme wegen der Auflaufform«, sagte Nick.

»Ich habe gerade Besuch«, erwiderte Lola und zwinkerte.

»Ich wollte nur die Schale abholen.«

»Tja, das ist gerade schlecht, Nick …«

»Ich habe sie dir für die Lasagne gegeben. Ich brauche die Form heute noch.«

»Also …« Lola blickte sich fragend um und meinte: »Vielleicht gebe ich dir rasch die Form, Nick, und du verschwindest wieder nach oben?«

»Gute Idee.«

Der Kerl im Anzug schien Lola zuzustimmen, um den Besucher so schnell wie möglich wieder loszuwerden. Lola drehte sich um und ging in die Küche. Nick schob die Tür etwas weiter auf, bis sie gegen etwas stieß. Oder besser: gegen jemanden. Nick machte einen Schritt vorwärts und sah sich um. Der Kerl hinter dem Türblatt lehnte sich etwas vor. Er hatte halblange Haare, war bis zum Hals tätowiert und trug eine Jeanskutte über der Lederjacke. Er hatte in etwa Nicks Größe und gab sich alle Mühe, grimmig und einschüchternd dreinzuschauen. Der andere Biker hatte kurze Haare und die Figur eines Catchers. Er stand neben Frankie, sozusagen in Griffweite.

»Hallo, Nick«, sagte Frankie.

»Hallo, Frankie«, erwiderte Nick.

Der Mann im Sessel trug einen knallblauen Anzug mit einem weit aufgeknöpften hellen Hemd. Er war braun gebrannt, mittleren Alters und hatte schwarze gelockte Haare, die mit Gel nach hinten gekämmt waren. Er trug eine Kette am Hals und hielt ein Glas Wasser in der Hand. Vor ihm auf dem Tisch lag eine Aktentasche, und darauf befanden sich einige Papiere, Dokumente.

»Kannst auf dem Flur warten«, sagte der Biker neben Nick.

Nick ignorierte ihn.

»'n Abend«, sagte Nick zu dem Mann im Sessel. Er saß dort, als gehörte die Wohnung und alles darin ihm.

»Sie können draußen warten«, ergänzte der Mann.

»Sagt wer?«, erwiderte Nick. Schlagartig hatte er alle Aufmerksamkeit.

»Sagt der«, erwiderte der Mann, »mit dem Sie keinen Ärger wollen.«

Nick lächelte. Er überlegte kurz, ob er seinen Dienstausweis ziehen und vorzeigen sollte, damit der Kerl noch einmal neu entscheiden konnte, wer besser mit wem keinen

Ärger haben wollte. Doch er verzichtete. Den Trumpf könnte er immer noch ausspielen.

Lola kam zurück, schlappte mit ihren Flipflops durch den Raum und gab Nick die Auflaufform aus Keramik. Nick nahm sie entgegen. Sie war schwer.

Lola sagte: »Das ist Herr Burscheid. Herr Burscheid möchte einige Dinge mit mir klären, die offenbar Absprachen mit Heitzer betreffen.«

»Was hast du mit Absprachen von Heitzer zu tun?«

»Eben darum geht es, es …«

Burscheid sagte: »Lola, das geht nur dich und mich etwas an.«

»Folgendes wird passieren«, sagte Nick, hielt die Auflaufform nur noch in der rechten Hand und ließ sie lose herabbaumeln. »Sie nehmen alle Videos mit Lola offline. Sie klären ihre Ansprüche gegen Heitzer mit Heitzer persönlich. Sie lassen sich hier nicht mehr blicken.«

Lola zuckte. Damit hatte sie nicht gerechnet.

Burscheid merkte auf. »Oh, du bist im Thema?«

»Scheint so.«

»Bist du Lolas Anwalt, oder was?«

»In gewisser Weise.«

Die Biker fixierten Nick. Sie waren bereit, jederzeit zu reagieren.

Burscheid lächelte und deutete mit einem Nicken auf die Papiere. »Wir haben Verträge.«

»Ist auf einem davon deine Unterschrift, Lola?«

Lola schüttelte mit dem Kopf.

»Hast du jemals eine Zustimmung zur Verwendung

eines Bildes oder Films von dir in der Öffentlichkeit oder im Internet abgegeben?«

»Das hat alles Heitzer gemacht.«

Burscheid sagte: »Heitzer hat in Lolas Namen unterschrieben oder besser: im Namen des Kleinunternehmens, das er mit ihr betreibt. Und es stehen noch weitere Produktionen aus. Mindestens zehn Filme, die mir seit dem vergangenen Jahr nicht geliefert worden sind. Die sind überfällig. Und wenn Lola sie nicht mit Heitzer drehen kann, dann eben mit einem anderen.«

»Nie im Leben«, sagte Lola.

Burscheid grinste sein Haifischgrinsen und machte eine abwägende Geste.

Nick wiederholte: »Alles geht offline. Sie lassen sich hier nicht mehr blicken.«

»Weil?«, fragte Burscheid amüsiert.

»Weil es besser ist.«

»So wie es besser für Lola ist, zu tun, was ich sage.«

»Weil?«

»Weil ich die Nase voll habe und will, dass meine Forderungen erfüllt werden. Und ich denke«, fuhr Burscheid fort, »du hältst jetzt deine Schnauze und verpisst dich.«

Nun lächelte Nick amüsiert. »Andersherum wird ein Schuh draus. Besser, du gehst jetzt und nimmst deine beiden Funkenmariechen mit.«

Die beiden Biker streckten sich. Burscheid lachte. »Du hast eine ziemlich große Klappe. Sonst noch was zu sagen?«

»Nein.«

Burscheid sah zu seinen Bikern. »Was meint ihr dazu, was unser Freund hier gerade gesagt hat, der Herr …«

»Nick Beck«, sagte Nick.

In den Gesichtern der Biker ging etwas vor sich. Nachdenken. Begreifen.

»Beck? Der Bulle?«, fragte der Kerl links neben Nick.

»Ich bevorzuge eine andere Bezeichnung.«

»Du hast ein paar Freunde von mir ganz schön in die Scheiße geritten.«

Bingo, dachte Nick. Er hatte es befürchtet. Die zwei Typen gehörten also tatsächlich zu der Gruppe, mit der Nick im letzten Sommer Probleme gehabt hatte.

Nick antwortete: »Sie haben sich selbst hineingeritten.«

»Das sehe ich nicht so.«

»Ich ebenfalls nicht«, erwiderte der andere und trat einen Schritt vor, entfernte sich von Frankie.

Lola schien zu spüren, dass Ärger in der Luft lag, und trat zur Seite.

Burscheid machte eine beschwichtigende Geste. »Keine Ahnung, was zwischen euch läuft. Aber das hat sicher alles nichts mit dem zu tun, was ich mit Lola zu klären habe. Sie sind Polizist?«

»Bin ich.«

»Soll mich das beeindrucken?«

»Wäre besser«, sagte Nick und machte eine Geste zur Tür, indem er die Auflaufschüssel schwang. »Jetzt alle Mann raus hier.«

Burscheid stand auf und machte zwei Schritte auf Nick zu. Nick konnte sein Aftershave riechen. Süßlich. »Es beeindruckt mich aber nicht«, sagte Burscheid. »Es ist mir scheißegal. Ich habe Forderungen, und die sind zu erfüllen. Punkt. Ist das klar, Lola?«

Lola schwieg. Auch Frankie blieb stumm.

Zu Nick sagte Burscheid: »Ich will keinen Stress mit der Polizei. Dazu gibt es keinerlei Grund. Ich habe es im Guten versucht. Der Rest liegt nicht mehr in meiner Entscheidungsgewalt.«

Nick musterte Burscheid. Er sagte: »Dann haben wir jetzt unsere Positionen ausgetauscht.«

»Haben wir.« Burscheid lächelte. Er drängte sich an Nick vorbei und sagte im Gehen: »Der Rest liegt bei dir, Lola. Wir hören bald voneinander. Auf die eine oder die andere Art und Weise.«

Lola schwieg. Auch die Biker setzten sich in Gang, ohne Nick aus den Augen zu lassen. Der Catcher rempelte Nick beim Rausgehen an. Nick ließ es über sich ergehen. Er hörte die Haustür zufallen und kurz darauf die Motoren der Bikes und vom Audi anspringen.

»Puh«, machte Frankie und wischte sich den Schweiß von der Stirn. »Das sind echt üble Burschen. Danke, Nick.«

»Danke«, sagte Lola. »Echt. Danke. Der will mir Stress machen.«

»Wer weiß«, sagte Nick. »Wie schon gesagt: Du solltest dir einen Anwalt besorgen.«

»Der wird mir nicht weiterhelfen.«

»Ich kann dir jemanden vermitteln, der es kann.«

»Ich werde keine Filme mehr machen.« Lola umfing sich

selbst mit den Armen. »Und ich will, dass alles von mir aus dem Netz verschwindet.«

»Ich auch«, sagte Frankie.

»Burscheid wird seine Interessen durchsetzen wollen. Ein Anwalt kann das regeln, Lola.«

»Ich fürchte, der wird das anders durchsetzen wollen, Nickieboy. Nicht auf die juristische Tour. Der wird mich unter Druck setzen. Die werden wiederkommen. Ob ich mir eine Knarre besorgen soll?«

»Auf gar keinen Fall«, sagte Nick.

»Wie soll ich mich denn sonst dagegen wehren?«

»Anwalt«, wiederholte Nick. »Und im Zweifel hast du meine Telefonnummer.«

»Und wenn du nicht da bist? Oder grade nicht kannst?«

Nick sagte nichts weiter und nahm die Keramikschüssel in beide Hände.

»Deine Auflaufform«, sagte Nick.

Lola kicherte. »Ich hatte schon gedacht, du ziehst sie gleich einem über den Schädel.«

Nick lächelte. Genau das hätte er getan. Aber die Lage hatte sich entspannter entwickelt, als er angenommen hatte.

Für heute.

13

Faust steckte sich eine Zigarette an. Vor mehr als zwanzig Jahren hatte er das Rauchen aufgegeben, dann wieder angefangen, es erneut verworfen und wieder damit begonnen. Jedes Mal, wenn er eine aus der Verpackung nahm, bekam er ein schlechtes Gewissen. Aber der Druck und der Stress machten es schwer.

Nach dem ersten, tiefen Zug war der Filter heiß zwischen seinen Fingern. Es war bereits dunkel, aber noch nicht Nacht. Im Abblendlicht des Mietwagens tanzten Mücken. Auf der A23 sausten die Autos wie Leuchtspurgeschosse vorbei.

Spörl stand neben ihm, öffnete einen Energydrink und fuhr sich mit der Hand über den Schädel. Die Kopfhaut war nur noch mit wenigen grauen Haaren bedeckt. Er trug einen hellen Blouson und Gesundheitsschuhe. Seine Haut war braun gebrannt und voller Altersflecken. Er schien etwas zu bemerken. Das dunkle Klebeband hatte sich an einer Ecke vom Nummernschild gelöst. Spörl klebte es wieder fest und merkte kurz auf, als ein Fahrzeug auf den Parkplatz der Raststätte einscherte. Aber es war ein Lkw. Sie warteten auf ein anderes Fahrzeug.

»Kennst du das Pareto-Prinzip?«, fragte Spörl.

Faust verneinte.

»Es besagt, dass du mit zwanzig Prozent des Einsatzes achtzig Prozent der Wirkung entfalten kannst. Zwanzig Prozent aller Straßen tragen achtzig Prozent des gesamten Verkehrs. Bei richtiger Priorisierung lassen sich in zwanzig Prozent der Zeit achtzig Prozent der Aufgaben erledigen. In vielen Unternehmen sorgen zwanzig Prozent der Kunden für achtzig Prozent des Umsatzes.«

»Was soll mir das sagen?«

»Dass der Aufwand zum Erreichen der letzten zwanzig Prozent im Missverhältnis zum Ertrag steht. Du musst sehr viel Einsatz für ein eher geringes Resultat zeigen. Wir hätten uns mit achtzig Prozent zufriedengeben sollen. Achtzig Prozent sind eine ziemlich gute Quote.«

Spörl trank noch etwas. Faust schwieg. Spörl mochte recht haben. Andererseits hatten sie am Ende keine Wahl gehabt. Das Schicksal hatte gewürfelt, und auf den letzten Metern hatten sie schlicht und ergreifend rausschaffen müssen, was sie rausschaffen konnten, bevor gar nichts mehr ging.

Faust sagte: »Deine Regel hat nichts mit dem zu tun, weswegen wir hier stehen.«

»Ein bisschen schon. Es hätte anders laufen können.«

»Wir haben getan, was wir zu dem betreffenden Zeitpunkt für richtig gehalten haben.«

»Das stimmt.«

Spörl merkte erneut auf, als ein weiterer Wagen auf die Raststätte einbog. Dieses Mal war es ein SUV. Er fuhr an der Tankstelle vorbei, an den vorderen Parkplätzen und passierte einige Trucks, die hier vermutlich über Nacht stehen bleiben würden, während sich die Fahrer eine Mütze Schlaf gönnten. Der SUV blendete einmal kurz auf. Hinter den Sanitäranlagen, wo keine Lichtmasten standen, bog er schließlich ab und scherte in die Parkbucht direkt neben Spörl und Faust ein. Die Bässe aus dem Inneren des X5 dröhnten und brachen schlagartig ab, als der Fahrer den Motor ausstellte und mit dem Beifahrer zusammen ausstieg.

Die beiden Albaner hatten kunstvoll rasierte Bärtchen, trugen teuer aussehende Turnschuhe, Jogginghosen und Lederjacken sowie für Fausts Geschmack deutlich zu viel Schmuck. Man konnte ihnen an der Nase ansehen, womit sie ihr Geld verdienten, und das war, wie er wusste, nur in zweiter Linie der Club auf der Reeperbahn.

»Yo, was geht?«, fragte Luan. Der andere war sein Bruder Artan.

»Die Frage ist«, sagte Spörl, »was bei dir geht.«

»Alles fit im Schritt.«

Faust war versucht, diese Situation mit einem kräftigen Tritt zwischen die Beine zu verändern. Aber er ließ es bleiben.

Spörl leerte den Energydrink.

»Wir machen uns Sorgen«, erklärte Spörl. »Sehr große sogar. Diese beiden Männer, die gestern durchgedreht sind …«

»Alter, damit haben wir nichts zu tun. Die sind ausgetickt. Was können wir dafür?«

»Niemand tickt einfach so dermaßen aus.«

»Was soll ich dazu sagen? Irgendwelche Leute rasten aus, was haben wir damit zu tun?«

»Das ist die Frage«, sagte Faust. »Habt ihr denen etwas verkauft?«

Luan vergrub die Hände in den Taschen seiner Lederjacke und streckte das Kinn vor. Er musterte Faust, dann Spörl, dann seinen Bruder und grinste, während er gleichzeitig mit den Schultern zuckte.

»Ihr habt denen also tatsächlich etwas verkauft«, stellte Faust fest.

»Alter«, sagte Luan, »habt ihr uns vielleicht deswegen die Proben gegeben, damit wir sie testen? Der Shit ist purer Raketentreibstoff. Keine Ahnung – die haben sich viel zu viel davon reingezogen, was kann ich denn dafür? Weiß doch niemand, dass du dich erst für Superman hältst und dann plötzlich zum Hulk auf Speed wirst. Die haben es übertrieben, ganz einfach. Ist halt passiert. Nicht mein Bier, oder?«

»Scheiße«, sagte Spörl. Er zerdrückte die Getränkedose in der Hand und warf sie zur Seite. »Also lag ich mit meiner Befürchtung richtig.«

Luan redete weiter: »Wir sollten das Zeug testen und den Straßenpreis ermitteln, okay? Das war der Deal, ja?«

»Das war der Deal«, bestätigte Faust.

»Also haben wir einem guten Kunden eine Probe gegeben. Einem harmlosen Typen, okay? Keiner, der da oben nicht ganz dicht ist. Wir haben das verantwortungsvoll ausgesucht. Wir haben das Zeug selbst probiert und wissen, wie das abgeht, Mann. Das waren ungefährliche Normalos.«

»Hat man gesehen«, sagte Faust, »wie normal die waren.«

»Dafür kann ich doch nichts!«

»Keiner macht dir Vorwürfe. Aber wir müssen das Zeug von der Straße bekommen.«

Spörl erklärte: »Man wird die Amokläufer untersuchen und Dinge in ihrem Blut feststellen, die Rückschlüsse zulassen. Die Polizei wird einige Tage für die Analysen benötigen, und die Ergebnisse werden ihnen vielleicht nichts sagen, zumindest vorerst nicht. Aber dann werden sie sich fragen, woher es stammte. Sie werden sich jeden vornehmen, der als Quelle in Frage kommt. Euch auch, jede Wette. Welchem von beiden habt ihr das verkauft? Dem Toten oder dem, der überlebt hat?«

»Der Abnehmer war der Mann, den sie erschossen haben.«

»Hatte der andere jemals persönlich mit euch zu tun?«

»Nicht in diesem Fall.« Luan und der andere wechselten einige Worte auf Albanisch. »Die beiden haben sich häufiger zusammen weggeknallt, mal hat der eine was gekauft, mal der andere. Aber der war auch total safe, ich schwör'. Ich habe bei dem mal ein Auto gekauft. Ich habe ihm sogar einen Privatkredit angeboten. Der ist sauber.«

»Kacke«, sagte Spörl. »Also bist du in seiner Kundenkartei.«

»Na und?«

»Die Polizei wird sich seine Kunden ansehen.«

»Alter, weißt du, was der Typ für Autos verkauft hat? Ich

wette, mindestens die Hälfte aller seiner Kunden ist in unserem Geschäft tätig. Das hat echt überhaupt nichts zu sagen.«

»Hat es noch irgendjemand getestet?«

»Ja, sicher, aber das ist kein Problem. Nur die beiden. Wir könnten echt jede Menge damit verdienen. Man muss nur mit der Dosierung aufpassen.«

»Wie man gesehen hat«, murmelte Spörl.

Faust sagte: »Wir treffen uns morgen zur gleichen Zeit an derselben Stelle. Dann übergebt ihr uns die verbliebenen Proben.«

Luan dachte einen Moment nach. Dann nickte er. »Okay. Sehe ich ein. Ist viel zu heiß. Vielleicht kann man es strecken, keine Ahnung …«

»Nein«, sagte Spörl. »Es muss restlos verschwinden. Wir werden dafür sorgen.«

Luan nickte. »Okay. Wir sehen uns.«

Er und sein Bruder stiegen wieder ein. Der Motor sprang an. Bässe rumsten. Dann verschwand der X5 in der Dunkelheit.

»Wir hätten uns mit dem begnügen sollen, was wir hatten«, sagte Spörl.

Faust steckte sich noch eine an und zuckte mit den Schultern. »Ändert nichts an der Situation.«

»Es war alles zu heiß. Wir hätten uns zurückziehen sollen, als Brauner ins Spiel kam.«

»Brauner kann nichts mehr dazu sagen.«

Spörl lachte kurz auf und schüttelte mit dem Kopf. »Nein, sicher nicht. Wir hätten uns dennoch nicht auf das Zeug einlassen sollen.«

»Niemand konnte vermuten, dass es so wirken wird.«

»Wir müssen die komplette Charge loswerden. Am besten in die Nordsee werfen.«

»Oder es gewinnbringend zurückspielen.«

»Ernsthaft?«

Spörl merkte auf und betrachtete Faust. Faust rauchte. »Wäre eine Option, oder?«

»Ich bin mir nicht sicher, ob das eine gute Idee ist. Denk an die achtzig Prozent.«

»Ich sehe kein Risiko. Ob wir es vernichten oder zurückspielen – kommt auf das Gleiche heraus. Mit dem Unterschied, dass wir im zweiten Fall noch etwas Profit machen können.«

»Bekommen wir das so schnell hin?«

»Es wäre nur ein Telefonanruf. Du weißt: Die Lage hat sich verändert.«

»Saif?«, fragte Spörl.

»Saif«, erwiderte Faust.

14

DREI MONATE ZUVOR

Kriege gewann man heute nicht mehr in Panzern. Man gewann sie mit Pick-ups. Der Toyota Hilux galt in dieser Hinsicht als eine der effizientesten Waffen in Krisengebieten. Nicht der Abrams und kein Leopard, auch kein Black Hawk, keine F-16, kein Tarnkappenbomber und keine MiG. Die Amerikaner mochten mit zehn Flugzeugträgern anrücken und die Russen mit ihrer gesamten Flotte. Sie mochten den Himmel mit Drohnen verdunkeln und den Boden mit Cluster-Bomben zum Beben bringen. Der Flut an wendigen Pick-up-Trucks hatten sie nichts entgegenzusetzen – nicht im Irak, nicht im Iran oder Libyen, weder in Syrien oder Nigeria noch in Zentralafrika und erst recht nicht in Afghanistan.

Die Bilder von Rebellen oder Terroristen, von Gotteskriegern auf den Pritschen von Toyotas, Datsuns oder Fords waren überall auf der Welt bekannt. Bereits in den 1970er Jahren wurden Auseinandersetzungen in Libyen und im Tschad als sogenannte »Toyota-Kriege« bekannt, in denen es dem Tschad vorrangig mit Fahrzeugen dieses Herstellers gelungen war, die libyschen Panzer zu umkurven und zu zerstören. Einem Hilux oder Landcruiser war in den asymmetrischen Guerillakriegen der Gegenwart mit schwerem Gerät kaum zu begegnen. Mit den Pick-ups konnten Truppen blitzschnell vordringen und in Gassen verschwinden, in denen jeder Humvee stecken bleiben würde. Auf die Ladeflächen ließ sich von einer Railgun über Boden-Luft- oder Panzerabwehr-Raketen alles Mögliche montieren, und gleichzeitig fanden noch sechs bis acht Kämpfer darauf Platz. Zudem waren die Autos so unverwüstlich wie eine Kalaschnikow und auch von Laien leicht zu reparieren, weil sie nicht mit Technik vollgestopft waren. Genau das schätzten die Kämpfer an den Fahrzeugen: Haltbarkeit, Zuverlässigkeit, Laderaum und Wendigkeit sowie ein günstiger Preis und die Verfügbarkeit – wenngleich die Autokonzerne nicht sonderlich glücklich über diese Form der Werbung waren.

In einem solchen weißen Toyota Hilux saß Saif auf dem Beifahrersitz und stellte die Klimaanlage etwas kühler. Sie fuhren seit einer halben Stunde über die staubige und steinige Straße, die nach Kabul führte, um sich den Mist genauer anzusehen, der auf genau dieser Straße angerichtet worden war. Vier Mann hockten zu seinem Geleitschutz hinten auf der Pritsche, die zusätzlich mit einem aufgeständerten Maschinengewehr ausgestattet war. Es stammte aus deutscher Produktion und war vermutlich das Beutestück vom Überfall auf einen Bundeswehrstandort, als es diese in Afghanistan noch gegeben hatte.

Inzwischen waren die Deutschen fort. Sie hatten Reißaus genommen wie alle anderen, die vor den vordringenden Taliban davonliefen wie aufgeschreckte Hühner. Na ja, zumindest die Deutschen, die offiziell und mit dem Ticket der Bundeswehr hier waren. Mit den Privatunternehmen, die im Auftrag der Bundesregierung agierten, war das natürlich etwas anderes, wie Saif wusste. Für einige hatte er früher nebenbei als Dolmetscher gearbeitet. Saif sprach passabel Deutsch. Er hatte drei Jahre in Berlin gelebt und dort auch etwas studiert, bevor er zurück nach Afghanistan gegangen war, um dort mal für diesen, mal für jenen zu arbeiten. Ein Diener vieler Herren, wenn man so wollte. Kam immer auf den Preis an.

Die Privaten operierten jedenfalls außerhalb des offiziellen Protokolls, Firmen aus Deutschland, Österreich, Skandinavien, England, Frankreich ... das volle Programm. Sie waren alle noch hier, auch einige Amerikaner, hatten aber allesamt nicht verhindern können, dass die westlichen Nationen in Afghanistan gescheitert waren wie vor ihnen die Russen und davor die Engländer und – einige tausend Jahre früher – sogar Alexander der Große. Tja, man hätte aus der Geschichte lernen können. Hatte man aber nicht.

Saif gähnte und fokussierte die flache Gebirgskette, die sich in der staubigen Luft vor ihnen abzeichnete. Eine schwarze Wolke hing darüber. Also waren sie gleich da, denn schwarze Wolken gab es am Himmel über Afghanistan nur, wenn auf dem Boden Gummi, Plastik, Diesel und Fleisch verbrannten. Nach der nächsten Anhöhe öffnete sich der Blick auf ein Tal – und auf das Desaster.

Es musste sich um mindestens sechs größere, zivile Fahrzeuge handeln, von denen wenigstens zwei noch brannten.

Die Autos waren auf der Straße verteilt, als habe jemand eine riesige Bowlingkugel in einen Konvoi gerollt und einen Strike erzielt. Das sprach mitnichten von einem Anschlag mit einer Sprengfalle oder Panzerfäusten. Wenn man einen Konvoi stoppen wollte, dann schoss man eine Rakete auf das erste Fahrzeug, dann eine auf das letzte. Damit waren alle dazwischen blockiert. Hier sah es aber so aus, als sei etwas mittendrin explodiert. Dabei konnte es sich nur um eine Luft-Boden-Rakete handeln, die das mittlere Fahrzeug zum Zweck des maximalen Schadens anvisiert hatte. Abgefeuert von einer Drohne oder einem Kampfjet. Weder die Taliban noch der IS verfügten über solche Waffen.

»Solche Idioten. Schießen ihre eigenen Leute ab«, sagte Jamal, der am Steuer saß. Wie Saif hatte er auf den ersten Blick erkannt, was die Ursache dieses Schlamassels sein musste, den die westlichen Kräfte ohne Frage den Taliban in die Schuhe schieben würden.

»Fehler passieren«, erwiderte Saif. »Wer weiß, wen sie in den Wagen vermutet haben.«

»Mit all ihren Computern können sie nichts ausrichten, mein Lieber.« Jamal grinste. »Bald schon stehen wir in Kabul, und dann werde ich feiern und meinen Bart noch länger wachsen lassen.« Jetzt lachte Jamal und schlug mit der Hand aufs Lenkrad.

Saif lächelte. »Wenn du meinst«, erwiderte er.

Schließlich erreichten sie das Zentrum der Explosion und sahen, dass bereits drei andere Pick-ups an der Stelle eingetroffen waren. Schwer bewaffnete Kämpfer liefen zwischen den Trümmern herum. Einer kam auf den Wagen von Saif und Jamal zu, hielt die Hand zum Gruß hoch. Jamal stoppte. Saif stieg aus, wartete ab, bis die Soldaten von der Ladefläche gesprungen waren. Dann sah er sich um.

Sechs Fahrzeuge hatte es insgesamt erwischt. Zwei waren nur noch rudimentär zu erkennen – ein einziger Haufen aus Blech, Stahl und Plastik in einem Krater. Ja, keine Frage, das war eine Rakete gewesen. Schwer zu sagen, wer die abgefeuert hatte. Vermutlich die Amerikaner.

Die übrigen Fahrzeuge, Vans und SUVs, lagen auf der Seite oder auf dem Dach und dampften vor sich hin. Sie waren weiß, einige trugen ein Rotes Kreuz an der Seite. Auf das Dach müsst ihr das malen, ihr Idioten, dachte Saif. Wie soll man das sonst aus der Luft erkennen? Zwischen den Autos waren Leichen und Körperteile verstreut, die die Wucht der Explosion aus den Autos geschleudert hatte. Frauen und Männer in Zivil. Einige Bewaffnete, die wohl als Geleitschutz gedient hatten. Alle tot. Keiner hatte überlebt.

Saif hustete. Der Gestank nach verbranntem Gummi und verdampfendem Kühlmittel war widerlich. Er sah, wie die Kämpfer Geräte und Kartons aus den zerstörten Fahrzeugen schleppten, Laptops, Taschen, Alukoffer – alles, was noch einigermaßen intakt geblieben war. Der Mann, der eben vor Saifs Wagen mit erhobener Hand gestanden hatte, kam jetzt herüber und grüßte Saif persönlich und mit Respekt. Er schien hier das Kommando zu haben und hieß Hamed.

»Das waren Ärzte«, sagte Hamed. *»Ärzte ohne Grenzen*

und ein paar Wissenschaftler. Da sind Unterlagen von einer Medizinfirma. Die Wagen sind vollgepackt mit Medikamenten. Sieht aus, als hätten sie ein Camp abgebaut. Reisetaschen sind dabei, Koffer. Die wollten wohl schnell zum Flughafen und das Land verlassen.«

»Keine Überlebenden?«

»Nein. Drei oder vier sind zunächst weggekrochen.« Hamed deutete auf Körper, die abseits der Straße lagen. »Die haben es dann aber nicht geschafft.«

»Wir haben hiermit nichts zu tun, mein Bruder?«

»Absolut nichts. Wir haben die Explosion gehört und sind rausgefahren. Das hier haben wir vorgefunden. Das war eine Drohne oder eine Rakete. Vermutlich dachten die Amerikaner oder wer auch immer, das wäre ein Konvoi eines wichtigen Mannes, den sie loswerden wollten, keine Ahnung.«

»Und der IS war es auch nicht?«

Hamed spuckte aus. Wie viele Taliban war er nicht gut auf den Islamischen Staat zu sprechen, der nach wie vor eine nicht zu unterschätzende Rolle in Afghanistan spielte. Saif war das gleichgültig. Er hatte schon für den IS gearbeitet, was zum Glück niemals jemand herausfinden würde.

»Keine Ahnung«, meinte Hamed. »Aber es sieht nicht so aus. Ich wüsste nicht, woher die Raketen mit einer solchen Sprengkraft haben sollten.«

Saif nickte, ging dann zu den Pick-ups, die mit den Gütern aus dem zerschossenen Konvoi beladen wurden. Hamed folgte ihm. Saif verschaffte sich einen Überblick. Er öffnete einige Koffer und Kartons, die randvoll mit Verbandsmaterial und Medikamenten waren. Drei Kisten aus Metall waren verschlossen. Sie trugen den Aufdruck einer deutschen Firma. Außerdem sah er zahlreiche technische Geräte, die wohl für Operationen verwendet wurden – Beatmungsgeräte, EKGs … Viele waren zerstört oder defekt, einige wirkten jedoch noch intakt.

»Ein Geschenk Gottes«, sagte Hamed, »wir werden viele verwundete Kämpfer heilen können.«

Und den Rest, dachte Saif, mit Sicherheit gewinnbringend verkaufen.

»Gut«, sagte Saif, »bringt es alles zum Lager. Unsere Leute sollen sich das alles ansehen und uns sagen, was wir gebrauchen können und was wir verkaufen werden.«

Schließlich ging er zurück zum Wagen, wo Jamal wartete, und gab ihm das Signal zur Abfahrt.

Einige Stunden später senkte sich die Sonne über dem Hochland. Saif kickte einen Stein vor sich her, schlenkerte das unförmige Iridium-Satellitentelefon in der Hand und ging in Richtung einer Anhöhe abseits des Camps, in dem Feuer brannten und laut geredet wurde.

Das Abendlicht verwandelte das riesige Mohnfeld in ein rotes Flammenmeer. Einige Bauern kamen gerade mit vollen Säcken von der Ernte. Links und rechts von ihnen standen Kämpfer mit vor den Bauch geschnallten Kalaschnikows und wünschten ihnen einen guten Abend. Aus den Mohnblüten wurde Rohopium gewonnen. Rund achtzig Prozent der weltweiten Produktion, viele tausend Tonnen, stammten aus Afghanistan – ein Milliardengeschäft.

Es war der Motor für die Gotteskrieger der Taliban und die Terroristen vom IS gleichermaßen, davor von Al-Qaida. Zudem würden jede Menge Bodenschätze in die Hände der neuen Machthaber fallen: Lithium für die Batterieproduktion oder Neodymium, das unter anderem für Elektroautos oder Windkraftanlagen verwendet wurde, Edelsteine, Kupfer … Darüber mochten sich die Warlords in den Zelten noch so freuen, dachte Saif.

Das Problem war, dass mit dem Truppenabzug auch einige Exportkanäle für Opium zusammenbrechen würden, die bislang äußerst vielversprechend funktioniert hatten. Okay, es waren nicht die größten und wichtigsten, aber immerhin. Und sowieso dachte Saif über seine eigene Zukunft nach. Vieles würde sich ändern, er musste Flexibilität zeigen. Er sprach deutsch, hatte in Afghanistan auch mal als Dolmetscher gearbeitet und könnte auf diesem Ticket vielleicht das Land verlassen und einen Asylantrag stellen. Man hatte ihm bereits signalisiert, dass es nicht schlecht wäre, künftig Leute in Deutschland wie in anderen Teilen Europas als Kontaktmänner zu haben.

Wir werden sehen, dachte Saif. Kam auf den Preis an, und welche Seite ihn zahlte. Zunächst musste er aber noch etwas anderes klären, weswegen er jetzt das Satellitentelefon nahm und die sichere Nummer anrief. Nach wenigen Momenten ging der Deutsche dran.

»Ich grüße dich, mein Freund«, sagte Saif. »Wir müssen reden. Es geht um neue Ware.«

»Wir sind nicht mehr lange im Land«, sagte der Deutsche.

»Ich weiß. Das ist schade. Aber wir können einen letzten Transport abwickeln?«

»Ich denke, das können wir.«

»Da ist noch etwas. Wir haben da etwas gefunden.«

Saif erzählte von dem Konvoi. Er berichtete von den vielen Medikamenten und technischen Geräten, die man gut gebrauchen könne. Er erzählte auch von den Kistchen mit den Phiolen und dem Aufdruck der deutschen Firma und Daten auf Festplatten, mit denen kein Mensch etwas anfangen konnte, weil niemand wisse, worum es sich handelte.

»Wegen des Konvois«, sagte der Deutsche, »gibt es einen Riesenwirbel.«

»Wir waren das nicht. Der IS auch nicht.«

»Ich weiß. Jemand anders hat einen gravierenden Fehler begangen. Aber man wird dennoch versuchen, es euch oder dem IS in die Schuhe zu schieben, um die Sache zu verschleiern.«

»Waren es die Amerikaner?«

»Im Moment weiß niemand genau, wer es war.«

»Was diese Kistchen mit den Phiolen und die Dokumente angeht – ich frage mich, ob wir damit Geld verdienen können.«

»Wir können mit allem Geld verdienen. Wie viel, nun, es kommt drauf an, was es ist.«

»Es sind weder Antibiotika noch Betäubungsmittel, keine Penizilline – es ist nichts, das wir kennen. Unsere Leute sind Mediziner. Sie haben noch nie davon gehört.«

»Wie nennt es sich denn?«, fragte der Deutsche.

»SpectorX steht auf den Kisten«, antwortete Saif.

15

Im Tageslicht war St. Pauli keine Schönheit, dachte Nick. Zumindest nicht der Abschnitt des Stadtteils, der seine Vorzüge erst entfaltete, nachdem das schimmernde Make-up und die Dunkelheit ihn glitzern und glänzen ließen.

Nick stand an der Straße, trank den dritten Kaffee, den er sich eben zum Mitnehmen an der Reeperbahn gekauft hatte, und rauchte die fünfte Zigarette. Kein schlechtes Pensum für einen Vormittag. Es zeigte ihm, dass er unter Druck stand. Oder besser: dass er Gas gab. Und das fühlte sich gut an, nachdem er lange auf die Bremse getreten hatte. Vielleicht war er aber nur deswegen aufgeregt, weil heute Morgen ein bestimmtes Dokument auf seinen Schreibtisch geflattert war. Mit dem Inhalt hatte das nichts zu tun – es handelte sich um ein Schreiben der Hamburger Staatsanwaltschaft im Zusammenhang mit den Amokläufen oder mutmaßlichen Terroranschlägen, wie auch immer. Vielmehr ging es um den Namen, der zu der Unterschrift gehörte. Ein Echo aus vergangenen Tagen – und dass ausgerechnet *sie* für den Fall zuständig sein würde …

Der Pappbecher in Nicks Hand fühlte sich immer noch heiß an. Er klemmte sich die Zigarette zwischen die Lippen und zog die Sonnenbrille aus der Brusttasche seines Jeanshemds, in dem es ihm sicherlich bald zu warm werden würde. Der Wetterbericht hatte für heute fast dreißig Grad angekündigt, nachdem es am Morgen noch recht kühl gewesen war.

Nick ließ einen Lieferwagen vorbei, der gerade von der Tankstelle abbog. Dann ging er über die Seitenstraße der Reeperbahn, wich einem schimpfenden Kerl aus, der einen Einkaufswagen mit Habseligkeiten vor sich herschob, und als er vor dem »Rodeo« stand, sah er sich um.

Der Eingang war zwischen ein Nagelstudio und einen Asia-Imbiss eingekeilt und sah nach absolut nichts aus. Aber Nick wusste, dass es einer der hippen und teuren Clubs war. Nachts standen die Leute hier Schlange. Darunter hatten sich kürzlich wohl auch Urs Tredeborg und Joris de Vries befunden, und zwar in der betreffenden Nacht. Heute Morgen hatte Nick sich noch einmal mit den Ehefrauen der beiden am Telefon unterhalten und sie gebeten, einfach einige Adressen zu nennen, die ihnen aus Gesprächen mit ihren Männern geläufig waren – Restaurants, Kneipen, Clubs, was auch immer. Dabei war unter anderem der Name »Rodeo« gefallen. Nick hatte Bekka daraufhin eine Auswahl von Namen gemailt, und die hatte unverbindlich geantwortet, dass sie die Namen alle kennen würde und man vom »Rodeo« in letzter Zeit immer wieder mal höre. Wenngleich sie sich persönlich zu alt für einen solchen Laden fühle, würden manche aus der älteren Generation ihn wohl dennoch aufsuchen. Nick hatte den Wink verstanden: Offenbar hatte de Vries den Laden in der Vernehmung erwähnt.

Nick sah sich den Club nun von außen an. Neue Erkenntnisse brachte ihm das nicht. Aber er bekam ein Gefühl dafür. Er lehnte sich an die Wand eines Handyladens, stellte den Kaffeebecher auf dem Fenstersims ab und zog das Handy aus der Seitentasche der hellen Cargohose. Er betrachtete die Telefonnummern in seinem Speicher eine Weile, rauchte und überlegte, ob er tatsächlich anrufen sollte und was er wie formulieren würde. Klar, er könnte auch eine E-Mail schicken, aber ein unmittelbares Telefongespräch mit der Staatsanwaltschaft wäre schneller und effektiver, gar kein Zweifel. Mit der zuständigen Staatsanwältin hatte er schon seit einiger Zeit nicht mehr gesprochen, was seine Gründe hatte. Aber es half ja nichts. Deswegen bestätigte Nick die Nummernauswahl mit einem Tastendruck. Er rechnete fest damit, dass die Mailbox anspringen würde. Er ließ es fast zehnmal klingeln und wollte gerade wieder auflegen, als das Gespräch schließlich doch angenommen wurde.

»Hallo, Nick«, sagte die kühl klingende Stimme am anderen Ende.

»Hallo, Hella«, erwiderte Nick.

Hella Conrad, ehemals Conrad-Beck. Nicks Ex-Frau.

16

Cleo streckte sich auf der Parkbank aus, genoss die Sonne und sog deren Strahlen regelrecht in sich auf. Sie lauschte dem Kindergeschrei vom Spielplatz im Planten un Blomen, der in einiger Entfernung lag. Nicht mehr lange, dann würde sie vermutlich dort auf einer Bank sitzen statt hier, Anna beim Spielen zusehen und sich mit anderen Müttern über Kinderbetreuung und solche Dinge unterhalten. Wie sich Chris da wohl schlagen würde?

Sie seufzte, öffnete die Augen und kontrollierte, ob bei der Kleinen alles in Ordnung war, die im Kinderwagen ihr Schläfchen machte. Dann ließ sie den Blick über die Wiese schweifen, auf der es sich viele Menschen in der Mittagspause am Teich bequem gemacht hatten. In der Sonne glitzerte das Wasser der Fontäne wie Quecksilber.

Cleo dachte über Liquid Ecstasy und andere flüssige Drogen nach. Auch über das neue Zeug, falls es denn tatsächlich etwas Neues war. Nick hatte Cleo eine WhatsApp geschickt und davon geschrieben, dass die beiden Amokläufer etwas im Blut gehabt hatten, das sich nicht eindeutig zuordnen ließ. Das war eine unpräzise Angabe, aber Nick machte sich darüber Gedanken, ob möglicherweise eine brandneue Designerdroge auf der Straße war und jemand etwas darüber gehört haben könnte. Cleo hatte sich sehr über die Mail gefreut – nicht über den Inhalt, aber darüber, dass Nick ihre Bitte ernst genommen hatte, sie auf dem Laufenden zu halten und sie mit Input zu versorgen. Cleo spürte, dass sie die Informationen wie ein Schwamm aufsog und ihre grauen Zellen wie automatisch angesprungen waren.

Schließlich nahm sie das Handy und rief Frevert an, der ihr vorhin gemailt hatte, dass er gegen Mittag erreichbar wäre. Cleo und er hatten im Drogendezernat zusammengearbeitet. Letzten Sommer war er bei einem Einsatz angeschossen worden. Inzwischen ging es ihm wieder gut.

»Aktuell nichts Brandneues unterwegs«, sagte Frevert. »Bei dem, was du da beschreibst, klingelt nichts. Wir haben den neuen Killerstoff aus Ungarn, aber der arbeitet auf Morphinbasis.«

Mit dem »Zeug aus Ungarn« meinte Frevert eine neue Billigdroge mit der Bezeichnung »Bull«, mit der man sich für ein paar Euro komplett abschießen konnte. Der Stoff war sehr unsauber und hochgefährlich. Wie hatte Keith Richards von den Rolling Stones mal in einem Interview angemerkt? Er habe nur überlebt, weil er stets den reinsten und teuersten Stoff genommen habe. »Bull« war das pure Gegenteil davon, und es waren bereits zahlreiche Menschen daran gestorben. Abgesehen davon kamen Jahr für Jahr zig neue psychoaktive Substanzen unter Phantasienamen auf den Markt – sogenannte »Legal Highs«, die man zwar seit Jahren kannte, die aber stets minimal verändert und mit neuen Bezeichnungen versehen wurden. Ein Trick, denn mit kleinen molekularen Anpassungen ließ sich erreichen, dass ein längst bekanntes und verbotenes Produkt plötzlich nicht mehr unter das Betäubungsmittelgesetzt fiel. Im Grunde liefen die Behörden den Herstellern ständig hinterher: Hatte man etwas Neues aufgespürt und analysiert und zum Verbot vorgelegt, waren längst schon wieder veränderte Substanzen auf der Straße. Es war wie bei einer Hydra, der man niemals den Kopf abschlagen konnte, oder wie bei Viren, die ständig mutierten.

Neue psychoaktive Stoffe konnten weitaus gefährlicher als Heroin sein, wurden aber verharmlosend und als der neue heiße Shit offeriert, den man sich auch im Internet als »Badesalz« oder was auch immer kaufen konnte – und von diesen Präparaten gab es Hunderte. Allerdings war den meisten gemein, dass sie auf der Basis von Cannabis, Amphetamin, Opioiden oder anderen Wirkstoffen beruhten. Ein Chemiker, der Blut analysierte, würde das sofort erkennen – zudem arbeiteten die Landeskriminalämter schon seit Jahren genau damit: mit Blutanalysen, um neue Wirkstoffe zu ermitteln.

»Es handelt sich nicht um Opioide«, sagte Cleo. »Das hätte sich beim toxikologischen Gutachten sonst herausgestellt.«

»Man müsste genauer wissen«, sagte Frevert, »was die Inhaltsstoffe sind.«

»Die Infos bekommen wir aber nicht. Das BKA hat wegen des Terrorverdachts den Finger drauf.«

»Das waren doch keine Terroranschläge.«

»Sag das mal dem BKA. Beziehungsweise einer Dienststelle vom Bundesinnenministerium, die hier am Ball ist.«

»Welche?«

»Eine, die gemeinhin genauso bekannt ist wie das, was man offensichtlich im Blut der beiden Amokläufer gefunden hat – nämlich gar nicht.«

Frevert sagte: »Ich halte die Ohren offen. Wir bleiben in Kontakt.«

Sie beendeten das Gespräch. Cleo beugte sich nach vorn, um erneut im Kinderwagen nach dem Rechten zu sehen. Anna lag vollkommen entspannt da. Die Beinchen von sich gestreckt, die Ärmchen ebenfalls. Wovon sie wohl träumte?

Cleo lehnte sich wieder zurück und wählte eine weitere Nummer.

»Ted Bundy?«, meldete sich die Stimme am anderen Ende.

Cleo musste lachen. »Hallo, Mr. Bundy«, sagte sie. »Ich muss Sie darauf hinweisen, dass wir Ihnen auf den Fersen sind.«

»Das macht nichts. Ich werde Sie alle mit meinem psychopathischen Charme einwickeln.«

Wieder lachte Cleo und sagte: »Hallo, Mark!«

Oder genauer: Mark Bauer, der beim BKA in Wiesbaden in der Abteilung für Operative Fall- und Risikoanalyse arbeitete. Cleo kannte ihn von einem Seminar beim FBI im vergangenen Jahr. Sie hatten beide daran teilgenommen und sich darin unter anderem mit den Profilen bekannter Serienmörder wie Ted Bundy befasst. Mark war ein witziger Typ, eine nerdige Variante von Michael J. Fox aus »Zurück in die Zukunft«, aber auf dem Gebiet der Psychologie sehr bewandert. Er war neu in der Abteilung, hatte er ihr erzählt. Die OFA, so lautete die Abkürzung, leistete für die Polizei des Bundes und der Länder Schützenhilfe bei Gewaltdelikten. In wenigen Worten ging es darum, Fälle aus kriminologischer Sicht zu verstehen, um daraus Schlüsse für die Ermittlungen zu ziehen. Mark war also ein Profiler.

»Hey, Cleo«, sagte er. »Ich höre große Dinge über dich im Zusammenhang mit dem Elbripper. Nicht schlecht für eine Drogentante.«

»Bin ich längst nicht mehr. Ich bin beim Mord gelandet.«

»Wo du auch hinwolltest.«

»Allerdings im Augenblick in der Elternzeit.«

»Hattest du geschrieben. Lastet dich nicht aus, was?«

»Doch, schon, aber du weißt ja, wie das ist.«

»Mhm«, machte Mark. »Wegen dem, was du wissen wolltest«, fuhr er dann fort. »Okay, ich habe mich kundig gemacht, und es ist so: Wir haben eine Abteilung namens ›Islamistisch motivierter Terrorismus / Extremismus‹, kurz TE, die ihrem Namen alle Ehre macht. Es gibt den Staatsschutz für andere politische Taten und ähnliche Fachstellen. Dazu gehört das BOK, das Bundesamt für Operative Kooperation, das zwischen uns, Bundespolizei, Verfassungsschutz, Bundesnachrichtendienst und Militärischem Abschirmdienst angesiedelt ist. Die gehören aber zum Innenministerium und agieren selbständig.«

»Ich frage mich, warum die hier in Hamburg tätig sind.«

»Na ja, die Sache in Hamburg ist ziemlich heiß. Vom BOK hatte ich bisher noch nie was gehört. Aber was ich gehört habe, geht ungefähr so: Wenn die Luft brennt, dann sind die am Start. Es ist eine offizielle inoffizielle Abteilung, wenn du verstehst. Wenn zum Beispiel wir als BKA an die Grenzen unserer Befugnisse stoßen, kommt das BOK ins Spiel. Andersherum kann das BOK auf Weisung des Innen- oder des Verteidigungsministeriums oder in begründeten Verdachtsfällen eigeninitiativ tätig werden. Dieser Nordberg, dessen Namen du erwähnt hast, ist unter dem Strich so eine Art Regler, okay? Ein Checker. Ein Ausputzer. Der hat weitreichende Befugnisse, und damit liegt auf der Hand, dass da an großen Rädern gedreht wird.«

»Ich kann mir überhaupt nicht vorstellen, warum.«

»Ich kann nur mutmaßen«, sagte Mark. »Aber ich denke: Wenn Nordberg aktiv ist, ist entweder eine Riesensache im Gang. Oder es ist an irgendeiner Stelle etwas gewaltig in die Hose gegangen, das so lautlos wie möglich repariert und hingebogen werden soll. Ich würde mich da lieber raushalten, Cleo, und die machen lassen.«

»Ja«, sagte Cleo und nickte, »das ist bestimmt besser so.«

Nachdem sie das Telefonat beendet hatten, schickte Cleo eine Sprachnachricht an Nick.

Und sie dachte darüber nach, dass Nicks Gefühl nicht falsch war: Irgendetwas an diesem Fall erschien sehr merkwürdig.

17

»Ich weiß, Nick«, sagte Hella und leckte sich den Cappuccinoschaum von der Oberlippe. Ihre Stimme war kräftig und klar wie eh und je und übertönte das Gemurmel und Klappern von Tassen und Tellern in der Zivilgerichtskantine problemlos. »Aber ich kann nichts versprechen. Es geht um einen möglichen terroristischen Anschlag. Das liegt ein paar Etagen über mir.«

»Aber eine Menge anderer Aspekte liegen genau auf deiner Augenhöhe. Mord, Körperverletzung, versuchte Körperverletzung, Sachbeschädigung …«

»Ja …«

»… und das ist nur die Spitze des Eisbergs. Du hältst jede Menge Hebel in der Hand.«

»Es ist ja nicht so, dass keine Akten bei mir auf dem Tisch liegen und wir keinerlei Ermittlungen anstellen.«

»Aber nicht die wichtigen Dinge.«

Hella stellte die Tasse ab und schlug die Beine übereinander. Sie trug eine helle Hose und eine weiße Bluse, kaum Schmuck und fast keine Schminke. Hatte sie niemals nötig gehabt. Hella war eine der Frauen, die umso attraktiver wirkten, je weniger sie sich herausputzten, und sie wusste das. Die blonden Haare waren zum strengen Zopf gebunden. Über dem Tisch faltete sie die Hände und sah Nick aus grünen Augen mit dem Ausdruck an, den sie immer schon aufgesetzt hatte, wenn es ernst wurde.

Nick unterdrückte ein Lächeln. So war sie ihm auch vor etwa acht Jahren genau hier in der Kantine gegenübergesessen, nachdem Nick in der Verhandlung gegen Judo-Johnny ausgesagt hatte. Johnny war ein Kiez-Bursche aus der mittleren Etage, der Stress mit ein paar russischen Zuhältern bekommen hatte. Johnny, alte Schule, wollte die Sache mit den Burschen klären, worauf Messer gezogen wurden. Und auf Messer reagierte Johnny allergisch. Damit klärte man keine Meinungsverschiedenheiten. Das gehörte nicht zum guten Ton. Messer waren miese kleine Dinger, und Typen, die Messer zogen, waren verfluchte Ratten. Also hatte Johnny zwei Schnapsflaschen zerdeppert, den Russen einen neuen Scheitel gezogen und ihnen ein paar dauerhaft verbleibende Muster in die Haut geritzt.

Hella wollte ihn wegen versuchten Mordes und schwerer Körperverletzung einfahren lassen, was Nick überzogen fand. Er war als Zeuge vorgeladen und hatte schnell kapiert, dass Hella in ihrem ersten größeren Prozess glänzen wollte. Abgesehen von ihrem Aussehen hatten Hellas Gradlinigkeit und Zielstrebigkeit Nick imponiert, und Hella hatte gefallen, dass sich Nick für Johnny einsetzte. Wenngleich sie zu dem Zeitpunkt noch nicht wusste, dass Johnny einer von Nicks Informanten war, den er schützen wollte.

Jedenfalls hatten sie ihre Unterhaltung ein paar Tage

später in einem Restaurant fortgesetzt, dann noch mal, und schließlich hatte eines zum anderen geführt. Sie wussten zwar beide, dass eine ernste Beziehung zwischen einer Staatsanwältin und einem Polizisten schnell zu Problemen und Interessenskonflikten führen würde. Aber man konnte sein Leben nicht von der Meinung anderer und bürokratischen Regeln abhängig machen.

Bei einem Bootsausflug auf der Alster hatte Nick Hella gefragt, ob sie nicht heiraten wollten – eher aus einem Bauchgefühl heraus. Ihm war einfach danach gewesen. Alles lag klar vor ihm. Die Sonne schien. Die Wellen plätscherten. Der Wind spielte mit Hellas Haar, und er war Hals über Kopf in sie verliebt gewesen. Und Hella hatte ja gesagt. Für einen Zeitraum von drei Jahren war es richtig gut mit ihnen gelaufen. Sie hatten eine tolle Wohnung genommen, schöne Urlaube miteinander verbracht und immer wieder damit kokettiert, irgendwann einmal Eltern werden zu wollen. Allerdings stand dem Hellas Karriere im Weg. Sie wollte nach oben, sie wollte mehr, fiel Stufe für Stufe die Treppe hinauf und schob Überstunden ohne Ende.

Nick tat dasselbe. Er hatte mit dem Elbripper-Fall zu tun gehabt und sich so tief in die Materie eingegraben, dass er irgendwann von morgens bis abends an nichts anderes mehr denken konnte. In der Folge waren ihre Welten auseinandergedriftet. Sie hatten immer weniger Zeit miteinander verbracht, und eines Tages hatte Hella sachlich festgestellt, dass sie nichts mehr miteinander verband, was nur einen Schluss zuließ.

Also hatten sie sich getrennt und sich dann fast genauso spontan scheiden lassen, wie sie geheiratet hatten. Streit hatte es fast nie zwischen ihnen gegeben. Vielleicht, hatte Nick oft gedacht, war genau das das Problem gewesen: der Mangel an Reibungspunkten, an denen man hätte wachsen können.

»Warum ist dir das eigentlich so wichtig, Nick Beck?«, fragte Hella.

»Ich war mittendrin. Die Sache ist persönlich. Und ich weiß, dass da etwas nicht stimmt.«

»Gibst du jetzt den wackeren Ritter, der an die allumfassende Gerechtigkeit glaubt?«

»Nein, der bin ich nie gewesen.«

»Ich weiß. Deswegen hätte es mich überrascht. Was soll an dem Fall nicht stimmen?«

Nick gab ihr eine Zusammenfassung der Ereignisse, erläuterte seine Ideen und berichtete ihr ebenfalls von dem, was Cleo beim BKA herausgefunden und ihm vorhin gemailt hatte – über Nordberg und seine Abteilung. Hella hörte zu, stellte manchmal eine Zwischenfrage und machte sich Notizen. Als Nick fertigt war, tippte sie mit dem Stift, einem Montblanc, an ihr Kinn und dachte nach.

»Sie werden sich sowieso an uns wenden«, sagte sie schließlich. »Sie werden diesen Terrorverdacht nicht mehr lange aufrechterhalten können. Abgesehen davon werden sie jede Menge Ermittlungsunterstützung benötigen, die nur wir leisten können. Außerdem, wie du schon gesagt hast, haben wir hier einen ganzen Stapel an lokalen Straftaten, mit dem wir uns zu befassen haben.«

»Wenn ich du wäre«, sagte Nick, »würde ich mir das sowieso nicht aus der Hand nehmen lassen.«

»What happens in Hamburg, stays in Hamburg?«

»Exactly.«

Hella schmunzelte. »Ich habe gehört, dass du dich in der S-Bahn und am Autohaus aufgeführt hast wie Bruce Willis in ›Stirb langsam‹.«

»Nicht wirklich.«

Hella lächelte, spielte mit dem Montblanc. »Jedenfalls freue ich mich, dass es dir wieder besser geht und der Elbripper-Fall gelöst ist. Er hat sehr lange sehr schwer auf dir gelastet. Du hast es vielleicht nicht so wahrgenommen. Aber er war zu einer Obsession geworden. Andererseits warst du immer schon sehr obsessiv.«

»Als ich nach der Schule zur Polizei wollte, habe ich von nichts anderem gesprochen, bin meiner Freundin und meinen Eltern enorm auf die Nerven gegangen. Als ich bei der Bundespolizei war, bin ich voll in der Aufgabe aufgegangen. Beim SEK später ebenfalls. Was soll ich machen – so bin ich halt.«

Hella lachte und nickte. »Ich weiß das, Nick Beck. So bist du. Obsessiv, intensiv – und keiner Verlockung gegenüber abgeneigt. Als deine Mutter noch lebte, hatte sie mir mal erzählt, dass sie alle Süßigkeiten vor dir verstecken musste. Und dein Vater später die Zigaretten.«

Nicks Eltern lebten nicht mehr. Seine Mutter war im Sauerland, wo Nick geboren war, vor einigen Jahren in einem Pflegeheim gestorben. Demenz. Sein Vater lebte ebenfalls nicht mehr, hatte Nick aber den Mercedes vermacht. Nick sprach ungern und selten darüber. Manche Türen blieben besser verschlossen.

»Wir alle haben unsere Dämonen«, sagte Nick.

»Ohne deine Dämonen wärst du nie interessant für mich gewesen.«

»Dito.«

Hella grinste. »Du redest schon wie Lukas.«

Lukas war Hellas neuer Lebensgefährte, ebenfalls Jurist. Er arbeitete bei einer großen Versicherung und war Hobbysegler. Ein netter und gut aussehender Kerl – aber niemand, mit dem Nick jemals ein Bier trinken gehen würde.

»Siehst du«, sagte Nick, »der steht ebenfalls auf deine dunkle Seite.«

Hella drehte den Stift zwischen den schlanken Fingern, strich sich eine lose Strähne hinter das Ohr. »Mag sein«, sagte sie.

»Bist du jetzt fertig?«, fragte Nick.

Hella blinzelte. »Womit?«

»Zu einer Entscheidung zu kommen.«

Hella war so. Wenn sie nachdachte, musste sie gleichzeitig über irgendetwas reden, das mit der Sache nichts zu tun hatte. Andere würden schweigen und überlegen. Sie würden laut denken und Argumente vielleicht in einem Dialog abwägen. Hella lenkte sich lieber ab.

»Bin ich«, erwiderte Hella. »Ich kann ein paar Eilanträge stellen, mir Zugriff auf Akten verschaffen. Wir werden sehen, wie sie darauf reagieren.«

Nick sagte: »Ich brauche Bewegungsprofile, die Protokolle aus den Bordcomputern der Autos von de Vries und Tredeborg, Handydaten, die toxikologischen Gutachten und außerdem die Freigabe eines Gutachtens, das über de Vries von Bekka erstellt wird.«

»Deine rothaarige Psychologenfreundin?«

»Sagt wer?«

Hella grinste. »Man hat euch neulich zusammen gesehen. Ist doch prima. Da hast du gleich jemanden, der dich rund um die Uhr therapeutisch begleiten kann.«

»Wir haben uns ein paarmal getroffen, mehr nicht.«

»Meine Güte, und wenn schon – ist mir doch gleich. Das ist dein Leben.«

»Wie sieht's aus, Hella?«

»Okay«, sagte sie schließlich. »Ich werden sehen, was ich tun kann, und Druck machen. Ich weiß noch nicht, was dabei herauskommen wird. Aber bei einer Sache hast du recht.« Hella steckte den Montblanc und ihre anderen Sachen in die Handtasche. »Ich glaube ebenfalls nicht an einen Terroranschlag. Irgendetwas ist da im Busch.«

18

DREI MONATE ZUVOR

Faust und Spörl standen im staubigen Nirgendwo zwischen kahlen Felsen und tranken Tee, den Saif in einer Thermoskanne mitgebracht hatte. Sie war auf der Motorhaube des Pick-ups abgestellt. Saif trug den üblichen Kaftan und den Turban wohl nur, um sich anzupassen. Nach Fausts Einschätzung war er mehr der Typ, der an Baseballkappen mit dem Aufdruck der New York Yankees oder Ralph Lauren interessiert wäre. Spörl trug wie üblich Zivil. Faust hatte die sandfarbene Kampfkleidung an, aber auf den Helm verzichtet, der auf dem Rücksitz neben dem Sturmgewehr und dem Allzweckgürtel mit der Pistole lag, den Faust eben abgeschnallt hatte. Es gehörte zum guten Ton, keine Waffen zu tragen, wenn man übers Geschäft redete.

Spörl und Faust waren mit einem Wolf-Geländewagen gekommen, den auch die Bundeswehr nutzte. Er war in heller Tarnfarbe lackiert und gehörte zum Fuhrpark von »Allied Support Systems«, kurz ASS. Es war das Unternehmen, für das Faust arbeitete. ASS wurde vom Bundesverteidigungsministerium oder anderen Auftraggebern für Jobs angeheuert, die die regulären Truppen nicht erfüllen konnten. Das konnte unterschiedliche Gründe haben. Manchmal ging es darum, dass die Kapazitäten nicht ausreichten und es politische Mandate für nur eine bestimmte Anzahl Soldaten im jeweiligen Kontingent gab. Oder es ging um Jobs, die die Kräfte aus rechtlichen Gründen nicht ausführen durften. Eine Handvoll toter regulärer Kräfte bescherten einem schließlich ein immens negatives Medienecho im Heimatland. Über eine Handvoll privater Kämpfer aus Deutschland scherte sich hingegen niemand. Die gingen nicht in die Statistik ein.

Aus diesen und anderen Gründen war Afghanistan rund zwanzig Jahre lang ein Land gewesen, in dem sich Militär- und Sicherheitsunternehmen aus aller Herren Länder tummelten und sich eine goldene Nase verdienten. Damit war es nun bald vorbei. Vorerst jedenfalls.

Faust war insgesamt dreimal in Afghanistan gewesen und fühlte sich mittlerweile zu alt für den Job. Beim ersten Einsatz war er mit dem gerade neu aufgebauten Kommando Sonderstreitkräfte der Bundeswehr, kurz KSK, als Unteroffizier eingerückt. Danach hatte er den Dienst quittiert und bei ASS angeheuert, da es dort trotz aller Sonderzulagen, die das Verteidigungsministerium bezahlte, erheblich mehr Geld zu verdienen gab. Spörl fühlte sich inzwischen ebenfalls zu alt – mit dem Unterschied, dass er tatsächlich zu alt und bereits Pensionär war. Er hatte früher als Drogenfahnder bei der Polizei gearbeitet und war mit Beginn des Ruhestands der Auffassung gewesen, dass er noch frisch genug wäre, um mit seiner vielen freien Zeit etwas Sinnvolles anzufangen. Familie hatte er nicht und war schließlich nach Afghanistan gekommen, wo er – zusammen mit vielen weiteren deutschen Polizisten und Ex-Polizisten – bei der Ausbildung und dem Aufbau des Sicherheitsapparates in Kabul und anderen Städten geholfen hatte.

Faust und Spörl hatten sich vor drei Jahren kennengelernt und instinktiv begriffen, dass sie zwei vom gleichen Schlag waren. Faust war zu der Zeit mit einer kleinen internationalen Crew von ASS und zwei weiteren Unternehmen damit betraut gewesen, Opiumplantagen zu vernichten. Anfangs hatten die Amerikaner, Engländer und Franzosen die Flächen noch mit Napalm bombardiert, es aber aus wirtschaftlichen Gründen aufgegeben. Denn meist erwischte man nicht die ganze Fläche, und wenn ein Feld ausradiert war, sprossen an anderer Stelle sowieso fünf neue aus dem Boden. Es war daher auf Dauer unwirtschaftlich, Raketen und Bomben zu nutzen, die mehrere Hunderttausende Dollar pro Stück kosteten. Eine Kampfgruppe von fünf bis zehn Mann und zwei Flammenwerfer in einem 24-Stunden-Einsatz waren mittel- und langfristig weitaus preiswerter.

Faust und Spörl hatten sich an einem solchen Feld getroffen. Spörl war mit einer Gruppe afghanischer Polizisten angerückt, die zu einer Anti-Drogen-Behörde aufgebaut werden sollten, damit sich die Burschen vor Ort alles genau ansehen konnten. Spörl und Faust hatten sich einander dann als Deutsche vorgestellt und eine zusammen geraucht.

Spörl hatte gesagt: »Mensch, das sind Millionen, die ihr da eben abgefackelt habt, eigentlich eine Schande, oder?«

»Ziemlich«, hatte Faust erwidert. »Wir beschlagnahmen auch eine Menge.«

Daraufhin hatten sich die beiden einmal tief in die Augen geschaut, Telefonnummern ausgetauscht und sich erneut unterhalten, nachdem Faust bei einem Einsatz von einem Mann namens Saif angesprochen worden war, der als Führer und Übersetzer arbeitete. Saif hatte Faust einen lukrativen Nebenjob vorgeschlagen. Er hatte erklärt, dass das Militär ja stets Tausende Tonnen an Material hin und her schicke und Privatunternehmen ebenfalls. Die Sicherheitsvorkehrungen und Zollvorschriften für solche Transporte seien doch mit denen bei Flügen von regulären Airlines nicht vergleichbar und die von Privatunternehmen nochmals ganz andere als die bei offiziellen Streitkräften. Und daher hätten sich in der Vergangenheit solche Transporte als ein probater Weg für den Export von, sozusagen, sehr inoffiziellen Gütern erwiesen.

»Schlägst du mir Drogenschmuggel vor, Junge?«, hatte Faust gefragt.

Saif antwortete mit einer Summe.

Spörl hatte darüber nachgedacht, einen Entschluss gefasst und sich an Faust erinnert. Im Hotel hatten sie sich zusammen betrunken – und schließlich waren sie ins Geschäft gekommen. Faust hatte sich um den Versand gekümmert und Spörl einige Kanäle aus seiner Zeit als Drogenfahnder in Deutschland für den Vertrieb angezapft. Mit dem von ASS zurückgeschickten Material aus Afghanistan gingen seither in Munition, in Waffenkisten und in Fahrzeugen versteckte Drogen auf den Weg nach Deutschland, wo sie von ein bis zwei geschmierten Leuten vom Zoll in Empfang genommen wurden. Von dort aus ging die Ware weiter – zum Beispiel an die Albaner in Hamburg, die Spörl ins Geschäft gebracht hatte.

Ein lukratives Geschäft – das nun mit dem internationalen Abzug aus Afghanistan versiegte, weil keine Truppen- und Materialtransporte mehr nötig sein würden. Aber es wurde sowieso zu heiß, denn Spörl hatte das Gefühl, dass jemand in Deutschland Lunte gerochen hatte, einer seiner Ex-Kollegen namens Brauner.

Saif trank etwas Tee und machte eine Geste mit der Hand. Kurz darauf kam sein Fahrer mit zwei schweren Sporttaschen, stellte sie neben der Thermoskanne auf der Motorhaube ab und öffnete die Reißverschlüsse. Saif nahm ein silbernes Metallköfferchen heraus, ließ den Deckel aufschnappen und trat etwas zur Seite. Faust sah eine Reihe von Glasphiolen, die mit einer bernsteinfarbenen Flüssigkeit gefüllt waren.

»Cognac ist das nicht«, sagte Spörl, »so viel steht mal fest.«

Saif lächelte nicht. Er fragte Faust: »Was ist SpectorX, irgendeine Ahnung? Können wir damit Geld verdienen? Unsere Leute wissen nicht, worum es sich handelt. Wir haben die Unterlagen, die wir im Konvoi gefunden haben, durchgesehen. Sind alle in den Taschen mitsamt drei weiteren Koffern. Zwei Laptops ebenfalls. Wir waren versucht, eine Probe zu nehmen und es zu testen. Aber es könnten Kampfstoffe sein. Zu gefährlich.«

»Es sind keine Kampfstoffe«, sagte Faust.

»Was denn dann?«

Faust nahm einige Dokumente aus der Sporttasche, blätterte sie durch. Die meisten waren verschmutzt, zerknittert. Er überflog ein paar Zeilen, las einige Male die Abkürzung HPO, erinnerte sich an etwas und fragte schließlich: »Womit halten sich eure Leute im Kampf wach?«

»Das weiß ich nicht.«

»Was gebt ihr euren Selbstmordattentätern?«

»Keine Ahnung.«

»Du kannst unterschiedliche Dinge nutzen«, sagte Faust. »Hitler hat die Wehrmacht mit Metaamphetaminen vollgepumpt, Speed, wenn du so willst. Die Soldaten konnten länger kämpfen und länger wach bleiben. Wir haben ebenfalls kleine Pillen.«

»Was machen die?«

»Halten dich wach. Bringen dich auf Touren. Stellen dir die Ohren auf. Das ist wie Speed, nur sehr viel effektiver. Ich nehme an, SpectorX ist etwas Ähnliches. Sie haben es Soldaten gegeben, um ihre biologischen Ressourcen zu optimieren, steht in den Unterlagen. Wird nichts anderes sein als das, was wir nutzen. Wahrscheinlich effizienter, weil es aussieht, als ob man es intravenös verabreicht. Laut der Dokumente ist es jedenfalls so etwas wie ein hochwirksames Aufputschmittel, würde ich sagen.«

»Dann können wir das für unsere Kämpfer nutzen.«

»Oder wir bieten es in Deutschland an. Es gibt einen riesigen Markt. Die Menschen im Westen stehen unter massivem Erfolgsdruck.«

»Ich weiß.«

Spörl sagte: »Wenn Faust recht hat, dann ist das hier, denke ich, ein besonderer Stoff. Er ist medizinisch astrein und daher nicht mit dem gestreckten Koks oder Crack zu vergleichen, das man auf der Straße bekommt. Es ist eher eine Designerdroge, die viel Geld bringen kann. Gib es euren Kämpfern und verschwende es. Oder lass uns den Marktwert in Deutschland testen, und wir checken außerdem die Daten auf den Laptops genauer. Mir egal. Deine Entscheidung.«

»Über wie viel Geld reden wir?«

Faust zuckte mit den Schultern.

Spörl sagte: »Schwer zu sagen, wenn ich die Dosierung nicht kenne. Aber dreißig Ampullen in jeder Box, drei Koffer – das sind mindestens dreihunderttausend Euro pro Koffer. Wir müssen es ausprobieren und sehen, wie viel die Leute zahlen werden. Unsere Partner in Deutschland haben außerdem Zugang zu Chemikern und Laboren, die es testen können. Wenn der Stoff richtig heiß ist und einschlägt, lässt sich davon vielleicht noch mehr herstellen. Dann würde man eine Formel mitverkaufen, eine Blaupause. Und dann reden wir über deutlich mehr als dreihunderttausend pro Koffer.«

»Okay«, sagte Saif, machte wiederum eine Geste zu seinem Kompagnon, der die Sachen zusammenpackte und sie in den Jeep brachte. Saif lächelte. »Ich bin gespannt. Die andere Lieferung erhaltet ihr wie eh und je.« Said sprach von Opium und Heroin. »Es ist sehr schade, dass wir unsere Logistikkanäle bald nicht mehr nutzen können. Aber vielleicht kommen wir künftig auf andere Art und Weise zusammen.«

»Das heißt?«, fragte Spörl.

»Eventuell komme ich gelegentlich nach Deutschland. Es gibt unterschiedliche Interessenten, mit denen ich dort kooperieren könnte. Wir werden sehen. Wir bleiben in Kontakt.«

Spörl und Faust verabschiedeten sich. Erst fuhr Saif fort. Dann stiegen Spörl und Faust ein und fuhren ebenfalls los.

»Du hast ihm nicht alles erzählt, oder?«, fragte Spörl.

Faust schwieg zunächst. Dann sagte er: »HPO steht für ›Human Perfomance Optimization‹. Und SpectorX klingt für meine Ohren wie ein Projektname. Sie haben alles in einen Konvoi gepackt und außer Landes bringen wollen. Ich glaube nicht, dass das ein Tross von *Ärzte ohne Grenzen* war. Ich glaube eher, sie haben ein komplettes Camp abgebrochen und mit dem Camp eine ganze medizinische Mannschaft nach Hause bringen wollen.«

»Das heißt?«

»Wir haben beim KSK und bei ASS immer wieder mal Präparate zum Testen erhalten. Neue Aufputschmittel. Bei manchen hast du dich gefühlt wie Superman. Die waren mit nichts vergleichbar, was es vorher gab. Ich nehme an, die haben hier etwas getestet, was noch darüber hinausgeht.«

»Mit einer Droge, die dich zu Superman macht, können wir uns dumm und dusselig verdienen. Jeder Topmanager in Deutschland wäre gerne Superman und bereit, dafür Unsummen zu bezahlen.«

»Das«, sagte Faust und gab Gas, »glaube ich ebenfalls.«

19

Nick saß am Schreibtisch und ging noch einmal die Faktenlage im Brauner-Fall durch. Es war spät, draußen war es längst dunkel, und er würde gleich Feierabend machen. Vorhin hatte Hella ihm eine E-Mail geschickt und im Rahmen des Möglichen ganze Arbeit geleistet. Die Daten aus den Bordcomputern der Fahrzeuge von de Vries und Tredeborg waren freigegeben worden, ebenso die Bewegungsdaten ihrer Handys. Allerdings nicht die Vernehmungsprotokolle von de Vries – also nichts von dem, was Bekka anging, und auch keine Analysen der Blutuntersuchung.

Aus den vorliegenden Daten hatte sich immerhin ein Bewegungsprofil ableiten lassen. Demnach waren de Vries und Tredeborg am betreffenden Abend tatsächlich im »Rodeo« gewesen sowie in drei Bars im Umfeld der Reeperbahn. Sie waren mit dem Privatwagen von Tredeborg losgefahren, hatten den dann stehen lassen und sich zu Fuß oder mit dem Taxi bewegt. Im »Rodeo« hatten sie sich mehrere Stunden lang aufgehalten. Damit lag der Verdacht nahe, dass sie sich dort abgeschossen und die verwendete Droge möglicherweise auch dort bezogen hatten.

Die Handy- und Fahrzeugdaten gaben noch mehr her,

auch aus den vergangenen Wochen. Allerdings wäre es eine Mordsarbeit, das alles zu durchforsten. Nick würde dazu seine Kollegen einbeziehen müssen, vielleicht auch Cleo, wenn sie wollte.

Gleichzeitig musste er endlich etwas Brauchbares im Fall Brauner herausfinden, weswegen er hier noch vor dem Computer saß. Aber Nick konnte es drehen und wenden, wie er wollte – er kam nicht weiter. Irgendein entscheidendes Puzzleteil fehlte.

Seine Theorie besagte, dass Brauner von jemandem ausgeschaltet worden war, der sich auskannte: jemand mit militärischer Ausbildung oder Polizeihintergrund, in jedem Fall jemand, der mit Waffen vertraut war und wusste, was er tat und was zu tun war, wenn man jemanden fachgerecht erschießen wollte. Es waren noch nicht einmal Patronenhülsen gefunden worden. Die hatte der Schütze eingesammelt. Kein nervöser Junkie hätte die Nerven dafür gehabt. Der Täterkreis war also stark eingegrenzt, führte möglicherweise sogar in Polizeikreise und könnte sich damit zu einem Albtraum entwickeln.

In Nicks Vorstellung war die Sache so abgelaufen: Brauner wollte sich in dem abbruchreifen Bau mit jemandem treffen. Dieser Jemand hatte ihn unter einem Vorwand dorthingelockt, dann die Waffe gezogen und geschossen. Zwei Schüsse in die Brust. Dann noch einen in den Kopf. Brauner war nicht geflohen oder überwältigt worden. Nein, er war frontal erwischt worden, etwa aus einer Distanz von drei Metern, hatten die Forensiker gesagt. Drei Meter waren ein guter Sicherheitsabstand. Ein Abstand, in dem man mit jemanden reden würde, den man eventuell zwar kannte, aber dem man nicht vollends traute.

Brauner war verdeckt aktiv gewesen und hatte sich als Drogenkäufer ausgegeben, Netzwerke aufgebaut und war einer Heroinmafia auf der Spur gewesen. Bei den Mordermittlungen hatte Nick mit Kollegen von den Drogen zusammengearbeitet und begriffen, wie pikant der Fall war. Denn natürlich hätten die Kollegen sämtliche von Brauners Kontakten einsacken und befragen, alles auf den Kopf stellen und einen Mordswirbel in der Szene veranstalten können. Allerdings wäre dann nicht nur aufgeflogen, dass Brauner ein Spitzel war, über den die Polizei seit langem Bescheid wusste. Es wären gleichzeitig Brauners Vertraute aus der Szene ans Messer geliefert worden. Man hätte sie nicht mehr einsetzen können und außerdem in Lebensgefahr gebracht. Kurz: Eine Verhaftungswelle wäre purer Aktionismus und kontraproduktiv, denn der Wirbel hätte alle verschreckt, auf die man es abgesehen hatte.

Also hatten sich Nick und die Kollegen darauf geeinigt, in der Öffentlichkeit und in der Szene zunächst das Spiel vom angeblichen Junkiemord mitzuspielen, aber allen, mit denen Brauner zuletzt Kontakt gehabt hatte, intensiv auf die Finger zu schauen. Außerdem war eine Reihe von Personen aus Brauners Ermittlungsumfeld auf einen militärischen oder polizeilichen Hintergrund überprüft worden und darauf, ob jemand schon mal wegen Waffenbesitz dran oder ein Hobbyschütze war. Fehlanzeige.

Zudem blieb die Frage offen, auf was Brauner möglicherweise gestoßen war, das ihm das Leben gekostet hatte.

Aus der Aktenlage war nichts ersichtlich, keine neue und besonders heiße Spur oder etwas Derartiges. Wahrscheinlicher war also, dass Brauner entweder aufgeflogen oder unwissentlich viel zu dicht an etwas Heißes herangekommen war. Deswegen hatte sich jemand unter einem Vorwand mit ihm treffen wollen und vielleicht Informationen oder ein Geschäft versprochen. Brauner würde überprüft oder gewusst haben, um wen es sich bei dem Anbieter handelte. Er wäre zu dem Schluss gekommen, dass die betreffende Person verlässlich war, wenngleich mit Vorsicht zu genießen, und stimmte dem Treffen zu.

Und das war der Knackpunkt: Nach Nicks Meinung hatte der Täter einen militärischen oder polizeilichen Hintergrund. Wenn Brauner seinen Mörder für unverdächtig gehalten hatte oder ihn sogar kannte, dann war der Mann vielleicht Polizist oder Ex-Polizist. Folglich könnte Brauner Korruption oder einem kriminellen Netzwerk in Polizeikreisen auf der Spur gewesen sein. Damit wäre auch nachvollziehbar, dass Brauner darüber kein Protokoll geführt hatte: damit es niemandem in der Behörde in die Finger fällt. Wenn Nick ein korrupter und im Drogenhandel tätiger Cop wäre und jemand wie Brauner das herausgefunden hätte, dann würde Nick ihm drohen oder ihm ein Angebot unter vier Augen machen. Und wenn Brauner, der Mann mit der weißen Weste, ablehnen würde, würde Nick ihm vielleicht drei Kugeln sowie eine Ladung Heroin verpassen, die alles nach einem Junkiemord aussehen ließe. Natürlich hätte Nick das professioneller angestellt und nicht …

»Hey, Beck!«

Nick blickte auf. Janson lugte um die Ecke. Er hatte Schultz im Schlepptau.

Janson sagte: »Wir wollten gerade zum Dienstschluss noch ein Bier trinken gehen und …«

»Kein Interesse.«

»Lass mich mal ausreden, Mensch. Wir wollen also grade ein Bier trinken gehen, da hören wir, dass auf Pauli Alarm ist. Haste auch gehört?«

»Nein.«

»Die nehmen da gleich einen Laden hoch. Alles sammelt sich. Ich habe gefragt: Wer nimmt denn da wen hoch? Aber keiner hier weiß Bescheid, nur dass ein SEK unterwegs ist, die Schützengruppe und jede Menge Streifenpolizisten, Rettungswagen, das große Besteck. In jedem Fall ist es wohl nichts, was von uns gesteuert wird.«

»Um welchen Laden geht es denn?«

»Das ›Rodeo‹.«

»Fuck«, sagte Nick und sprang auf.

20

Artan und Luan saßen in den teuren Ledersesseln im Backoffice des »Rodeo«, lauschten den wummernden Bässen und tranken Wodka. Er hatte eine blassbraune Farbe angenommen, nachdem sie eine Phiole aufgebrochen und ein paar Tropfen von dem Zeug hereingekippt hatten, das sie »Raging Bull« nannten. Nicht der tollste aller Namen, klar, aber so fühlte man sich eben, wenn man es nahm: wie Robert de Niro als Jake La Motta in diesem Boxerfilm »Raging Bull«. Man ging wie ein wilder Stier regelrecht durch die Wand und ließ sich durch nichts und niemanden davon abhalten, sein Ziel zu erreichen.

Allerdings durfte man es auf keinen Fall damit übertreiben wie die bescheuerten Typen, die Amok gelaufen sind. Ein paar Tropfen waren mehr als genug. Die zwei aber hatten sich zusammen fast eine Ampulle reingezogen, was totaler Wahnsinn war. Dabei hatte Luan sie gewarnt. Mehr als ausdrücklich. Zudem war es nicht nur Wahnsinn, sondern auch irre teuer. Sie hatten eine einzelne Phiole für zehntausend Euro verkauft. Nicht nur an den Autohändler und seinen Kumpel, sondern auch noch an einige andere stinkreiche Stammkunden, die sich allerdings streng an die

Dosierungsanleitung gehalten hatten und phantastisch damit gefahren waren. Weswegen Luan und Artan der Meinung gewesen waren, dass sie künftig mehr Geld nehmen könnten. Mindestens das Doppelte, wenn nicht das Dreifache. Das wäre nämlich eine super Marktlücke: superteure Designerdrogen für stinkreiche Typen, quasi die Rolex Daytona der Drogen.

Aber jetzt war der Spaß sowieso vorbei. Die beiden wollten ihr Zeug unbedingt zurück und es dann loswerden, nachdem die zwei Kunden ausgerastet waren. Klar, die Sache war jetzt auch für Artan und Luan viel zu riskant geworden. Deswegen hatten sie die restlichen Proben vorhin zurück an Faust und Spörl gegeben, lediglich vier Portionen unterschlagen und für den Eigengebrauch behalten, weil das Zeug wirklich absolut hammergeil war.

Sie lehnten sich in den Sesseln zurück, grinsten sich an und warteten auf die Wirkung, die in weniger als einer Minute eintrat. Es war verrückt: Man fühlte sich auf »Raging Bull« absolut nicht bedröhnt, sondern eher erweitert. Es war schwer zu beschreiben. Man fühlte sich, als ob man einerseits deutlich mehr kapierte als sonst. Die Gedanken rasten blitzschnell, und man zog logische Schlüsse aus den aberwitzigsten Situationen, dachte im Voraus und in die Zukunft, hatte den totalen Durchblick. Außerdem konnte man mehr, was ebenfalls nicht leicht nachzuvollziehen war. Also: Luan hätte sich auf »Raging Bull« zum Beispiel locker zugetraut, am Motor seines SUV eine Zylinderkopfdichtung selbst auszutauschen, und vermutlich hätte er es auch hinbekommen. Zudem fühlte man sich wie ein Topathlet:

megafit und für die nächsten Olympischen Spiele gerüstet. Man reagierte schneller, konnte viel mehr leisten – und weil man sich wie ein Überwesen fühlte, konnte einem auch niemand etwas anhaben.

Es war wie … na ja. Wenn einem jemand im Weg stand, dann entfernte man ihn einfach aus dem Weg – ohne über irgendwelche Konsequenzen nachzudenken. Und das war eine coole Eigenschaft der Droge. Denn was hielt einen zum Beispiel davon ab, ein schwarzes Schaf aus der Herde zu entfernen? Die Angst vor Konsequenzen. Angst davor, dass es Probleme geben könnte. Man dachte über dies oder das nach, über die Bullen und ob dieses richtig oder jenes falsch war, statt einfach das zu tun, was schlicht und ergreifend getan werden musste. Insofern, hatte Artan mal gesagt, war »Raging Bull« ein Stoff, der »die Pussy in dir killt«. Das stimmte absolut.

»Das wird eine geile Nacht, mein Bruder«, sagte Artan und grinste. Seine Pupillen wurden größer. Der Stoff wirkte. Luan spürte es nun ebenfalls. Sein Blut wurde zu Lava und seine Nerven und Sinne um einige Oktaven höher und feiner eingestellt.

»Eine geile Nacht, Bruder«, erwiderte Laun und grinste zurück. Erst noch etwas sacken lassen, dachte er. Und dann würden sie sich ein paar Tschechinnen kommen lassen, und die Puppen würden tanzen.

21

Die Bässe wummerten. Ein Stakkato von Stroboskopblitzen feuerte über die Tanzfläche, die in einen Mix aus blauem und rotem Licht getaucht war. Menschen drängten sich auf der Tanzfläche, Leiber bewegten sich entfesselt im Takt der Musik. Andere Gäste standen in dichten Pulks an den Theken. Kaum vorstellbar, wie voll es hier zur Primetime nach Mitternacht sein würde – falls nichts dazwischenkam, und es sah verdammt danach aus, als würde etwas mit voller Wucht dazwischenkommen.

In den umliegenden Seitenstraßen standen jede Menge Polizeiwagen, um nicht entdeckt zu werden. Eine alberne Idee, wie Nick fand. Als würde man sich die Augen zuhalten und annehmen, man wäre unsichtbar. Außerdem machte sich das Einsatzkommando hinter dem Block bereit, um von der Rückseite ins »Rodeo« einzudringen. Was Nick ebenfalls für einen bescheuerten Plan hielt, denn: in einer rappelvollen Disco eine Razzia vornehmen und mit großem Spektakel Bewaffnete in den Club schicken? Nicht auszudenken, was hier passieren könnte, wenn die Lage eskalieren würde, eine Zielperson oder ein nervös gewordener Gast eine Pistole oder ein Messer zog und Panik ausbrach.

Die Luft im »Rodeo« war heiß und schwül. Nick schwitzte bereits nach zwei Minuten wie in einer Sauna. Kein Wunder mit einer Schutzweste unter der bis zum Kinn zugezogenen Lederjacke. Es war nicht seine, sondern die von Schultz, der mit Janson draußen geblieben war und gemeint hatte, Nick solle keinen Scheiß machen und sich da nicht einmischen. Nick hatte lediglich geantwortet, sie sollten die Augen offen halten, die Einsatzleitung suchen und denen klarmachen, dass der Einsatz Wahnsinn war. Außerdem hatte er ihnen Hellas Nummer gegeben und gesagt, sie sollten Hella anrufen, damit sie sich einschaltet und auf die Bremse tritt. Schließlich hatte er die Dienstwaffe durchgeladen, sie in die Innentasche von Schultz' Lederjacke gesteckt und den Reißverschluss hochgezogen.

»Lass dir da kein Loch reinschießen«, hatte Schultz gemeint. »Das ist eine Belstaff.«

»Ich gebe mir Mühe«, war Nicks Antwort gewesen.

»Ernsthaft, Beck«, meinte Janson, »geh nicht rein.«

»Ich war schon lange nicht mehr tanzen.«

»Das hier ist nicht unsere Party, sondern die von einer Bundesbehörde. Wenn du recht hast.«

»Habe ich.«

»Die reißen uns den Hintern auf, wenn wir dazwischenfunken.«

»Mir egal. Falls die Zielpersonen da sind und es zu einer Schießerei mit Massenpanik kommt, rollen noch ganz andere Köpfe.«

»Mit Luan und Artan ist nicht gut Kirschen essen«, sagte Schultz.

»Eben«, erwiderte Nick.

Luan und Artan Dervishi waren die Besitzer des »Rodeo«. Die beiden gehörten zu einem der führenden albanischen Clans, der sein Geld im Wesentlichen mit Drogen- und Menschenhandel sowie Erpressung, Betrug und Geldwäsche verdiente. Luan und Artan waren im mittleren Management angesiedelt.

»Was willst du da überhaupt ausrichten, Mann?«, fragte Janson.

»Keine Ahnung«, erwiderte Nick. »Vielleicht für den Fall da sein, dass sie nicht alles durch die Hintertür geregelt bekommen. Oder aufpassen, dass keiner plötzlich einen Kopfschuss bekommt wie Tredeborg in der S-Bahn oder um ein Haar de Vries in seinem Autogeschäft.«

Dann ging er los.

Am Eingang versuchte er, sich zu orientieren, wurde von ein paar jungen Frauen in knappen Trägertops angerempelt, die ihre Drinks in den Loungebereich balancierten und Nick etwas zuriefen, das er nicht verstand. Er hörte nichts weiter als Deep House, der ihm den Herzrhythmus neu programmierte, folgte aber den Mädels in die obere Etage, wo es noch schwüler war und wo in ein paar Stunden das Kondenswasser von den Leitungsrohren unter der Decke tropfen würde. Alle Sitzplätze waren belegt. Überall tummelten sich Gruppen von ausgelassen Feiernden.

Nick blickte nach unten auf die Tanzfläche. Seine Augen hatten sich zwar an die Dunkelheit und das Lichtgewitter gewöhnt, aber es war schwer, in der Menge jemanden auszumachen – zum Beispiel Polizisten in Zivil, die sich in der

Nähe des Ausgangs aufhalten würden. Er drehte sich wieder um, betrachtete die Sitzecken, wo ihm aber niemand auffiel, bei dem es sich um einen der Albaner handeln könnte. In einer der hintersten Ecken neben der Theke sah er allerdings eine offen stehende Tür, die in die Privatbereiche des Clubs führen dürfte. Nick nahm an, dass dort Lagerräume für die Getränke und Räume für das Personal waren. Von dort aus würde man sicherlich in weitere kommen, die zum Beispiel als Büros genutzt wurden oder wo sich Monitore für Überwachungskameras und technische Anlagen befanden. Er bewegte sich in diese Richtung, reihte sich in die tanzenden Menschen vor dem Tresen ein, scherte etwas nach links aus und versicherte sich, dass die Bedienungen so beschäftigt waren, dass er niemandem auffallen würde. Dann ging er durch die Tür und betrat die Eingeweide des »Rodeo«.

Wie Nick erwartet hatte, befanden sich links und rechts des Flures Räume, in denen sich Getränkekisten und Kartons bis unter die Decke stapelten. Es gab Toiletten. Umkleideräume. Der Flur war mit Neonleuchten erhellt. Die Musik war hier nur noch gedämpft zu hören.

Nick erreichte eine Gabelung und ein Treppenhaus. Er sah außerdem ein kleines Fenster. Nick ging dorthin, blickte durch das Glas und sah einen großen Hof, der von Mauern umschlossen war, und ein vergittertes Tor, das zu einer Seitenstraße führte. Das war die Zone für die Anlieferung. Auf dem Hof standen jede Menge Abfallcontainer sowie Kartons und Kisten neben einem Rolltor. Ein kleiner Mercedes Sprinter mit dem Aufdruck eines Cateringservices parkte davor. Außerdem sah Nick einen aufgemotzten SUV und einen dunklen Porsche – beides Fahrzeuge, die gut den Clubbesitzern gehören konnten.

Schließlich erkannte Nick noch etwas: den Schein von Taschenlampen, der aus einem nicht einsehbaren Bereich links und rechts vor dem Gittertor zur Seitenstraße auf den Fußgängerweg fiel. Er war sicher, dass das das SEK war. Die Kollegen machten sich bereit für den Zugriff. Es konnte sich nur noch um Minuten handeln. Eher um Sekunden.

Genauer gesagt: fünf Sekunden.

Als Nick sich gerade wieder in Bewegung setzen wollte, traten draußen zwei Schatten vor das Tor. Funken von einer Flex flogen durch die Dunkelheit. Dann sprang das Tor auf. Ein schwarz gekleidetes und schwer gepanzertes Team drang auf den Hof, die Waffen im Anschlag. Lichtkegel und die roten Punkte von Laserzieleinrichtungen tanzten auf dem Asphalt. Weitere fünf Sekunden später öffnete sich neben Nick eine Tür. Vier Polizisten tauchten im Flur auf, ebenfalls mit Waffen im Anschlag. Sie trugen Zivil, aber außerdem leichte Jacken mit dem Aufdruck »BKA« auf dem Rücken und Schutzwesten darunter. Wenn sich die Kollegen vorher im Club aufgehalten hatten, dann mussten sie das Zeug vorher in einem Rucksack mit hereingebracht haben. Drei Polizisten hasteten voran, einer wendete sich Nick zu und wollte etwas sagen.

Nick hob die Hände und kam ihm zuvor. »LKA Hamburg, Nick Beck. Ich werde jetzt meinen Ausweis aus der Tasche ziehen.«

»LKA? Wieso LKA?«, fragte der Mann, hielt seine Waffe

auf den Boden gerichtet, während die anderen drei um die Ecke verschwanden. Vom Hof her drang Getöse. Schwer zu sagen, was dort gerade vor sich ging.

Nick fischte seine Geldbörse aus der Jeanshintertasche, klappte sie auf, zeigte seinen Ausweis vor. »Wegen den beiden Dervishis«, sagte Nick. »Wegen der Amokläufer und der Verbindungen zum ›Rodeo‹. Und weil nur ein Blinder mit Krückstock nicht mitbekommt, dass ihr hier eine Razzia abzieht.«

Der BKA-Mann beugte sich vor, las den Ausweis, nickte und sagte: »Halten Sie sich zurück, Beck. Das ist nicht Ihr Einsatz.«

»Keine Panik«, sagte Nick – und verstand im nächsten Moment, dass das ein blödsinniger Satz gewesen war. Denn einen Augenblick später gab es allen Grund zur Panik.

Eine Tür sprang auf. Zwei Männer in Lederjacken traten in den Flur. Sie standen Rücken an Rücken. Nick hatte keinen Zweifel, dass es sich um die Dervishi-Brüder handelte. Jeder hielt zwei von sich gestreckte Pistolen in der Hand. Sie zielten in beide Richtungen des Flurs, gaben sich gegenseitig Deckung.

Die Mitglieder des BKA-Teams gingen sofort in Stellung, zielten jeweils auf den ihnen zugewandten Bruder, pressten sich an die Wand oder hockten sich hin. Nick tat das ebenfalls. Er zog seine Dienstwaffe und drückte sich so flach ans Fenster wie möglich. Unten flogen wieder Funken. Dumpfe Schläge waren zu hören. Metallisches Kreischen. Das SEK knackte die Tür.

Im Flur schrien alle aufgeregt durcheinander. Die Polizisten riefen, dass Luan und Artan aufgeben und die Waffen fallen lassen sollten. Die Dervishis brüllten dasselbe in Richtung des BKAs und fügten noch ein Füllhorn an Drohungen und Beleidigungen hinzu. Die beiden machten außerdem den Eindruck, als hätten sie sich in ihrem Büro eben noch etwas reingepfiffen. Sie waren kalkweiß und schwitzten. Die Augen waren weit aufgerissen. Das war bestimmt nicht nur eine Reaktion auf den Schock wegen der Razzia. Und falls sie sich etwas von dem Stoff gegönnt hatten, den sie möglicherweise an de Vries und Tredeborg verkauft hatten, dann gute Nacht, dachte Nick.

Zudem handelte es sich hier im Prinzip um ein Mexican Standoff. Jeder zielte auf jeden – eine Konfrontation, die niemand gewinnen konnte und die weder durch offensives noch durch defensives Verhalten zu lösen war. Nick nahm allerdings an, dass die Brüder in ihrer Gangsterkarriere mehr Erfahrung mit derlei Situationen gemacht hatten als die BKA-Beamten. Und sie würden kapiert haben, dass auf der anderen Seite des Flurs in wenigen Augenblicken ein SEK-Team auftauchen würde. Sie saßen in der Falle. Falls sie einen Ausbruchsversuch wagen wollten, dann besser jetzt und schnell. Vier BKA-Leute und Nick waren ihnen zwar immer noch überlegen, aber deutlich schwächer als ein gepanzertes SEK-Team mit Maschinenpistolen.

Die Dervishis wechselten ein paar Worte auf Albanisch. Dann herrschte für einen Moment absolute Stille. Die Ruhe vor dem Sturm. Nichts als dumpfes Basswummern war zu hören. Wie ein Herzschlag. Wäre Nick allein mit den Brüdern gewesen, dann wäre das jetzt der Augenblick gewesen, in dem er geschossen hätte – besser der Erste sein, der das tat.

Aber er war nicht allein. Und deswegen waren es die Dervishis, die das Feuer eröffneten.

Sie standen nicht mehr Rücken an Rücken, sondern nebeneinander und schossen aus allen Rohren. Vier automatische Pistolen mit wenigstens fünfzehn Kugeln im Magazin. Pro Sekunde fünf bis sechs Schuss. Es war ohrenbetäubend. Zwei der BKA-Leute gingen getroffen sofort zu Boden. Die anderen schossen zurück, Nick ebenfalls. Der BKA-Mann, der eben mit Nick gesprochen hatte, wurde am Hals erwischt. Blut spritzte im hohen Bogen durch die Luft. Außerdem erwischte es einen der Brüder. Sein Kopf knickte nach hinten, als habe ihn ein Baseballschläger an der Stirn erwischt. Dann sackte er zusammen.

Nick gab Dauerfeuer und machte zwei seitliche Ausfallschritte, um in dem Flur in Deckung zu gehen, aus dem er eben gekommen war, presste sich gegen die Wand und hockte sich gleichzeitig hin. Vor ihm war alles dunkel. Es musste ein paar Neonleuchten erwischt haben. Außerdem sah es aus, als sei eine Nebelgranate gezündet worden. Der Geruch nach Schießpulver war beißend.

Im nächsten Moment huschte ein Schatten vor Nick her. Er schoss, traf aber nicht. Nick war sicher, dass gerade der noch lebende Dervishi im Treppenhaus verschwinden wollte. Von unten kam das SEK. Es gab also nur einen Weg.

Nick bewegte sich vorwärts, sah den Schatten die Stufen hinauflaufen. Er zielte, doch da war der Mann bereits um die Ecke gebogen. Nick folgte ihm, vernahm hinter sich

Brüllen, Rufen und das Getrampel schwerer Stiefel. Laserstrahlen schnitten durch das Dunkel.

Eine Sekunde später fräste sich eine Geschossgarbe durch die Stufen hinter Nick und perforierte die Seitenwand. Staub flog umher, Stein- und Holzsplitter. *Friendly fire*, na großartig. Das SEK schoss auf ihn, denn auf dem Rücken seiner Jacke konnte man auch mit einem Nachtsichtgerät nicht die Lettern BKA lesen. Außerdem hatten sie keine Informationen über einen weiteren Polizisten in Zivil, weswegen die Kollegen Nick ganz offensichtlich für einen flüchtenden Gangster hielten.

Nick lief weiter, kam dann oben im Treppenhaus direkt vor einer offen stehenden Tür an, die aufs Dach führte. Ein Flüchtiger auf einem Dach – eine Kombination, die Nick schon mehr als einmal erlebt hatte.

Nick nahm die Pistole in Anschlag, betrat die mit Teerpappe belegte Fläche und rief mehrmals »Polizei!«, damit Artan oder Luan Dervishi, aber auch das SEK hinter Nick es kapierten. Schließlich sah er Dervishi, es musste der etwas Korpulentere von beiden sein, Artan. Er rannte auf eine Feuertreppe zu, die auf ein weiteres Dach führen würde.

»Artan!«, rief Nick. »Artan Dervishi!«

Artan blieb stehen, drehte sich um, glotzte zu Nick, der schwere Stiefel auf der Treppe hinter sich hörte.

»Polizei!«, rief Nick. »LKA Hamburg! Geben Sie auf, Dervishi!«

»Niemand bekommt mich!«, brüllte Artan zurück. »Ihr könnt mich nicht stoppen! Niemand kann mich aufhalten!«

Den gleichen Scheiß, dachte Nick, hatte er auch von Tredeborg und de Vries gehört. Dann streckten zwei SEKler von hinten Nick nieder, rannten ihn einfach um. Nick keuchte, als er ein Knie im Rücken spürte und wie ihm die Arme auf den Rücken gebogen wurden. Er hob den Kopf, sah einige weitere Polizisten auf das Dach strömen und den lamentierenden Artan Dervishi, der mit seinen Pistolen herumfuchtelte.

»LKA Hamburg! KHK Beck!«, keuchte Nick. »Mein Ausweis! Hintertasche!«

Er konnte sich beim besten Willen nicht bewegen. Aber er konnte sehen, dass die übrigen SEKler mit ihren MPs auf Artan zielten und sich langsam vorwärtsbewegten, und hören, wie sie ihn zum Aufgeben aufforderten. Rotorengeräusche dröhnten durch den Himmel. Ein Scheinwerfer flammte auf und ließ Artan Dervishi aussehen, als stehe er auf einer Bühne. Er hob die Pistolen in die Luft, wie um sie anschließend fallen zu lassen oder bloß um seine Augen zu schützen.

Dann zerplatzte sein Kopf in einer rosa Wolke. Er ging zu Boden wie eine Marionette, der die Fäden gekappt worden waren. Die Scharfschützen hatten ihn erwischt.

»Fuck«, keuchte Nick und spürte, dass jemand an seiner Hintertasche herumfummelte.

»Beck, LKA?«, fragte eine Stimme.

»Ja.«

Der SEK-Mann stand auf. Sofort spürte Nick Erleichterung, konnte endlich wieder atmen.

»Scheiße, Nick Beck, du warst doch selbst mal beim SEK?«

»Korrekt«, sagte Nick, atmete einige Male durch und stand dann auf.

»Was machst du hier?«

»War halt zufällig da.«

»Mit Waffe und Schutzweste? Wir hatten keine Ahnung, dass das LKA involviert ist.«

»Sind wir auch nicht.«

Der Kollege gab Nick den Ausweis zurück und klappte das Nachtsichtgerät hoch. Das Gesicht dahinter sagte Nick nichts. Der Name »Rolf« auf der Uniformjacke ebenfalls nicht. Nick rollte den Kopf im Nacken und die Schultern im Gelenk. Die übrigen Polizisten sicherten das Dach, andere liefen wieder zurück ins Treppenhaus. Der Suchscheinwerfer vom Hubschrauber sorgte für Festbeleuchtung.

»Tut mir leid«, sagte Rolf, »wie gesagt: Wir hatten keine Ahnung. Bist du okay?«

»Ich bin okay, nichts abbekommen.«

»Was ist unten passiert?«

»Die Dervishis sind durchgedreht und haben losgeschossen. Keine Ahnung, wie viele die erwischt haben. Aber es müsste Luan Dervishi getroffen haben. Der da drüben dürfte Artan sein.«

»Wir haben unten fünf Mann am Boden. Keine Ahnung, wer lebt und wer nicht.«

»Es sah aus, als wollte Artan nur die Augen vor dem Scheinwerfer schützen.«

»Die Scharfschützen haben das offensichtlich anders interpretiert.«

»Hatten die eine Schießfreigabe? Feuer nach Ermessen?«

»Musst du die Scharfschützengruppe fragen. Unten und draußen ist jetzt sowieso Chaos. Der ganze Laden wird jetzt evakuiert.«

»Warum nicht vorher?«

»Keine Ahnung, Beck. Ich muss mal runter. Kommst du klar?«

»Alles gut«, sagte Nick und winkte ab, während Rolf im Treppenhaus verschwand.

Nick suchte seine Pistole, fand sie und steckte sie wieder ein. Er checkte sich selbst noch mal, seine Beine und Arme, das Gesicht. Nirgends Blut. Allerdings gab es einen Riss im Material der Lederjacke am Oberärmel. Das würde Schultz nicht gefallen.

Nick drehte sich um, ging die Stufen hinab und fand sich in der Art Wahnsinn wieder, wie er sich vermutlich im Treppenhaus des Word Trade Centers an 9/11 abgespielt hatte. Im Flur tanzte das Licht von Taschenlampen. Rettungssanitäter und Notärzte waren mit der Versorgung und dem Transport von Verletzten beschäftigt – dazwischen die SEK-Leute und andere Polizisten. Wie es aussah, war Luan Dervishi so tot wie sein Bruder ein Stockwerk höher und lag auf dem Boden. Einem der BKA-Männer war ebenfalls nicht mehr zu helfen. Was bedeutete, dass es für die anderen drei immerhin noch eine Chance gab.

Alles sehr schlimm, aber nach Nicks Meinung eine gute Quote für eine heftige Schießerei mit sieben Beteiligten in einem schmalen Flur. Und der war längst noch nicht freigegeben, solange die Sanitäter aktiv waren. Danach würde die Spurensicherung folgen. Erst anschließend dürfte sich die Polizei hier genauer umsehen – es sei denn, sie war schon drin wie Nick.

Er machte einen Ausfallschritt über eine Blutlache und medizinisches Material, das auf dem Boden verstreut lag. Dann stand er vor der Tür, aus der eben Luan und sein Bruder gekommen waren, und betrat den Raum dahinter.

Ein SEKler hielt sich darin auf, sah sich wie Nick um, der seinen Ausweis hochhielt und dafür ein Nicken erntete. War ihm scheinbar egal, dass Nick vom LKA und nicht vom BKA war. Schließlich wurde der Uniformierte gerufen und ging raus. Nick war jetzt allein.

In dem fensterlosen Büro standen ein Sofa, einige moderne Sessel und ein Schreibtisch sowie mehrere Bildschirme. Sie zeigten Ansichten des »Rodeo« aus unterschiedlichen Perspektiven. Auf den Bildern der Innenkameras war zu sehen, wie Polizisten den Laden räumten und die Menschen zum Ausgang drängten. Eine Kamera im Foyer zeigte, wie sie das »Rodeo« verließen. Die Kamera im Hof zeigte Bilder von SEK-Polizisten und hin und her laufenden Ärzten. Ein Polizist wurde gerade in einen Rettungswagen gebracht. Außerdem sah Nick weitere Polizisten, die Kartons hinter einem aufgebrochenen Rolltor inspizierten und einige auf eine Laderampe zerrten. Jemand ging gerade mit einem Spürhund dorthin. Und mitten auf dem Hof erkannte Nick einen Mann, den er schon einmal gesehen hatte.

Nordberg.

Er stand da wie ein Leuchtturm und tippte in sein Smartphone – fast so, als ob ihn das alles nichts anginge.

Nick sah sich weiter um, entdeckte dann auf dem Glastisch zwischen den Ledersesseln ein kleines Tütchen. Er ging dorthin, sah außer zwei Gläsern und einer Flasche Wodka ein paar weiße Krümel auf dem Tisch. Wie er vermutet hatte, hatten sich die Brüder etwas reingezogen, Koks offensichtlich. Aber da war noch etwas. Eine zerknickte gläserne Phiole. Zudem ein Stofftaschentuch, das aufgefaltet worden war. Und darin lagen drei volle Phiolen. Sie hatten wie die zerbrochene einen kaum lesbaren Aufdruck.

Nick drehte sich um, ging zurück in den Flur. Mittlerweile schienen die Sanitäter mit der Arbeit vor Ort fertig zu sein. Einer klappte gerade einen Notarztkoffer zusammen.

»Nick Beck, LKA«, sagte Nick zu dem Mann. »Kann ich ein paar Einweghandschuhe haben?«

»Sicher«, erwiderte der Sani und gab Nick ein hellblaues Paar.

»Kann ich noch eine Packung mit einer Kompresse haben?«

Der Sani reichte ihm eine. »Sind sie verletzt?«

Nick winkte ab und zog die Handschuhe an. »Nein, alles okay«, erwiderte er und ging zurück ins Büro, während der Sani weiterpackte und dann mit einem Kollegen redete.

Nick risse die Verpackung auf, nahm die Kompresse heraus und faltete sie auf. Er nahm zwei Phiolen und legte sie auf das Verbandsmaterial, faltete es dann wieder zusammen und schob es zurück in die Plastikverpackung, die er in die Hintertasche seiner Jeans steckte.

Er verließ das Büro, nahm eine der nach unten führenden Treppen und gelangte nach etwa einer Minute auf den Hof, auf dem inzwischen Halogenscheinwerfer aufgebaut wurden.

Aus den Augenwinkeln nahm Nick wahr, dass der Spürhund sich auf einige Kartons stürzte, die vermutlich nicht mit Chappi gefüllt waren, sondern mit etwas, auf das er trainiert worden war. Im Gehen öffnete er den Reißverschluss der Lederjacke, zog sie aus und schnallte sich die Schutzweste ab. Nordberg richtete seine Hornbrille und bemerkte Nick, der geradewegs auf ihn zuging. Er trug wieder einen Anzug, allerdings heute kein Sakko, sondern stattdessen eine Schutzweste und darunter ein weißes Hemd mit Schlips. Er wendete sich zu Nick, schob das Smartphone in die Hosentasche und wirkte etwas überrascht, nein, eher interessiert, als Nick so dicht vor ihm stehen blieb, dass er Nordbergs frisches Aftershave riechen konnte.

»Sie sind Nordberg«, sagte Nick.

»Und Sie sind Beck«, erwiderte Nordberg. »Abgesehen davon haben Sie hier nichts zu suchen.«

»Sie meiner Meinung nach ebenfalls nicht.«

Nordberg lächelte.

»Es war Wahnsinn«, ergänzte Nick, »diese Nummer hier abzuziehen.«

»Meine Sorge. Nicht Ihre.« Nordberg blickte an Nick vorbei, zückte wieder sein Handy und textete.

»Worum geht es hier?«, fragte Nick.

»Sie wissen, worum es geht.«

Nordberg blickte nur auf, um zu jemandem, den Nick nicht sehen konnte, eine Geste zu machen. Offenbar wurde mit einer weiteren Geste beantwortet, denn Nordberg nickte verstehend und widmete sich wieder seinem Smartphone.

»Ich weiß«, sagte Nick, »dass Sie Tredeborg gezielt ausschalten ließen und dasselbe mit de Vries tun wollten. Und jetzt die Dervishis. Ich weiß außerdem, dass Sie den Terrorverdacht aufrechterhalten, um mit Ihrer Abteilung am Ball zu bleiben. Sie haben einen Job zu erledigen, darum geht es. Und ich will wissen, welchen.«

»Sie sollten sich besser um Ihren Job kümmern, Beck.«

»Bin gerade dabei.«

»Sie sind gerade dabei, sich selbst ins Knie zu schießen. Wenn Sie mir weiter dazwischenpfuschen, muss ich dafür sorgen, dass Sie es nicht mehr tun.«

»Ich wünsche viel Erfolg dabei.«

Nordberg blickte auf, deutete an Nick vorbei. »Sehen Sie das?«

Nick drehte sich um. Einige Polizisten rissen Kartons auf. Der Spürhund war kaum zu halten.

Nordberg sagte: »Ich würde sagen, dass das hier ein Volltreffer ist. Ich bin mir nicht sicher, wie lange Sie gebraucht hätten, um den Laden hochzunehmen.«

»Was auch immer in den Kisten ist, hat nichts mit Terrorismus zu tun.«

Nordberg sah Nick an. »Ich wiederhole, Beck: Halten Sie sich besser raus.«

»Ich wiederhole ebenfalls: Worum geht es hier wirklich?«

Nordberg musterte Nick erneut. »Um etwas, das außerhalb Ihres Zuständigkeitsbereiches und Ihrer Befugnisse liegt. Um etwas, das mit Ihrem Kosmos nichts zu tun hat, aber sehr viel mit meinem. Reicht Ihnen das?«

»Nein.«

»Mehr kann ich Ihnen nicht sagen. Sie haben sicher noch viel zu tun. Ich wünsche viel Erfolg dabei.«

»Danke«, erwiderte Nick, drehte sich grußlos um und ging. Nordberg lag damit gar nicht mal falsch. Nick würde eine Reihe von Berichten über den Vorfall schreiben müssen. Und einige Erklärungen dafür abgeben, warum er sich im »Rodeo« aufgehalten hatte. Das würde Gregor Franz nicht gefallen. Die Phiolen würde er sich außerdem genauer ansehen müssen – und sich dringend überlegen, wie er Schultz den Riss in der teuren Belstaffjacke erklären sollte.

22

Frevert begleitete Cleo in seiner Mittagspause und spazierte neben dem Kinderwagen, während er vom Einsatz gestern Nacht im »Rodeo« erzählte. Selbst hatte er nicht daran teilgenommen, aber natürlich jede Menge darüber gehört. Jeder im LKA hatte das.

Cleo ertappte Frevert dabei, wie er beiläufig mit einem versonnenen Lächeln in den Kinderwagen blickte. Er hatte selbst Kinder und erinnerte sich vielleicht an früher. Jedenfalls musste Cleo mitlächeln, weil es sich großartig anfühlte, dass jemand ihren Nachwuchs auf diese Art und Weise ansah.

Als Cleo Frevert letztes Jahr offenbart hatte, dass sie schwanger war, hatte er sich von Herzen für sie gefreut – und ihr außerdem mit auf den Weg gegeben, dass vor allem zwei Dinge passieren würden, sobald das Kind erst mal auf der Welt wäre: Erstens würde Cleo innerhalb relativ kurzer Zeit die meisten schlimmen und belastenden Ereignisse wieder vergessen – schlaflose Nächte, die ersten Krankheiten, das Zahnen – und sich an die Unsicherheit, wie man damit umgehen sollte, gewöhnen. Zweitens werde sich das mit den Unsicherheiten nicht ändern – die hätte man zeitlebens mit Kindern. »Wenn sie klein sind, weißt du nicht, wie du sie beruhigen kannst und ob du sofort in die Notaufnahme solltest, wenn sie von der Schaukel gefallen sind und sie nicht mehr auftreten können. Wenn sie vierzehn sind und ihnen das erste Mal das Herz gebrochen wird, weißt du ebenfalls nicht, wie du das wieder hinbiegst. Der Druck bleibt immer derselbe, Torner, nur die Themen ändern sich.«

Und jetzt sagte er: »Luan und Artan Dervishi sind jedenfalls mausetot und außerdem einer vom BKA, drei weitere sind angeschossen worden. Nur dein Buddy Beck ist sauber herausgekommen.«

»Was hat er überhaupt da getrieben?«

»Der taucht in letzter Zeit permanent da auf, wo er nicht hingehört. Bis ihm Gregor Franz deswegen irgendwann den Kopf abreißen wird. Die Dervishis hatten jedenfalls fünfzehn Kilo Rohopium in der Garage.«

Cleo keuchte. »Du liebe Zeit. Rohopium?«

»Mhm. Und noch ein paar andere Dinge. Ich wette, in anderen Verstecken werden wir noch mehr finden. Die Kollegen meinen, das sei wahrscheinlich Stoff aus Afghanistan gewesen. Keine Ahnung, woher Luan und Artan es bekommen haben. Die waren bislang eher im Kokain- und Speedgeschäft.«

»Ich finde es immer noch komisch, dass das BKA dort aktiv war.«

»Die waren nicht wegen der Drogen dort. Die wollten den Brüdern wegen irgendetwas anderem an die Wäsche. Vielleicht gibt es Zusammenhänge mit den mutmaßlichen

Anschlägen von neulich. Oder es geht um dieses neue Zeug, von dem du gesprochen hast. Im Büro der Brüder hat man zwei Ampullen mit etwas gefunden, das noch nicht zuzuordnen ist. Hat das BKA beschlagnahmt. Das Opium haben sie uns gelassen.«

»Hm«, machte Cleo.

»Genau. Tja, und wer weiß, was da jetzt noch alles rauskommen wird.«

»Wie meinst du das?«

»Wegen Brauner. Er hatte undercover mit den Dervishis zu tun. Was da genau lief, weiß ich nicht. Aber ich weiß, dass er da irgendetwas am Laufen hatte. Er äußerte sich stets nur vage zu Hinweisen, über die er noch nicht reden wollte – und plötzlich hieß es dann, Brauner würde im ›Rodeo‹ abhängen und sich bei den Dervishis ins Geschäft bringen wollen. Er hatte denen angeblich einigen Stoff, den er auf der Straße zusammengekauft hatte, mitgebracht, um ihre Aufmerksamkeit zu wecken. Kaum eine Woche später war er tot.«

»Stecken die Dervishis dahinter?«

»Musst du ebenfalls deinen Buddy Beck fragen. Brauner ist sein Fall. Aber wenn du mich fragst: Ich glaube eher nicht, denn soweit ich weiß, sind die Brüder zwar befragt worden, aber sie hatten spitzenmäßige Alibis sowie überhaupt nur ein- oder zweimal Kontakt zu Brauner gehabt, den sie sowieso nicht mochten und mit dem sie nicht ins Geschäft kommen wollten.«

»Falls das stimmt«, sagte Cleo.

»Falls das stimmt«, ergänzte Frevert.

Aber vielleicht, dachte Cleo, ging es sowieso um ganz etwas anderes. Zum Beispiel um den neuen Stoff, den offenbar keiner kannte.

Wie dem auch sei: Brauner hatte Kontakt zu den Dervishis gehabt. Vielleicht war das eine wichtige Information für Nick. Mochte aber auch sein, dass er bereits davon wusste.

Zur Sicherheit würde Cleo ihm eine WhatsApp schicken, nachdem Frevert seine Mittagspause beendet hatte. Er musste das ja nicht unbedingt mitbekommen.

23

»Ich weiß nicht, was das ist«, sagte Peterson. Er ging neben Nick her. Die Sohlen seiner weißen Sneakers quietschten auf dem PVC-Boden im Flur von ForGenTox. Petersons Hose und Poloshirt waren ebenfalls weiß. Er hielt ein Tablet in der einen Hand und eine kleine Flasche Mineralwasser in der anderen.

Zwischen die Finger hatte er einen Beweismittelbeutel aus durchsichtigem Plastik geklemmt. Darin befand sich eine der beiden Phiolen, die Nick gestern Nacht aus dem »Rodeo« mitgenommen hatte. Er war damit bei Peterson vorbeigefahren oder, genauer, bei Prof. Dr. Jonas Peterson, der bei ForGenTox arbeitete – ein Labor, das für öffentliche und private Auftraggeber genetische, mikrobiologische oder toxikologische Untersuchungen vornahm. Außerdem war Peterson Bassist. Nick jammte gelegentlich mit ihm im Proberaum im Keller von Petersons Haus. Seit Razan Sabia nicht mehr da war, hatten sie keinen Drummer mehr und machten nur noch zu zweit und deutlich seltener Musik.

»Ein konkretes Ergebnis habe ich in der kurzen Zeit nicht erwartet«, erwiderte Nick und folgte Peterson in

Richtung Lobby. »Niemand scheint zu wissen, was genau das ist.« Niemand – außer möglicherweise Nordberg, dachte Nick. Der Bodenbelag wechselte zu weißen Kacheln. Hier quietschten Petersons Sohlen noch lauter.

»Ich kann die Bestandteile analysieren«, erklärte Peterson mit seinem leichten dänischen Akzent, »aber das Ergebnis wird dasselbe wie das von der toxikologischen Untersuchung sein. Und die hat ergeben, dass man zwar weiß, woraus sich die Probe zusammensetzt, aber nicht, was sie bewirkt.«

»Klar«, sagte Nick. »Aber hast du eine Vermutung?«

»Nein«, erwiderte Peterson und öffnete die Glastür zum Empfang. »Es handelt sich um kein zugelassenes Medikament, und es sind keinerlei psychoaktive Substanzen enthalten, von denen ich dir sagen könnte: Das ist ein Amphetamin, das ist ein Opioid oder in der Art. Es ist auch kein Cocktail aus bekannten Wirkstoffen – also: in gewisser Weise schon, aber nicht so, wie du es dir vielleicht vorstellst oder kennst. Vielmehr handelt es sich um ein hochkomplexes Produkt. Das ist Hightechpharmakologie. Wir stehen im Augenblick an einer Schwelle, Nick. Es sind Hunderte völlig neuartiger Medikamente in der Zulassung und in der Erprobung, die ganz anders wirken als alles Bisherige. Wir haben Vektor-Impfstoffe, Medikamente für Gen- und Zelltherapien und Forschungen über dreidimensionale Molekülstrukturen sowie Durchbrüche im Bereich von Neuroprothesen. Das sind nur ein paar Beispiele. Überall auf der Welt werden neue Türen aufgestoßen, die unser Leben grundlegend verändern können. Die Substanz, über die wir hier reden, ist nach meiner Einschätzung etwas in der Art. Vom wissenschaftlichen Standpunkt aus gesehen hochinteressant. Aber ich müsste mich sicherlich eine Woche lang täglich damit befassen und mich mit einer Reihe von Fachleuten unterhalten, um dir nur annähernd sagen zu können, um was es sich handelt und was es bewirkt. Es kann genauso gut etwas zur Behandlung von Sehschwächen oder ein Mittel gegen Rückenmarkskrebs oder Alzheimer sein, das aber bestimmte Nebenwirkungen hat. Oxycodon ist eigentlich ein Schmerzmittel, doch Süchtige schätzen es wegen seiner anderen Effekte, verstehst du, worauf ich hinauswill?«

Nick blieb neben Peterson vor dem Empfangstresen stehen und fing den Blick und das freundliche Lächeln von zwei Mitarbeiterinnen auf, die an Apple-Computern saßen und dieselben weißen Polohemden trugen wie Peterson.

»Wie es wirkt«, sagte Nick, »haben wir bei den Amokläufen erlebt.«

Und Artan und Luan Dervishi hatten gestern im Hinterzimmer mit Sicherheit ebenfalls etwas genommen. Das Zeug hatte sie dazu gebracht, zu zweit gegen eine Armee anzutreten, statt den Grips einzuschalten und sich festnehmen zu lassen, ohne den Gebrauch von Schusswaffen zu verschwinden oder die Zeit zu nutzen, um ihre Anwälte anzurufen.

»Alles«, sagte Peterson, »ist eine Frage der Dosierung. Und manchmal können unerwünschte Nebenwirkungen die von anderen Menschen erwünschte Wirkung sein. Mehr will ich nicht sagen.«

Peterson gab Nick den Beutel zurück. Er ergänzte: »Aber eines habe ich immerhin herausgefunden. Die Phiole hat einen Mikrocode. Er kann auf den Hersteller des Inhalts oder den Hersteller der Phiole hindeuten. In diesem Fall verweist er auf ein Unternehmen namens Spector, und soweit ich weiß, ist das keine Glas- oder Kunststofffabrik und hat auch nichts mit der gleichnamigen Bass-Marke oder dem Musikproduzenten Phil Spector zu tun.« Peterson lächelte.

»Womit hat es dann zu tun?«, fragte Nick.

Peterson sagte es ihm.

24

Spector war ein US-Unternehmen mit Tochtergesellschaften in Europa, auch in Deutschland. Es befasste sich mit einem großen Spektrum, wie Nick der Homepage entnehmen konnte. Demnach ging es Spector um die Schnittstellen zwischen Menschen und Technik mit dem Ziel, menschliche Stärken mit dem Einsatz von Wissenschaft zu optimieren, um die zukünftige Arbeitswelt zu gestalten und zu verbessern. Wie müssen Technik, Maschinen und Computer oder Programme gestaltet sein, um optimal genutzt und den menschlichen Bedürfnissen gerechter zu werden als bislang? Wie konnte man das Arbeitsumfeld gestalten, um Leistung und die Aufmerksamkeitsfähigkeit zu steigern? Dazu werde interdisziplinär zwischen Neurowissenschaften, Psychologie, Informatik und anderen Spezialgebieten agiert, hieß es in der Eigendarstellung.

Spector betrieb aber nicht nur Forschung oder Unternehmens- und Produktberatung im Hinblick auf das Verschmelzen von Menschen und Technologie sowie die Synergien daraus, sondern hatte auch eine Sparte, die sich mit der Herstellung medizinischer Gerätschaften wie Hirnschrittmachern oder Prothesen und pharmakologischen

Produkten befasste, zum Beispiel Mitteln gegen Parkinson. Die dazugehörenden Firmen SpectorMed und Spector-Pharm sowie SpectorProg waren alle unter einem Dach der SpectorNeurolabs untergebracht.

Was auf der offiziellen Homepage nicht erwähnt wurde, war, dass Spector intensiv mit dem Militär zusammenarbeitete sowie mit Zulieferern aus der Rüstungsindustrie. Spector hielt zum Beispiel einige Patente für die Iris-Steuerung von Lenkwaffensystemen. SpectorNeurolabs Germany kooperierte mit der Bundeswehr im Feld der Wehrmedizin und Wehrpharmazie sowie mit einem Forschungszentrum der Bundeswehr im Bereich der sogenannten Neurotechnical Warfare, was so viel bedeutete wie: Der nächste Drohnenschwarm könnte per Gedanken gesteuert werden. Eine deutsche Niederlassung war in München, die andere war in Hamburg zu finden und zwar …

Nick klickte auf den Browser auf dem Bildschirm, als die Bürotür aufging und Schultz und Janson hereinkamen. Beide hatten Laptops dabei.

»Die Staatsanwältin. Super«, sagte Janson und baute seinen Laptop auf Nicks Schreibtisch auf. »Deine Ex, oder? Haste auf dem kurzen Dienstweg was gedreht? Astrein.«

Nick rollte etwas mit dem Stuhl zurück, um Janson etwas mehr Platz zu geben. Schutz stellte sein Laptop ebenfalls auf den Tisch und klappte ihn auf.

»Wieso?«, fragte Nick. »Ja, sie ist meine Ex-Frau, aber worauf willst du hinaus?«

»Sie hat Alarm geschlagen«, sagte Schultz und öffnete

ein paar Dateien. »Sie oder der Oberstaatsanwalt oder die Behörde für Inneres oder alle zusammen.«

Janson öffnete eine Datei und startete einen Videoplayer. »Sie haben verdeutlicht, dass der Einsatz im ›Rodeo‹ und das Sicherstellen von größeren Mengen an Betäubungsmitteln nicht in Verbindung mit einem mutmaßlichen Terroranschlag zu bringen sind und sie inzwischen auch längst nicht mehr an Terror glauben und so weiter – sie haben jedenfalls die Türen aufgestoßen, und hier sind sie: Handydaten, die von Auto-Bordcomputern, Navigationssystemen …«

»Von Tredeborg und de Vries haben wir die doch?«

»Ich rede von den Dervishis.«

Schultz erklärte: »Wir haben uns alles angeschaut und einige Muster erkannt. Die Brüder haben zum Beispiel in den vergangenen drei Tagen zweimal bei Dunkelheit eine Raststätte an der A23 angefahren und sich dort eine Weile aufgehalten, bevor sie zurück in die Stadt gefahren sind. Ich habe mich gefragt: Warum fahren die zu einer Raststätte und dann wieder zurück? Und siehe da – sie haben dasselbe in der Vergangenheit mehrfach getan.«

Janson startete den Videoplayer. »Das sind Bilder von den Überwachungskameras der Tankstelle. Du musst nicht auf den Vordergrund achten, sondern auf das, was da im Halbdunkel passiert.«

Er tippte mit der Fingerspitze auf die linke obere Ecke. Es war nicht viel zu erkennen. Ein WC-Häuschen musste sich dort befinden, während der größte Teil des Bildes von den Zapfsäulen und dem Eingang zum Shop der Tankstelle ausgefüllt wurde. Zunächst sah man ein Auto von links kommen, das zum WC-Häuschen steuerte.

Janson stoppte das Bild. Er sagte: »Ich habe das etwas aufgehellt, aber man sieht trotzdem nicht viel. Mit etwas Glück bekommen unsere IT-Forensiker mit Bildverbesserungsprogrammen noch mehr raus – aber das Problem ist, dass von diesem heranfahrenden Auto die Kennzeichen verdeckt worden sind«, erklärte Janson und spulte vor. Schließlich kam ein SUV angefahren. »Und das hier ist die Karre von Luan Dervishi.« Der Wagen fuhr ebenfalls zum WC-Häuschen und hielt an. Man konnte nicht genau erkennen, was daraufhin geschah. Das kleine Gebäude verdeckte den größten Teil des Geschehens. Aber man konnte immerhin erahnen, dass Personen aus den Fahrzeugen ausstiegen.

»Dieses Treffen hat gestern Abend stattgefunden«, erklärte Janson. »Dauerte etwa zehn Minuten. Danach fahren die Brüder wieder zurück in die Stadt – und der Rest ist Geschichte.«

»Dasselbe«, ergänzte Schultz, »ist mehrere Male passiert. Immer wieder tauchen die Dervishis auf und dieser Wagen oder ein anderer innerhalb der letzten drei Monate. Immer derselbe Treffpunkt.«

»Treffen mit wechselnden Partnern – oder mit denselben, die jedoch die Fahrzeuge wechseln«, meinte Nick.

»Vielleicht haben die Mietwagen benutzt«, erwiderte Schultz. »Natürlich haben sich die Dervishis in der ganzen Zeit auch mit diversen anderen Leuten getroffen. Aber die Meetings an der A23 fielen mir auf. Wirken wie konspirative Treffen.«

»Im Geschäft der Dervishis dürfte es vor konspirativen Treffen nur so gewimmelt haben.«

»Nicht solche auffälligen. Für ihre laufenden Geschäfte haben sie fraglos ihre Adjutanten gehabt. Hier ging es um Dinge, die Chefsache waren.«

»Und was fangen wir damit an?«, fragte Nick.

»Wissen wir noch nicht genau«, sagte Janson.

Nick rollte noch etwas mit dem Stuhl zurück, streckte sich und verschränkte die Hände hinter dem Kopf. Er dachte nach und sagte schließlich: »Ich habe eine Mail von Cleo bekommen. Nach ihren Informationen hatte Brauner Kontakt zu den Dervishis.«

»Dein toter Cop?«, fragte Schultz, ließ es aber wie eine Feststellung klingen.

»Genau der. Er war an einer Sache dran, die sich nicht genau spezifizieren lässt. Läuft die Obduktion der Brüder?«, fragte Nick.

»Soll heute stattfinden.«

»Bekommen wir die Tox-Gutachten?«

»Wüsste nicht, warum nicht.«

»Die hätte ich gerne. Ich möchte wissen, was die genommen haben – denn sie haben etwas genommen. Vielleicht war es dasselbe, das auch Tredeborg und de Vries im Blut hatten.«

»Wieso, was hatten die denn im Blut?«

»Meine Quellen sagen zumindest so viel, dass Tredeborg und de Vries etwas eingeworfen hatten, von dem keiner so genau weiß, was es ist. Die Dervishis haben sich ebenfalls aufgeführt wie eine Einmannarmee und hatten vielleicht die gleiche Substanz genommen. Ich habe vor Ort einige Glasphiolen gesehen. Eine war aufgebrochen. Es spricht viel dafür, dass Luan und sein Bruder den Inhalt konsumiert haben.«

»Seltsam«, sagte Janson und fuhr sich über den Bart. »Und will ich wissen, was das für Quellen sind, von denen du deine Infos hast?«

Nick schüttelte mit dem Kopf.

»Und will ich wissen, woher genau du das mit den Phiolen und dieser Substanz weißt? Und warum Cleo involviert ist?«

Nick schüttelte weiterhin mit dem Kopf. »Nein«, erwiderte er. »Aber die Dervishis treffen sich persönlich und konspirativ an der A23 mit ein paar Leuten, die ihre Kennzeichen überkleben. Ein Undercoverermittler nimmt plötzlich mit ihnen Kontakt auf, weil er etwas wittert – und wenig später ist er tot. Außerdem drehen zwei bislang völlig normale Bürger durch und richten ein Massaker an. Beide haben eine unbekannte Substanz im Blut. Sie waren wahrscheinlich Kunden bei den Dervishis, die sich möglicherweise ebenfalls eine unbekannte Substanz reingezogen haben und daraufhin um sich schießen wie die Weltmeister. Zudem tauchen in ihrem Büro Phiolen mit einer unbekannten Substanz auf. Und dazwischen haben wir ein Bundesamt, das keiner kennt und nach Möglichkeit alle Informationen an sich reißen will und mit Kusshand jeden aus dem Verkehr ziehen möchte, der unmittelbar mit dem Fall zu tun hat – und zwar unter der Führung von einem Kerl namens Nordberg, der dafür bekannt ist, Dinge zu regeln, die aus der Spur geraten sind.«

»Was du genau woher weißt?«, fragte Schultz.

»Quellen«, sagte Nick.

Jansons lachte auf und strich sich immer noch über den Bart. »Ey, Beck. Das geht so nicht. Ernsthaft. Was soll dieser ganze nebulöse Scheiß mit Quellen und Insiderinfos und so?«

»Ich sag dir was.« Nick stand auf. »Der nebulöse Scheiß, den du da ansprichst, den verursache nicht ich. Die Nebelkerzen wirft jemand anders: Nordberg.«

»Cleo soll sich da besser raushalten, echt.«

»Man kann ihr nicht vorschreiben, was sie in ihrer Freizeit tut, oder?«

Janson seufzte.

Schultz schnappte sich den Laptop. Er sagte: »Dann schreibe ich meine kaputte Lederjacke diesem Nordberg auf die Rechnung?«

»Würde ich vorschlagen«, sagte Nick und blickte auf die Uhr. »Ich muss los. Ich habe eine Verabredung.«

»Ein Freitagabenddate – oder noch was Dienstliches?«, fragte Janson.

Nick kommentierte das nicht. Er sah zu Schultz, der über etwas nachzudenken schien. Nick schnappte sich seine Jacke.

»Nordberg«, murmelte Schultz und musterte Nick. »Der war doch auch am Autohaus.«

»Richtig.«

»Das ist der, der die Schießbefehle erteilt hat?«

»Jap.« Nick zog die Jacke an, stellte den Computer aus und nahm sich seine Sachen.

Janson meinte: »Weiß nicht – das alles mit dem Schießbefehl und so klingt mir zu spekulativ. Ich weiß, ihr wollt darauf hinaus, dass die gezielt Leute aus dem Verkehr ziehen wollten, aber: Nee, das ist mir zu crazy.«

Schultz sagte zu Janson: »Ich finde das alles nicht sehr spekulativ. Was Nick sagt, klingt rund. Hier läuft jede Menge hinter unserem Rücken ab.«

»Wie auch immer«, erwiderte Janson, »bei der nächsten Dienstbesprechung werfen wir alle Infos zusammen. Alles, was du hast, Nick, alles, was wir haben – und alles, was wir übers Wochenende noch bekommen können. Wir brauchen Struktur, denn ich habe so das Gefühl, dass wir früher oder später allein im Boot sitzen, wenn das BKA beziehungsweise diese Behörde sich nicht mehr im Sattel halten können oder ihren Job erledigt haben und sich zurückziehen. Außerdem sitzen wir teilweise schon mit im Boot. Dank Nicks Ex. Klasse Frau übrigens. Sieht auch toll aus. Warum hast du die überhaupt gehen lassen?«

»Frag sie doch selbst und bring ihr ein paar Blumen als Dankeschön mit«, meinte Nick und klopfte Janson im Gehen auf die Schulter. »Sie mag Lilien.«

25

»Ich mag keine Lilien«, sagte Bekka mit einem entschuldigenden Lächeln, als der Kellner die Vase vom Tisch räumte. Er bewegte sich unauffällig, fast wie ein Schatten, was zur Exklusivität des französischen Restaurants passte. Bekka hatte den Ort ausgewählt – ein echter Kontrast zum »Roadhouse«.

»Tut mir leid«, fuhr Bekka fort, »das wirkt sicherlich etwas prätentiös. Aber der Geruch ist so intensiv, und ich muss bei den Blumen immer an Beerdigungen denken.«

Nick trank etwas Wasser. »Ich war nie ein Fan von Lilien«, murmelte er.

»Das sagst du jetzt nur aus Freundlichkeit«, bemerkte Bekka und strich sich eine rote Strähne hinters Ohr.

Nick schüttelte den Kopf.

»Ich frage mich sowieso, warum in manchen Restaurants die Tische mit Blumen dekoriert werden. Es soll hübsch aussehen, klar, aber ich weiß nicht.« Bekka fasste ihr Weinglas am Stil, nahm einen kleinen Schluck Chardonnay und schien über etwas nachzudenken. »Dabei mag ich Blumen«, sagte sie. »Ich kaufe mir gelegentlich welche für zu Hause. Meine Mädels bringen mir manchmal welche mit. Und nicht nur dann, wenn sie etwas ausgefressen haben.«

»Ich habe dir noch nie Blumen geschenkt.«

»Nein, hast du nicht. Aber das erwarte ich auch nicht. Du bist nicht der Blumentyp. Ich würde mich sehr wundern, wenn bei dir daheim welche stehen würden.«

Nick schmunzelte.

»Ich habe ohnehin nur eine vage Vorstellung davon, wie du lebst«, ergänzte sie.

Nick war bereits in Bekkas Wohnung gewesen – ein typischer Hamburger Altbau mit hohen Decken und Stuckverzierungen. Die Einrichtung war modern, stilsicher ausgewählt, aber auch gemütlich. Es gab zwei Zimmer für ihre Töchter, die Nick allerdings noch nicht gesehen hatte – weder die Zimmer noch die Töchter. Weihnachten war er bei Bekka eingeladen gewesen, danach bei zwei weiteren Gelegenheiten. Ansonsten hatten sie sich stets auf neutralem Boden getroffen, allerdings noch nie bei ihm in Nordbek. Er war einerseits noch nicht auf die Idee gekommen, andererseits war es keine Wohnung, die man einer Frau wie Bekka zeigen wollte.

Das Appartement in Nordbek war mehr ein zweckmäßiger Ort. Wie eine Ferienwohnung. Zwar gefiel es Nick dort, aber natürlich war es nichts auf Dauer, wenngleich er dort schon fast zwei Jahre lebte. Na ja, und Lola – Nick mochte sich nicht vorstellen, wie sie auf Bekka oder Bekka auf Lola reagieren würde. Schwer zu sagen, warum ihn das beschäftigte, zumal er weder mit der einen noch mit der anderen eine Beziehung hatte. Es war kompliziert – wie so viele andere Dinge in Nicks Leben.

»Wenn du möchtest«, sagte er, »zeige ich dir meine Wohnung gerne.«

»Nein. Zeig sie mir, wenn du möchtest, Nick.« Bekka trank noch etwas. »Bis dahin stelle ich mir vor, wie du in einem unpersönlich möblierten Appartement über einer Tankstelle haust und dich von Tiefkühlpizza ernährst.«

Bekkas Vorstellung über seine Art zu wohnen war recht zutreffend. »Neben einer Tankstelle«, sagte er, »nicht darüber.«

»Solange es dir gefällt.«

»Ich habe noch nie darüber nachgedacht, ob es mir gefällt. Ich bin einfach dageblieben.«

Der Kellner kam. Er servierte Bekka einen Salat. Nick hatte ein Rumpsteak gewählt. Es war ausgezeichnet. Das beste, das er seit langem gegessen hatte. Bekka schien von ihrem Salat ebenfalls angetan zu sein. Als sie fertig war, tupfte sie sich den Mund mit der Serviette ab und meinte: »Ist dir schon mal aufgefallen, dass wir sehr oft essen gehen, wenn wir uns treffen?«

Nick lehnte sich zurück und machte der Bedienung Platz, damit diese abräumen konnte. »Jetzt, wo du es sagst«, erwiderte er und lächelte. »Wir könnten gerne etwas anderes gemeinsam unternehmen.«

»Morgen bin ich bereits verplant. Ich bin zu einem Dinner eingeladen.«

»Schon wieder Essen«, sagte Nick, spürte aber einen kleinen Stich.

»Ja. Ein alter Freund hat mich dazu eingeladen. Steve ist gebürtiger Amerikaner und Rechtsanwalt in der Latham & Watkins Kanzlei am Alsterufer. Das Dinner wird vom US-Konsulat gleich nebenan ausgerichtet. Es findet allerdings nicht im Konsulat selbst statt, wird aber dennoch sehr elegant und seeehr wichtig, fürchte ich.«

»Klingt aufregend.«

»Ja. Das Dinner ist mit irgendeiner politischen oder wirtschaftlichen Konferenz verbunden, in die Steve am Rande involviert ist. Andere diplomatische Vertreter und einige Industriebosse nehmen daran ebenfalls teil. Soweit ich weiß, geht es bei der Konferenz darum, für humanitäre Hilfen und Unterstützung für Afghanistan und Nachbarländer zu werben. Jedenfalls wünschte er sich eine Begleitung für das Dinner und hat mich gefragt – na ja, und da ich frei bin am Wochenende und die Kinder nicht da sind … Da sagt man nicht nein zu einem Dinner, das das US-Konsulat ausrichtet. Es ist außerdem ein schöner Anreiz, mein Englisch mal wieder in Schwung zu bringen.«

»Es wird sicher prima. Steve kann sich glücklich schätzen. Seine Ehefrau aus den USA einzufliegen wäre bestimmt übertrieben.«

Bekka musterte Nick. Natürlich hatte sie sofort durchschaut, dass Nick indirekt wissen wollte, ob dieser Steve Single und damit ein möglicher Konkurrent sein könnte.

»Seine Frau«, erklärte Bekka, »ist letztes Jahr leider verstorben. Steve ist ein guter Freund. Kein Grund zur Eifersucht.«

»Eifersucht?« Nick lachte. »Ich? Warum, ich meine … Du kannst doch machen, was du möchtest?«

Bekka leerte ihr Glas Wein und nickte. »Das ist wohl wahr.«

»Und ja, ich unternehme sehr gern etwas mit dir, wenn unsere Zeit es zulässt.«

Bekka betrachtete Nick erneut mit diesem Blick, der seine Schale zu durchdringen und in seinem Innersten zu lesen schien.

»Gern«, sagte er. »Falls die Zeit es zulässt, wie du sagst.«

»Der laufende Fall nimmt dich sehr in Anspruch.«

»Der Fall Brauner und die zwei Amokläufer, ja. Es beschäftigt mich sehr.«

»Man hätte dich nach den Vorfällen in der U-Bahn und am Autohaus, aber spätestens nach der Schießerei im ›Rodeo‹ beurlauben sollen, damit du es verarbeiten kannst. Ist das nicht sogar verpflichtend?«

»Nicht nötig«, erwiderte Nick.

»Du weißt, dass das nicht stimmt. Es wird dich einholen. So wie beim letzten Mal.«

»Im Winter, nach der Elbripper-Sache, bin ich eine Zeitlang außer Dienst gewesen. Psychologische Betreuung hätte ich im Notfall bei dir bekommen.«

»Du hast sie nicht in Anspruch genommen.« Bekka spielte mit ihrem Weinglas. »Nordberg hat mich abgezogen. Er hat sich mit einem vorläufigen Gutachten über de Vries zufriedengegeben, obwohl das überhaupt nicht ausreichend ist. Ich konnte nur einmal mit ihm reden, und – zack, war der Auftrag weg.«

»Hat er gesagt, warum?«

Bekka schüttelte den Kopf. »Nein. Gar nichts. Ich komme mir regelrecht benutzt vor. Er hat sich genommen, was er brauchte – und dann: weg mit der rothaarigen Hexe. Na ja, was beklage ich mich, so läuft eben der Job.«

»Geht es de Vries besser?«

Sie schüttelte wieder mit dem Kopf. »Ich fürchte, das wird noch dauern. Falls es ihm jemals wieder besser gehen wird. Es hat den Anschein, dass er ein Präparat überdosiert hat, was Vergiftungserscheinungen und neurotoxische Schäden nach sich zieht. Sie können unter Umständen irreparabel sein.«

Schließlich tranken sie noch einen Espresso und verließen das Restaurant. Nick hielt Bekka die Tür auf – auch als sie am Mercedes waren und einstiegen. Nick war sich sicher, dass Bekkas Kumpel Steve das ebenfalls tun würde.

»Ich bin immer wieder begeistert von deinem Wagen«, sagte Bekka, als sie bereits unterwegs waren. »Er passt zu dir.«

»Danke. Es ist ein Erbstück. Der Wagen liegt mir sehr am Herzen.«

»Du hast es mir mal erzählt, ja. Er gehörte deinem Vater. Hattet ihr eine tiefe Bindung?«

»Eine normale Beziehung, würde ich sagen. Keine außergewöhnliche.«

»Dennoch fährst du sein Auto. Einen Wagen, den andere in der Garage parken und als wertvollen Oldtimer hegen und pflegen würden.«

»Er ist nicht wertvoller als jeder andere hochwertigere Mercedes. Ich brauche kein anderes Auto.«

Bekka schwieg. Wie sie es meistens tat, wenn sie mehr hören wollte.

»Mein Opa«, sagte Nick, »hatte eine Baufirma. Mein Vater hat den Mercedes von seinem ersten Geld gekauft, das er dort verdient hat, er hat auf den Wagen gespart. Er war sein Ein und Alles. Er hat später die Baufirma übernommen und in der Baukrise Bilanzen frisiert, um den Laden vor dem Aus zu retten. Das brachte ihm zwei Jahre Knast ein. Als er wiederkehrte, war alles weg – die Firma, und meine Mutter hatte ihn mit mir verlassen. Ihm blieb nur der Mercedes. Er hat ihn nie verkauft, obwohl er finanziell am Ende war.«

Nick erinnerte sich an die Hand mit den Schläuchen im Krankenhaus, die bleiche Haut, der schlaffe Griff an seinem Handgelenk, die fahlen Augen, der um Vergebung bittende und flehende Blick. Die Stimme, die klang wie das Knistern von Papier. *»Millionen Sterne haben am Himmel gefunkelt. Sie spiegelten sich in den Augen deiner Mutter, die mit mir auf der Kühlerhaube lag und nach oben sah. Der Mercedes gehört dir, Nick, er ist untrennbar mit dir verbunden. Du darfst ihn niemals hergeben.«*

Nick hustete. »Ich denke, der Wagen hat ihn sein Leben lang an bessere Zeiten erinnert. Daran, wie alles hätte sein können.«

»Und du fährst dieses Symbol eines besseren Lebens, das auch deines hätte sein können, täglich spazieren.«

»Wir alle«, sagte Nick und bog ab in Bekkas Straße,

»wünschen uns doch ein besseres Leben. Ständig und immerzu. Die Tage im Jahr, an denen man wirklich zufrieden mit allem ist, kannst du an zwei Händen abzählen.«

Bekka schwieg, nickte schwach.

Nick verlangsamte das Tempo und fuhr vor dem Altbau, in dem Bekka lebte, rechts ran. Er ließ den Motor laufen.

»Danke für den Abend«, sagte er und wandte sich zu ihr.

»Ich danke dir ebenfalls.« Sie nahm ihre Handtasche, beugte sich ein wenig zu Nick, wie um ihm einen Kuss auf die Wange zu hauchen, hielt dann aber inne, so als habe sie es sich im letzten Moment anders überlegt.

»Du solltest dich rasieren, Nick Beck«, sagte sie.

»Dann werde ich das mal schnell erledigen und mich auf den Weg nach Hause machen. Na ja, zu dem, was ich Zuhause nenne.« Nick schmunzelte.

»Vielleicht wirst du niemals in einem Zuhause ankommen, Nick.«

»Wie meinst du das?«

»Manche Menschen sind nicht dafür gemacht, sondern eher für ein Leben *on the road*. Wie ein Vagabund. Heute hier, morgen da. Der Weg ist das Ziel.«

»Das gilt nicht für mich. Ich benutze Straßen dazu, um von A nach B zu gelangen. Das ist der einzige Zweck.«

»Findest du dich da immer gut zurecht? Dein Wagen hat kein Navigationsgerät.« Bekka schmunzelte.

»Menschen haben jahrzehntelang ohne Navigationssysteme überlebt.«

»Mir fällt es leichter, wenn ich meinen Zielpunkt auf dem Display sehe.«

»Ich habe meinen Zielpunkt im Kopf.«

»Wirklich?«, fragte Bekka und lächelte immer noch.

»In der Regel ist das der Fall«, antwortete Nick.

»Und da geht es schon los mit den Einschränkungen.«

Jetzt musste Nick ebenfalls lächeln.

»Ich glaube«, sagte Bekka und öffnete die Autotür, »dass das mit dem Zielpunkt im Kopf nicht immer verlässlich funktioniert. Außerdem muss man dazu genau wissen, was das Ziel ist. Mir ist das zu vage, und das kann ich mir nicht leisten.«

»Worauf willst du hinaus, Bekka?«

Sie löste den Sicherheitsgurt und beugte sich zu Nick. Dieses Mal hielt sie nicht inne. Sie nahm sein Gesicht in beide Hände und gab ihm einen Kuss auf den Mund, womit sie sich Zeit ließ. Ihr Duft. Ihr Geschmack. Ihre Nähe.

»Vielleicht musst du ein paar Dinge endlich loslassen. Und sobald du dein Ziel wirklich klar vor Augen hast«, sagte sie schließlich, »lass es mich wissen.«

»Das werde ich«, erwiderte Nick.

Bekka strich ihm mit der Hand über die Wange. »Wir sehen uns.« Damit stieg sie aus und warf ihm noch eine Kusshand zu.

Nick wartete so lange, bis die Haustür hinter Bekka zufiel. Er wartete auch danach noch. Sah, wie das Licht ich ihrer Wohnung anging. Er roch ihren Duft im Auto. Schmeckte sie noch auf den Lippen, spürte ihre Hand an der Wange.

Dann fuhr er wieder los.

26

Im Autoradio hörte Nick ein Stück von den Rolling Stones. Eigentlich war es von Bob Dylan, »Like a Rolling Stone«, aber der Sender spielte die Bearbeitung von Jagger/Richards. Immerhin hatte der Titel des Songs eine Menge mit dem Namen der Band zu tun, wenngleich sie bereits 1962 gegründet worden war und Dylan den gleichnamigen Song erst 1965 geschrieben hatte. Rolling Stone hieß auf Deutsch so viel wie Herumtreiber. Vagabund.

How does it feel, how does it feel?
To be on your own, with no direction home?
A complete unknown, like a rolling stone.

Nick dachte über Bekkas Worte nach, dass manche Menschen nicht für ein Zuhause gemacht waren, sondern dafür, ständig unterwegs zu sein. Rastlos. War er das?

Nick glaubte das nicht. Er hielt nicht viel von dieser Hippiementalität, dass der Weg das Ziel war. Er war niemand, der sich treiben ließ wie ein ankerloses Schiff. Zumindest fühlte es sich für ihn nicht so an. Er verspürte vielmehr den immer stärker werdenden Drang anzukommen.

Aber wo? Und vielleicht lag Bekka doch nicht so falsch damit, dass sie sagte, Nick sei auf einem Weg ohne Ziel. Wie hatte er auch annehmen können, dass Bekka nicht in ihm lesen würde wie in einem Buch? Sie spürte seine Zurückhaltung, seine Unsicherheit – das heißt: Er fühlte sich weder unsicher noch zurückhaltend. Aber verhielt es sich in dieser Hinsicht wie mit einem Alkoholiker, der glaubte, das Trinken unter Kontrolle zu haben und jederzeit aufhören zu können, weil seine Wahrnehmung getrübt war?

Bekka hingegen hatte durchaus verstanden, dass Nick sich noch nicht vollends auf eine Beziehung einlassen wollte, und sie hatte ihm klargemacht: Damit kann ich nichts anfangen.

Er konnte Bekka nicht verübeln, dass sie sich mit jemandem traf, zum Beispiel mit diesem Steve. Vielleicht gab es auch andere. Wahrscheinlich gab es die. Zwar hatte sie Nick schon vor ein paar Monaten zu verstehen gegeben, dass sie sich noch nicht wieder auf etwas Neues einlassen wollte. Aber vielleicht war das nur ein Test – um zu sehen, wie Nick darauf reagieren und ob er sich daran halten würde. Nun, das hatte er getan und Bekka respektiert. Vielleicht war das der falsche Weg, oder ihre Sichtweise hatte sich inzwischen verändert.

Am Ende war die Frage, wozu er selbst bereit war. Wie hatte Bekka eben gemeint? Er müsse lernen loszulassen. Nick glaubte nicht, dass sie das Wort unbedacht gewählt hatte. Bekka tat nie etwas Unbedachtes. Mit anderen Worten: Nick musste lernen, zum Beispiel Betty loszulassen und zu akzeptieren, dass er nicht an ihrem Tod schuld war.

Zwar hatte Nick angenommen, dass er inzwischen darüber hinweg war – spätestens nach dem letzten Winter, als sich der Elbripper-Fall geklärt hatte. Aber vielleicht machte er sich etwas vor, und Bekka spürte das und fühlte, dass Nick noch nicht frei war, ein Gefangener seiner selbst, während das Leben an ihm vorbeizog.

Nick atmete tief durch. Er schlug nicht den Rückweg nach Nordbek ein. Wie automatisch fuhr er stattdessen in Richtung Altona und Dockhuden, wo sich ein größerer Standort der Bundeswehr mit der Clausewitz-Kaserne, der Führungsakademie und weiteren Zentren befand. Unweit davon steuerte er rechts ran, hielt und stieg aus, nahm eine Zigarette aus der Schachtel und steckte sie an.

Auf der gegenüberliegenden Straßenseite befand sich ein moderner Gewerbestandort, der mit Schranken abgesperrt war. An der Adresse residierten einige chemische und medizinische Unternehmen, darunter die Hamburger Niederlassung von SpectorNeurolabs. Nick steckte die Zigarette an, inhalierte tief, stieß den Rauch aus und betrachtete die orange glühende Spitze. Er dachte nach und blickte auf, als ein anderes Auto ebenfalls rechts ranfuhr, ein schwarzer Audi, und direkt hinter dem Mercedes stoppte. Der Fahrer stellte den Motor aus, ließ aber das Abblendlicht an. Die Tür der Beifahrerseite öffnete sich. Ein Mann verließ das Fahrzeug und ging zu Nick. Er stand eine Weile schweigend neben ihm, betrachtete ebenfalls den Standort auf der anderen Seite.

Schließlich sagte Nordberg: »Wir sollten reden, Beck.«

»Sie sind mir gefolgt«, stellte Nick fest und rauchte.

Nordberg schwieg.

»Worüber wollen Sie mit mir reden?«

»Sie haben gewonnen.«

Nick stieß den Rauch mit einem Lachen aus. »Gewonnen? Haben wir ein Spiel gespielt?«

»Ich bin an einem Punkt angelangt, an dem ich Sie entweder absäge und aus dem Weg räume oder mit ins Boot nehme. Ich habe mich für das Zweite entschieden. Es ist besser, wenn wir kooperieren.«

»Im Kooperieren sind Sie ja ganz groß, Nordberg, wenn ich mir die Bezeichnung Ihres Bundesamtes ansehe.«

Nordberg kommentierte das nicht.

Nick fragte: »Was genau sind Sie eigentlich?«

»Bekomme ich eine Zigarette?«, fragte Nordberg.

Nick bot ihm eine an, gab ihm Feuer. Nordberg inhalierte tief, legte den Kopf in den Nacken, stieß den Rauch aus und blickte in den sternklaren Himmel.

»Vor drei Monaten«, sagte er, »ist es in Afghanistan zu einem bedauerlichen Zwischenfall gekommen. Im Vorfeld des Truppenabzuges der Bundeswehr wurde ein medizinisches Camp aufgelöst. Geräte, Material und Personal sollten von Kabul ausgeflogen werden. Dazu kam es aber nicht, weil der kleine Konvoi Ziel eines Drohnenangriffs wurde. Es gab keine Überlebenden. Der Konvoi war offiziell nicht angemeldet, aber als eine Gruppe von *Ärzte ohne Grenzen* ausgewiesen, die im Hinterland in kleinen Dörfern gearbeitet hatte. Tatsächlich war es keine Gruppe von *Ärzte ohne Grenzen*. Und es war ein Fehler, dass der Konvoi nicht offiziell angemeldet worden war. Es kam zu einigen weiteren bedauerlichen Fehlern, die schließlich dazu führten, dass das Nato-Hauptkommando der Auffassung war, bei dem Konvoi würde es sich um einen Konvoi des IS-Führers Abu Shamal handeln, der auf einer Top-Liste von gesuchten Gefährdern steht. Zudem hatte es einen Tipp von den Taliban gegeben, dass Shamal sein Lager wechseln würde.«

Nick erinnerte sich an die Nachrichten über einen Anschlag auf den Konvoi. Er war durch die Medien gegangen, weil dabei Deutsche ums Leben gekommen waren. Dabei war allerdings nicht von einem fehlgeleiteten Drohnenangriff die Rede gewesen. Außerdem wusste er, dass die Taliban und der IS früher zusammengearbeitet hatten. Neulich nachts, als er nicht schlafen konnte, hatte er sich eine Dokumentation über Afghanistan angesehen – in der vergeblichen Hoffnung, davon müde zu werden. Tatsächlich hatte ihn die Doku gepackt und das Gegenteil bewirkt.

Jedenfalls war ausdrücklicher Bestandteil eines Abkommens mit den USA zum Truppenabzug gewesen, dass die Taliban sich offiziell vom IS als Verbündeten lossagten. Es war logisch, dass ein solcher Bruch einige Auseinandersetzungen und Rivalitäten zur Folge hatte, worauf dann jemand wie Abu Shamal ans Messer geliefert werden sollte. Allerdings war Nordbergs Worten zu entnehmen, dass es sich um einen falschen Hinweis gehandelt hatte oder fehlerhafte Schlüsse daraus gezogen worden waren, was am Ende vielen unschuldigen Menschen das Leben gekostet hatte.

»Jedenfalls«, fuhr Nordberg fort und zog an der Zigarette, »war die Nachrichtenlage diffus, aber dennoch wurde eine Drohne auf den Weg geschickt, von der aus wiederum eine Rakete gezündet wurde, die den Konvoi traf. Es gab zu dem Zeitpunkt keine offiziell angemeldeten Fahrten. Demnach glaubte man, ausschließen zu können, dass es ein Problem geben könnte, und nahm an: Selbst wenn Shamal nicht in einem der Autos sitzen würde, würde man immerhin ein paar IS-Schergen erwischen. Eine fatale Schlussfolgerung, die *Friendly fire* zum Ergebnis hatte, wie man es so nennt. Ein KSK-Einsatzteam der Bundeswehr wurde zum Unglücksort geschickt, konnte aber nur noch Leichen bergen und fand den Konvoi geplündert vor. Außerdem stellte das Team fest: Es war kein IS-Konvoi. Nachdem klar war, dass ein schrecklicher Fehler gemacht worden war und der inoffizielle Transport dem aufgelösten Camp zugeordnet werden konnte, wurde der Vorfall kaschiert und IS-Milizen in die Schuhe geschoben sowie ein Untersuchungsausschuss bei der NATO eingerichtet, wenngleich sowohl der IS als auch die Taliban beteuerten, nichts damit zu tun gehabt zu haben. Shamal erfreut sich derweil immer noch bester Gesundheit – er hatte seinen Lagerwechsel kurzfristig verschoben, was der Informant nicht mitbekommen hatte. Und das Problem, mit dem wir beide es zu tun haben, Beck, ist ein Resultat dieses Abschusses.«

»Inwiefern?«, fragte Nick.

Nordberg deutete mit der Zigarettenspitze auf die Gebäude gegenüber. »SpectorX«, sagte Nordberg und wartete ab, ob Nick reagieren würde. Tat er aber nicht. Spector sagte ihm inzwischen etwas, SpectorX hingegen absolut nichts.

»In dem Camp, von dem ich eben gesprochen habe«, fuhr Nordberg fort, »wurde das SpectorX-Projekt von wissenschaftlichen Mitarbeitern und einigen Medizinern begleitet, die auf dem Papier für *Ärzte ohne Grenzen* im afghanischen Hinterland aktiv waren, um Menschen zu impfen. Es war aber eine ganz andere Art von Camp, weswegen es auch den Konvoi offiziell nicht gab, wenn Sie verstehen, worauf ich hinauswill. Vor dem Truppenabzug war das Projekt SpectorX für beendet erklärt worden. Das Camp wurde aufgelöst, alles Material sollte nach Kabul gebracht und ausgeflogen werden, die Mitarbeiter inklusive. Dazu kam es aber nicht. Dass der Konvoi geplündert wurde, hatte zur Folge, dass jede Menge medizinisches Gerät, Medikamente, Computer, Festplatten und Dokumentationen sowie einige Chargen SpectorX entweder zerstört oder gestohlen wurden. Und nun ist es in Deutschland aufgetaucht.«

»Handelt es sich um das Zeug, dass Tredeborg und de Vries genommen hatten?«, fragte Nick.

»Und die Dervishis«, ergänzte Nordberg, »und wer weiß wer noch alles. Sie haben ja gesehen, wie es wirkt. Es ist im Umlauf. Wir wissen nicht, wie viel und wo. Stellen Sie sich eine Gruppe von gewaltbereiten Radikalen vor, ob links oder rechts oder religiös motiviert, die SpectorX verwenden – dann wird Ihnen mein Problem deutlich, Beck.«

»Was genau ist SpectorX?«, fragte Nick. Wenngleich er es sich vorstellen konnte und bereits eine vage Ahnung davon hatte, was in dem ominösen Camp in Afghanistan abgelaufen war. Doch er ließ Nordberg berichten.

»Fangen wir andersherum an«, sagte Nordberg und

rauchte. »Mein Auftrag ist facettenreich. *Human Performance Enhancement and Optimization*. Schon mal gehört?«

»Sagt mir nichts.«

»Der Oberbegriff ist Bestandteil der Multinational Capability Development Campaign der Nato und der EU, in der sich Fachexperten um Lösungen bemühen, die internationale militärische Zusammenarbeit sowie die jeweiligen Fähigkeiten der Truppen zu verbessern und auf ein Level zu bringen. Das Thema *Human Performance Enhancement and Optimization* wird innerhalb des Projekts federführend von Deutschland bearbeitet, namentlich von der Führungsakademie der Bundeswehr hier in Hamburg und dem German Institute for Defence and Strategic Studies. Es geht darum, die umfassenden Möglichkeiten zur Verbesserung der körperlichen und geistigen Leistungsfähigkeit menschlicher militärischer Ressourcen durch den Einsatz von Technologie, Pharmakologie, synthetischer Biologie zu betrachten sowie deren ethische und rechtliche Konsequenzen zu beleuchten. Stellen Sie sich den Einsatz von Biosensoren, Kampfanzügen, Implantaten oder Medikamenten als Optimierung vor – was passiert bei einem gemeinsamen Einsatz, wenn eine Nation auf Grundlage ihrer Gesetze und ethischen Standards derlei Mittel für ihre Truppen legalisiert hat, während die anderen – etwa die Bundeswehr – sie nicht nutzen dürfen und nach ein paar Tagen nicht mehr in der Lage sind, mitzuhalten und ihren Auftrag zu erfüllen? Außerdem ist Biotechnologie immer leichter verfügbar, und Kriminelle oder Terroristen könnten an hochgefährliche Präparate gelangen.«

»Zum Beispiel SpectorX.«

»SpectorX ist ein von der Firma Spector in Deutschland entwickelter Wirkstoff in der Erprobungsphase, der nicht von der Bundeswehr genutzt oder getestet werden darf. Bei privaten Sicherheitsunternehmen, die im Auftrag der Bundesregierung in Afghanistan aktiv waren, ist das etwas anderes. Zumal wenn man sie bezahlt. Es ist die freie Entscheidung, ob man an dem Test teilnehmen will oder nicht. Zudem ermöglichen es die afghanischen Gesetze, derlei Tests vorzunehmen, während sie in Deutschland zum Beispiel verboten sind. Ziel ist es, mit SpectorX einen Wirkstoff zu entwickeln, der das Potenzial hat, in der Breite bei Spezialkräften in Sondereinsätzen eingesetzt zu werden – im Sinne der Einhaltung von internationalen juristischen und ethischen Standards.«

»Verstehe«, sagte Nick und dachte: Was seid ihr doch für ein verdammtes Gesindel.

»In allen Zeiten haben Soldaten Mittel zur Leistungssteigerung genommen, selbst in der Antike. Die Wehrmacht hat exzessiv Amphetamine genutzt. In Vietnam wurde mit Drogen experimentiert. Kampfpiloten nutzen Medikamente, um sich wach zu halten. Aber SpectorX ist etwas Neues. Es erweitert die Sinne, verkürzt Reaktionszeiten drastisch und macht größere Areale des Gehirns nutzbar, während es andere betäubt. Es geht außerdem um das Reduzieren von Hemmungen bei maximaler Bereitschaft zur Gewaltanwendung.«

Nick lachte spöttisch auf und aschte ab. »Zum Kotzen«, sagte er.

»Jeder Krieg ist zum Kotzen. Und darüber reden wir hier: über Krieg.«

»Sie wollen Menschen in Killermaschinen verwandeln.«

»Nicht ich. Aber, wenn Sie so wollen: Ja, darum geht es.«

»Das ist pervers.«

»Was ist perverser? Zehn deutsche Zivilisten in Mali in den Fängen von brutalen Rebellen zu belassen, die foltern und vergewaltigen – oder alles zu tun, um sie zu befreien?«

»Das sollten Sie ohnehin tun.«

»Das wird auch getan – aber es kann effizienter und risikoärmer geschehen, wenn ein Team einen Eingriff zur Geiselbefreiung im Kriegseinsatz mit maximaler Leistungsfähigkeit vornimmt.«

»War das nur ein Beispiel mit Mali?«

»Die Bundeswehr ist dort bei einem Einsatz der Vereinten Nationen zur Stabilisierung des Landes mit rund tausend Soldaten aktiv.«

»Also war es kein Beispiel. Es hat stattgefunden.«

»Nicht alles wird öffentlich.«

»Es war ein Fehlschlag?«

»Es gibt Stimmen, die die Auffassung vertreten, dass der Zugriff mit SpectorX glücklicher und erfolgreicher verlaufen wäre.«

»Verstehe«, sagte Nick und spuckte auf die Straße.

»Beck. SpectorX ist nicht meine Erfindung, und es spielt keine Rolle, wie ich persönlich dazu stehe. Sie haben gesehen, wie es wirkt. SpectorX kann nur unter wissenschaftlicher und medizinischer Begleitung und niedrig dosiert eingesetzt werden. Andernfalls wirkt es wie Speed hoch zehn, grillt einem das Gehirn, macht rasend schnell süchtig und verwandelt einen Menschen in eine außer Kontrolle geratene Kampfmaschine. Kein Laie kann wissen, wie man es dosiert. Nur Fachleute.«

Nick sagte: »Tredeborg und de Vries hatten eindeutig zu viel davon erwischt.«

»Mit Sicherheit. De Vries wird bleibende Schäden erleiden und vielleicht niemals wieder ganz zurückkommen von seiner Reise, wenn Sie verstehen, was ich meine.«

»Sie wollten ihn ebenfalls töten lassen.«

»Ein finaler Rettungsschuss wäre in seinem Fall ebenso von ganz oben legitimiert gewesen wie bei Tredeborg. Das wissen Sie genauso gut wie ich.«

»Bullshit.«

»Wie Sie meinen. Wie gesagt: Ich habe mir das alles nicht ausgedacht.«

»Sie räumen nur den Dreck weg.«

»Dazu bin ich autorisiert und angewiesen.«

»Von wem?«

Nordberg sagte nichts.

»Warum der Schießbefehl?«

»Es liegt nicht im Interesse der SpectorX-Projektleitung, dass irgendetwas über diesen Wirkstoff ans Tageslicht gerät. Erst recht nicht darüber, dass er in Afghanistan abhandenkam und in Deutschland auf dem Drogenmarkt als Superkokain aufgetaucht ist. Tredeborg und de Vries hätten Aussagen machen können. Die Ergebnisse ihrer Blutuntersuchungen hätten in die falschen Hände geraten können.«

»Und Ihre sind die richtigen?«

»In diesem Fall: ja. Bei de Vries hat es nicht funktioniert. Sie haben dazwischengefunkt. Und Sie haben sich mit Ihrer Freundin unterhalten: Prof. Dr. Rebecca Stoeven.«

»Woher wissen Sie das?«

»Es liegt auf der Hand. Sie beide treffen sich regelmäßig und stehen im Austausch miteinander, was ich vorher nicht wusste. Sonst hätte ich sie nicht beauftragt.«

»Sie überwachen Bekka? Sie hat nichts mit irgendetwas zu tun.«

»Sie ist ein Informationsleck. Ich habe es nicht beachtet. Mein Fehler.«

»Kommen Sie ihr nicht zu nahe, Nordberg.«

»Das ist nicht der Plan. Wir beide unterhalten uns hier deswegen, weil es eine Planänderung gibt, inzwischen viel zu viel durchgesickert ist und ich eine Kooperation suche, um Schlimmeres zu verhindern.«

»Wer hat die Projektleitung in Sachen SpectorX?«

Nordberg schwieg. Nick dachte sich seinen Teil. Wenn jemand wie Nordberg geschickt wurde, dann musste es sich um ein Projekt handeln, in dem das Verteidigungsministerium oder Geheimdienste oder die Nato eine Rolle spielten. Und allen würde die Sache gehörig um die Ohren fliegen, wenn sie öffentlich würde. Wer weiß, dachte Nick, ob diese Drohne nicht sogar gezielt abgefeuert wurde, um SpectorX zu vernichten – und alles, was damit zusammenhing?

»Deswegen«, ergänzte Nick, »auch der anhaltende Terrorverdacht? Damit Sie den Daumen draufhalten und zuständig bleiben können? Weil sie auf dem Terrorticket zudem sehr viel mehr rechtlich abgesicherte Befugnisse haben?«

Nordberg schwieg sich weiter aus. Nick wertete auch dieses Schweigen als Zustimmung.

Er fuhr fort: »Wie konnten Sie wissen, dass Tredeborg und de Vries SpectorX genommen hatten und so schnell zur Stelle sein?«

»Die kurze oder die lange Version?«

»Die mittlere.«

»Schlussfolgerungen, Vorarbeit, Instinkt und eine gewisse Fügung. SpectorX hätte nach dem Verschwinden überall auf der Welt oder nirgendwo auftauchen können. Es muss in die Hände der Taliban gefallen sein. Die Toten waren Deutsche. Alle Dokumentationen waren auf Deutsch. Die Plünderer werden zwar manche Medikamente und Gerätschaften erkannt haben, konnten sicherlich nichts mit SpectorX anfangen. Sie werden sich trotzdem gefragt haben, ob man damit Geld verdienen kann oder ob es nützlich ist. Also werden sie eine dritte Partei ins Boot genommen haben, die Deutsch spricht und sich auskennt und es vielleicht kaufen will oder einen Käufer kennt. Diese dritte Partei hat sich alles angesehen und Schlussfolgerungen gezogen. Sie hat wahrscheinlich vier naheliegende Empfehlungen ausgesprochen: den Stoff auf dem internationalen Markt an das Militär anderer Länder anbieten, es behalten und für die Talibankämpfer nutzen, SpectorX an den eigentlichen Eigentümer zurückzuverkaufen – oder es behalten und selbst verkaufen. Die Taliban dürften in erster

Linie daran interessiert gewesen sein, den Stoff sofort zu versilbern, und zwar – Variante vier – an die deutschsprechende dritte Partei.« Nordberg machte eine kurze Pause und redete dann weiter. »Wer wäre diese Partei? Vermutlich eine, die mit den Taliban schon vorher Geschäfte gemacht hat: Drogen- oder Waffengeschäfte. Wie wir wissen, ist in Hamburg immer wieder Opium aus Afghanistan aufgetaucht. Also muss es eine Connection geben.«

»Opium aus Afghanistan taucht überall in der Welt auf.«

»Ja. Aber wir sind nunmal für Deutschland zuständig, mussten irgendwo mit unserer Arbeit beginnen und haben also angenommen, dass SpectorX früher oder später nach Deutschland gelangen könnte. Wir haben uns außerdem gefragt: Wo in Deutschland gäbe es Kanäle, auf denen SpectorX eingeschleust werden könnte?« Nordberg warf die Zigarette auf den Boden und trat sie aus.

Er blickte Nick an und sagte: »Jetzt kommt ein Undercoverfahnder ins Spiel. Brauner.«

»*Der* Brauner?« Nick stutzte.

»Ja. Wir wollten wissen, ob in Hamburg eine neue Droge oder etwas in der Art im Umlauf ist, ob irgendetwas Neuartiges aufgetaucht ist oder auf dem Medikamentenmarkt gehandelt wird, im Darknet, was auch immer. Uns wurde Brauner als ein Mann mit vielen Kontakten empfohlen. Wir haben ihn uns sozusagen ausgeliehen, um Informationen zu sammeln. Kurz darauf war er tot.«

»Erschossen«, sagte Nick.

»Sie ermitteln in der Sache, wie ich weiß. Und bevor Sie fragen: Wir werden Ihnen dabei nicht weiterhelfen können.

Brauner hat vor sich hingearbeitet und bislang nicht viele Informationen eingespielt. Ich weiß nur, dass er mit den Dervishis Kontakt hatte. Wir haben im Nachgang in Asservaten, die Brauner sichergestellt hat, eine Ampulle SpectorX gefunden, ohne dass er wissen konnte, um was es sich handelte. Er war nicht mehr dazugekommen, es an uns weiterzuleiten.«

»Hatte er es von den Dervishis?«

»So wie es aussieht. Außerdem kreuzten dort Tredeborg und de Vries auf. Deswegen unser massiver Einsatz im ›Rodeo‹, wo wir tatsächlich SpectorX gefunden haben – allerdings nur sehr wenig. Entweder haben die Dervishis nur über eine geringe Menge verfügt, oder sie haben die Charge anderswo versteckt beziehungsweise schon verkauft. In jedem Fall ist es möglich, dass noch mehr im Umlauf ist. Deutlich mehr.«

Nick nahm sich eine weitere Zigarette, bot Nordberg eine an, der jedoch ablehnte. Nick hatte angenommen, dass sich das Gespräch in alle möglichen Richtungen entwickeln könnte. Dass Nordberg ihm drohen würde. Dass er die Herausgabe von Material einfordern oder sich über Nicks Informationsstand unterrichten wollte. Als er von Kooperation gesprochen hatte, war Nick das erste Mal verwundert gewesen. Aber Nordberg hatte verdeutlicht, dass er an einem Punkt angelangt war, an dem er nicht mehr weiterkam und seine Strategie ändern musste. Und dass nun noch Brauner ins Spiel kam …

»Was genau wollen Sie von mir?«, fragte Nick.

»Wie eingangs erwähnt: Kooperation. SpectorX muss

von der Straße verschwinden. Und ich muss mich auf Diskretion verlassen können.«

Nick lachte auf und zog an der Zigarette. »Ich soll bei Ihrem schmutzigen Spiel mitmachen?«

»Nichts daran ist schmutzig. Schmutzig wird es, wenn SpectorX in die falschen Hände gerät. Dann kann ich für nichts mehr garantieren.«

»Jetzt müssen Sie noch sagen: Ich mache nur meinen Job.«

»Ich mache nur meinen Job.«

»Das haben viele Nazis auch gesagt, Nordberg.«

»Sie sind zu intelligent für solche Vergleiche, Beck.«

»Ich weiß.«

»Noch mal: SpectorX muss von der Straße verschwinden. Und ich muss mich auf Ihre Diskretion verlassen. Wenn ich das kann, erhalten Sie von mir alles zum Fall Brauner.«

»Sie haben eben gesagt, Sie könnten mir nicht groß weiterhelfen.«

»Das ist meine Einschätzung. Vielleicht ist Ihre anders. Sie erhalten in jedem Fall die Bestätigung, dass Brauner für uns gearbeitet hat und an etwas dran war.«

»Das ist nicht viel.«

»Vielleicht kommt noch mehr hinzu. Wir werden sehen. Vielleicht stoßen wir beide am Ende sogar auf den, der Brauner erschossen hat.«

»Wegen SpectorX?«

»Wer weiß«, meinte Nordberg.

Nick zog ein weiteres Mal an der Zigarette, dachte nach

und stieß den Rauch aus. Schließlich sagte er: »Die Dervishis haben sich regelmäßig mit zwei Personen an einer Autobahnraststätte getroffen. Zuletzt kurz vor dem Zugriff im ›Rodeo‹. Es könnten dort Sachen ausgetauscht worden sein. Wir wissen nicht, was. Es gibt Videomaterial, aber die Qualität ist sehr schlecht. Man kann kaum etwas sehen.«

»Kann ich die Videos bekommen? Ich habe Wege, mehr herauszufinden. Technische Mittel, über die die Polizei nicht verfügt.«

»Sondern der Bundesnachrichtendienst?«

Nordberg zuckte mit den Schultern und vergrub die Hände in den Hosentaschen. »Es gibt unterschiedliche Möglichkeiten. Die Quelle spielt keine Rolle.«

»Sie erhalten Zugriff auf unsere Informationen und geben uns Zugriff auf Ihre Informationen.«

»Auf die Informationen«, sagte Nordberg, »die ich freigeben kann und die unmittelbar mit den Ermittlungen zusammenhängen. Außerdem benötige ich personelle Ressourcen für die Ermittlungen.«

»Und wir Zugriff auf technische Ressourcen.«

»Das Wort SpectorX wird dabei nirgendwo vorkommen. Gar nichts von dem, was ich Ihnen eben zum Hintergrund erzählt habe, nur das Allernötigste.«

Nick sagte nichts weiter.

»Sie haben das Wort noch nie gehört, und dieses Gespräch hat in weiten Teilen niemals stattgefunden.«

»Wann bekomme ich Ihre Unterlagen zum Fall Brauner?«

»Sobald wir alles im Fall SpectorX auf der Kette haben.«

Nick dachte an die beiden Ampullen, die er im »Rodeo« sichergestellt hatte. Nordberg wusste nichts davon. Und zum gegebenen Zeitpunkt könnten sie einen Trumpf darstellen.

»Sie stellen außerdem klar«, sagte Nick, »dass de Vries und Tredeborg keine Terroristen waren. Sie waren noch nicht einmal Amokläufer, sondern …«

»Kollateralschäden«, sagte Nordberg.

»Gewissermaßen«, erwiderte Nick.

»Falls irgendjemand erneut eine Überdosis nimmt, kann es noch viel schlimmer kommen.«

»Okay«, sagte Nick.

»Es darf nicht in die falschen Hände geraten. Um keinen Preis.«

»Sie wiederholen sich«, sagte Nick.

Und dachte an die Versuche, von denen Nordberg erzählt hatte. An den perversen Begriff »Human Optimization«, der lediglich kaschierte, dass Soldaten mit Drogen vollgepumpt werden sollten, damit sie effektiver und rücksichtsloser wären. Er dachte an die Toten des mutmaßlich fehlgeleiteten Drohnenangriffs.

Er fragte sich, ob SpectorX nicht von Anfang an schon in den falschen Händen gewesen war und ob es niemals hätte entwickelt werden dürfen.

27

In dieser Nacht schlief Nick unruhig und träumte wirr. Er sah Bettys Gesicht, das sich von ihm entfernte, als sie das Dach herabstürzte. Es verwandelte sich in das des Mannes, der sie getötet hatte. Und dann lief Nick die Treppe hinab. Aber er kam nicht vorwärts, denn es fühlte sich an, als steckten seine Füße in Gelee. Er blickte nach unten und stellte fest, dass er Skischuhe trug, und fragte sich, warum, zum Teufel, er nicht die Sneakers angezogen hatte. Er musste Hilfe holen, schnell, doch draußen kam er nicht in das verfluchte Auto wegen der Schuhe, und als er zurücksetzte, bockte der Wagen und rollte über etwas, das ein Mensch war – eine fast nackte Frau, und Nick rief: »Es tut mir leid, ich habe getrunken!«

Im nächsten Moment war ihm klar, dass das ein Fehler war, denn er würde seinen Führerschein verlieren, und ohne Führerschein könnte er seinen Job an den Nagel hängen. Sein Herz schlug wie wild, und ihm war heiß. Was kein Wunder war, denn es brannte im Auto. Flammen loderten auf dem Rücksitz. Hatte er im Auto geraucht und die Zigarette aus dem Fenster werfen wollen – und der Fahrtwind hatte sie wieder hereingeweht, wodurch der Bezug Feuer gefangen hatte? Er ruderte mit den Armen und hielt sich die Augen zu, aber er sah immer noch das orangefarbene Flackern, hörte es knistern und krachen und dachte: nicht atmen. Nicht einatmen, denn dann wirst du eine Rauchvergiftung bekommen, halt die Luft an und …

… er fuhr aus dem Bett hoch und sog die Luft ein wie ein Ertrinkender. Sein T-Shirt war durchgeschwitzt und klamm. Immer noch flackerte ihm orangefarbenes Licht vor den Augen. Auch noch nachdem er sich mit den Händen durchs Gesicht gefahren war, um den Albtraum fortzuwischen. Es dauerte ein paar Sekunden, bis er wieder bei sich war. Das Flackern hatte sich um keinen Deut verändert. Er sah es an der Wand im Schlafzimmer. Auf dem weißen Laken. An der Gardine und …

Nick stand auf, zog den Vorhang zur Seite.

Die Tankstelle brannte.

Sie stand in hellen Flammen.

Schlagartig war er hellwach, griff nach seinem Handy und dem Schlüsselbund, lief auf den Flur und die Treppe hinab. Er wählte die 112 und hämmerte gleichzeitig an Lolas Tür, drückte die Klingel. Lola öffnete verschlafen. Sie trug ein übergroßes T-Shirt, Nick ebenfalls nur ein T-Shirt und seine Boxershorts. Frankie tauchte hinter Lola auf – in Pyjamahose.

»Nick«, murmelte Lola und rieb sich die Augen. »Was ist denn los?«

»Die Tankstelle brennt«, sagte Nick.

Lola sah ihn an, als habe er gerade erklärt, dass in wenigen Sekunden der Mond auf die Erde stürzen werde. Dann ruckte ihr Kopf in Richtung Fenster.

»Es brennt«, sagte Frankie und bestätigte das Offensichtliche.

»Fuck!«

Lola drängte sich an Nick vorbei, der ihr ins Freie folgte. Sie liefen die Steintreppen hinab, die zum Hof vor der Werkstatt führten. Nick spürte bereits die Hitze der Flammen. Sie hüllten den Verkaufsladen fast vollständig ein und leckten am Dach über den Zapfsäulen. Es stank bestialisch nach verbranntem Kunststoff.

Eine brennende Tankstelle? Feuer und Benzin?

Nicht gut, dachte Nick.

Andererseits wusste er von einem Brand auf einer Raststätte an der Autobahn vor ein paar Jahren, dass die unterirdischen Tanks mit Ventilen gut gegen ein Feuer geschützt waren. Lola würde die Zapfsäulen abgeschaltet haben, als sie die Tankstelle schloss. Damit könnte allenfalls das restliche Benzin im Pumpsystem und in den Schläuchen Feuer fangen.

Lola spurtete über den Hof, lief dann wieder zurück zu Nick und Frankie.

»Die Schlüssel!«, rief sie. »Zur Werkstatt! Da sind Feuerlöscher!«

Lola flippte vollkommen aus. Frankie schlang seine Arme um sie, damit sie ihm nicht entwischte und irgendetwas Verrücktes anstellte. Sie wand sich wie ein Aal in seinem Griff und schrie, dass er sie loslassen solle.

»Das hat doch keinen Sinn«, rief Frankie zurück. »Mit

einem Feuerlöscher gegen diesen Brand? Das ist zu gefährlich!«

Aber es machte durchaus Sinn, dachte Nick, dass er seinen Mercedes schnell zur Seite fuhr und in Sicherheit brachte.

»Frankie hat recht«, sagte Nick, steckte das Handy in den Gummibund seiner Shorts und suchte nach dem Zündschlüssel am Schlüsselbund. »Die Feuerwehr ist unterwegs. Sie sollte gleich hier sein. Vielleicht kann sie das Übergreifen der Flammen auf die Werkstatt verhindern.« Dann joggte er los, ignorierte Frankies und Lolas Rufen.

Er lief zum Mercedes, in dessen Lack und Glas sich das Feuer spiegelte. Hier war es bereits heiß wie in einer Sauna. Zum Glück stand der Wind so, dass der schwarze Qualm in die entgegengesetzte Richtung zog. Er schloss auf, ließ den Motor an und setzte mit Vollgas auf die Straße zurück, wo er den Wagen in einigem Abstand stoppte. Als er ausstieg, hörte er bereits das Martinshorn. Eine ganze Symphonie. Er lief zurück zu Lola und Frankie, die jetzt beide auf den Treppen saßen und ins Feuer starrten. Lola weinte. Im nächsten Moment bogen die ersten Feuerwehrwagen mit Blaulicht auf das Tankstellengelände ein. Zwei Polizeiwagen waren dabei, der Notarzt, ein Rettungswagen.

»Ich verstehe das nicht!« Lola raufte sich die kurzen Haare. »Wie kann denn das sein? Das ist meine Zukunft, die da in Flammen aufgeht! Was ist denn nur passiert?«

Nick beobachtete, wie die Feuerwehrleute aus den Fahrzeugen sprangen und der Notarzt und zwei Sanitäter ausstiegen, sich orientierten, Nick, Lola und Frankie bemerkten und im Eiltempo herüberkamen.

Zwei Möglichkeiten, dachte Nick. Ein technischer Defekt hatte den Brand ausgelöst, oder es war Brandstiftung. In diesem Fall stellte sich die Frage, wer davon profitieren würde. Wiederum zwei Möglichkeiten, dachte Nick. Profitieren könnte zum Beispiel jemand, der Lola unter Druck setzen und sie von der Ernsthaftigkeit seiner Absichten überzeugen wollte – zum Beispiel die Biker und dieser Produzent namens Burscheid, die kürzlich bei Lola zu Besuch gewesen waren. Oder jemand, der eine Versicherungssumme kassieren beziehungsweise Lola eins auswischen und sich rächen wollte, zum Beispiel ihr Ex Heitzer, der zwar im Knast saß, aber natürlich über Kontakte nach draußen verfügte.

Habgier, Wut, Neid, Rache und Grausamkeit waren starke Motive – oder der Drang, eine andere Straftat zu verdecken. Vielleicht, dachte Nick, war das im Fall von SpectorX Nordbergs vorrangiger Antrieb: etwas zu vertuschen. So wie Nick selbst letzten Sommer versucht hatte, seine Fahrerflucht zu vertuschen.

Der Notarzt stoppte direkt vor Nick. »Jemand verletzt?«, fragte er, »alles in Ordnung?«

»Alles in Ordnung«, erwiderte Nick und trat einen Schritt zur Seite, damit der Mann sich um Lola kümmern konnte, die in Frankies Armen kurz vor dem Hyperventilieren war.

28

Cleo merkte auf. Sie hörte Sirenen in der Ferne. Es klang nach einem größeren Feuerwehreinsatz. Das Geräusch wurde lauter, dann wieder leiser. Schließlich war alles wieder still – bis auf das Geräusch des laufenden Motors ihres Autos, das in der Einfahrt eines Feldweges abgestellt war. Die Tür stand offen. Das Autoradio spielte Musik. Ihre Tochter schlief im Maxicosi. Endlich.

Meistens war Anna zwar ein Traumkind, aber nicht immer, zum Beispiel heute Nacht. Cleo und Chris hatten alles Mögliche versucht, um sie wieder zum Einschlafen zu bringen. Nichts hatte geklappt. Herumtragen nicht, Essen, Schnullern, Wiegen, Singen, Fön einschalten, auf den Balkon stellen. Chris' Arme mussten sicherlich ein paar Zentimeter länger geworden sein, so oft wie er den Maxicosi mit der Kleinen drin hin und her geschwenkt hatte. Alles nutzlos. Die Augen blieben offen. Schließlich hatte Cleo sich angezogen, Chris ins Bett geschickt, weil er ja am nächsten Tag arbeiten musste, und gesagt, dass sie mit Anna ein paarmal um den Block fahren werde. Denn das half meistens: Auto fahren und Radio einschalten.

Und dann war sie doch nicht nur um den Block gefahren, sondern hatte sich auf einmal hier wiedergefunden: auf einer schmalen Landstraße in Nordbek.

Cleo hielt eine Taschenlampe in der Hand und leuchtete über die Fahrbahn. »Was mache ich hier nur?«, murmelte sie, sog die Unterlippe ein und sah sich um. Eine rhetorische Frage. Denn natürlich wusste sie sehr genau, was sie hier tat – und es war nicht das erste Mal, dass sie diesen Ort aufsuchte. Er hatte mittlerweile eine Art magische Anziehungskraft auf sie entwickelt. Eine Manie, dachte sie manchmal, eine Neurose war das. Und doch spürte sie, dass irgendetwas mit diesem Ort war.

Im letzten Sommer war sie mit Nick auf dieser Straße gefahren, und er hatte sich sehr sonderbar verhalten. Was nichts bedeuten musste, aber es war ihr deutlich aufgefallen. Außerdem hatte er ihr mehrfach ausweichend geantwortet, als sie ihn auf seine Reaktion ansprach, und dazu kam eine Bemerkung, die er gegenüber Klaas Monecke in Bezug auf Fanny gemacht hatte …

Zwei- oder dreimal war Cleo seither hier zu diesem Punkt auf der Straße gekommen, von der ein Weg abzweigte, der zur Rückseite des Anwesens der Wurstfabrik Monecke führte. Ein Stück weiter zweigte ein weiterer Weg ab, auf dem man zu einigen neu gebauten Windkraftanlagen gelangte. Cleo war der Auffassung, dass Fanny Monecke durch eine Tür auf der Gartenseite über den Wirtschaftsweg zur Straße gebracht worden sein musste. Dann war ihr Körper in ein Auto verladen worden und an die Stelle gebracht worden, an der man Fanny schließlich tot aufgefunden hatte, halb in einem Gewässer liegend.

Sämtliche Spuren waren vom Regen und dem Bach verwischt worden.

Der Ablageort war Cleo von Anfang an komisch vorgekommen – wenn jemand eine Leiche loswerden wollte, dann würde er sie doch nicht an einem Ort offen ablegen, an dem viel Fußgängerverkehr war? Zudem gab es Verletzungen an Fannys Körper, die wahrscheinlich von einem Auto verursacht worden waren. Die Annahme lautete, dass das beim Abladen oder Aufladen der Leiche geschehen sein könnte und das betreffende Fahrzeug zum Teil über den Körper gerollt war. Allerdings waren an den in Frage kommenden Autos keinerlei entsprechende Spuren gefunden worden. Und nachdem der Mordfall geklärt worden war, hatte man die Akte geschlossen und es dabei bewenden lassen.

Doch bei all den offenen Fragen und Nicks ausweichenden Reaktionen hatte sich die Idee in Cleos Kopf festgesetzt, er könne irgendetwas damit zu tun gehabt haben. Sie hatte sich die Akten kommen lassen und alle noch einmal durchgesehen. Außerdem wusste sie, dass Nicks Mercedes zu der Zeit einen Blechschaden gehabt hatte. Sie hatte darüber mit Nicks inhaftiertem Vermieter gesprochen, der die Reparatur vorgenommen hatte. Sie hatte Nick sogar direkt gefragt, ob er etwas mit Fannys Tod oder ihrem Verschwinden oder beidem zu tun hatte. Er hatte sich geweigert, darauf zu antworten. Was vielleicht eine Antwort gewesen war.

Wie dem auch war: Die Vorstellung, dass Nick involviert gewesen sein könnte, ließ sie einfach nicht los. Zumal sie nicht verstand, inwieweit er etwas mit Fannys Verschwinden zu tun haben könnte. Cleo begriff es einfach nicht. Es war unlogisch, aber dennoch … Deswegen war sie nun zum x-ten Mal hier – in der Hoffnung, entweder etwas zu finden, das ihren Verdacht erhärtete oder ihr half, endlich davon abzulassen. Denn Nick war Polizist. Er war ein guter Mann. Es war ungehörig und respektlos, dass Cleo ihm nicht vollends vertrauen konnte und sich sogar vorstellte, er könnte …

Ja. Was denn genau? Irgendetwas gesehen und nicht reagiert zu haben, was er seitdem verheimlichte? Oder schlimmer? Er hatte Fanny angefahren? Deswegen der Blechschaden? Deswegen die Verletzungen? Oder war das alles nur eine fixe Idee? Und wenn ja: Warum?

Cleo seufzte und ging einige Meter auf der Straße entlang. Sie leuchtete nach links, leuchtete nach rechts. Was hoffte sie denn, um Gottes willen, hier nach mehr als einem Jahr zu finden? Trotzdem machte sie weiter.

Der Lichtkegel der Taschenlampe glitt über den Straßenbelag. Von links nach rechts, von rechts nach links, entlang des mit hohem Gras bewachsenen Grabens. Sie hockte sich hin, als sie meinte, etwas erkannt zu haben. Doch das waren nur kleine Steinchen. Sie ging zur gegenüberliegenden Seite der Straße, stoppte dann und hockte sich wieder hin. In einem Riss im Asphalt sah sie ein verrostetes Metallteil. Oder war das etwas anderes? Wieder nur Steinchen? Erneut hockte sie sich hin. Es sah aus wie eine zerbrochene Schelle, nicht größer als ein Fingernagel. In einem Bohrloch steckte eine korrodierte Schraube.

Cleo zupfte das Fundstück aus der Ritze, was nicht so einfach war, denn es schien beinahe damit verwachsen zu sein. Risse im Fahrbahnbelag bildeten sich über Jahre hinweg durch Kälte und Hitze. Regen auf der Straße spülte alles Mögliche hin und her. Vielleicht war es hier ebenso gewesen: Das Metallteil hatte sich irgendwo befunden. Wasser hatte es fortgeschwemmt. Dann war es in dem Spalt stecken geblieben, der sich mit Matsch gefüllt hatte, der dann wiederum fortgespült worden war. Teile wie dieses Schellenbruchstück mochten an Autos verwendet werden, um daran andere Teile zu befestigen, zum Beispiel Kotflügel, Rohre oder Stoßstangen, überlegte Cleo. An Nicks Mercedes war damals eine solche Beschädigung aufgetreten, und dieser Automechaniker namens Heitzer, den sie im Knast befragt hatte, hatte gemeint, dass es gewirkt hatte, als sei etwas von unten gegen das Fahrzeug geschlagen.

Cleo zupfte die Schelle mit den Fingerspitzen heraus, steckte sie dann in einen Beweismittelbeutel und sah sich weiter um. Aber ihr fiel nichts mehr auf. Zudem war es Zeit, wieder zum Wagen zu gehen und nach Hause zu fahren.

Das Fundstück, überlegte Cleo und stieg wieder ein, mochte alles oder nichts bedeuten. Und selbst wenn eine Untersuchung ergeben würde, dass es tatsächlich zu einem Auto gehörte, vielleicht sogar zu Nicks. An alten Autos löste sich schon mal etwas. Es war außerdem nicht verboten, diese Straße zu benutzen – vor allem nicht, wenn man in der Gegend wohnte. Aber zählte man alles zusammen …

Wir werden sehen, dachte Cleo und startete den Motor.

29

Nick hielt sich mit beiden Händen am Kaffeebecher fest und blickte aus dem Bürofenster. Hamburgs Himmel war grau. Es sah so aus, als könnte es jeden Moment regnen. Gleichzeitig war es schwül. Nick hatte immer noch den Brandgeruch von gestern Nacht in der Nase. Er lehnte sich im Stuhl zurück und hörte Schultz und Janson zu. Sie waren nicht untätig gewesen und hatten alle Videoaufnahmen von der Autobahnraststätte ausgewertet, die sie in die Finger bekommen konnten. Sie wussten nicht, dass Nick die Aufnahmen an Nordberg geschickt hatte. Zu gegebener Zeit würden sie es erfahren.

Schultz lehnte an der Wand, hielt ein Tablet in der Hand und referierte: »Okay, wir wissen: Zu verschiedenen Zeitpunkten wurden verschiedene Autos genutzt, während die Dervishis jedes Mal mit ihrem SUV ankamen. Bei den letzten zwei Treffen hat die andere Partei jedes Mal dasselbe Fahrzeug verwendet. Auf den Aufnahmen war es kaum zu identifizieren. Wir haben die Videos etwas aufpolieren lassen. Die Typen waren sehr vorsichtig, aber wir sind der Meinung, dass es ein dunkelblauer Mercedes A 180 gewesen ist. Die Kennzeichen waren, wie gesagt, jedes Mal überklebt worden. Die wechselnden Fahrzeuge sprechen dafür, dass es jeweils Mietwagen gewesen sein könnten. Den letzten, den A 180, müssten sie wenigstens vier Tage lang gefahren haben. Also haben wir uns eine richterliche Verfügung besorgt und uns umgehört, ob und wo und an wen ein solches Fahrzeug bei Hamburger Mietwagenfirmen ausgeliehen wurde. Wir kommen im betreffenden Zeitraum auf acht Fahrzeuge.«

»Und die Namen der Kunden haben wir?«

»Die Namen der Kunden haben wir«, bestätigte Schultz. »Ich maile dir alles.« Er tippte auf sein Tablet. »Ping – und schon da.«

Janson, der es sich auf der anderen Seite von Nicks Schreibtisch bequem gemachte hatte, sagte: »Wir werden uns mit jedem von ihnen unterhalten. Die Namen haben wir durchlaufen lassen, aber bei keinem ist uns etwas auffällig erschienen.«

»Vielleicht wurden nicht die richtigen Namen benutzt und mit gestohlenen Kreditkarten bezahlt«, meinte Nick.

»Tja, das werden wir ja sehen«, erwiderte Janson und beugte sich vor. »Alter«, sagte er zu Nick, »du siehst echt müde aus.«

»Kein Wunder nach gestern Nacht«, meinte Nick.

»Ja, das Feuer. Weiß man schon was?«

Nick verneinte. »Die Brandsachverständigen sollten heute anrücken. Ich nehme an, dass das Feuer gelegt wurde.«

»Und deine Vermieterin? Isse okay?«

»Mit den Nerven am Ende.«

»Nach letztem Winter jetzt auch das noch, was?«

»Stimmt«, sagte Nick.

»Irgendeine Vermutung, wer dahintersteckt?«, fragte Schultz.

Bevor Nick eine Antwort geben konnte, ploppte ein Fenster auf seinem Monitor auf. Ein eingehender Videoanruf. Nick klickte auf »Bestätigen« – und sah das Gesicht von Nordberg.

»Nordberg. Was für eine Überraschung«, sagte Nick.

Schultz und Janson wirkten ebenfalls überrascht. Nick hatte ihnen noch nicht von dem Gespräch zwischen ihnen berichtet.

Nordberg fragte: »Sind Sie allein?«

»Nein. Meine Kollegen sind hier. Schultz und Janson.«

»Ich würde gerne unter vier Augen mit Ihnen reden, Nick.«

»Okay«, sagte Nick und blickte auffordernd zu Schultz und Janson, die Nordberg über die Lautsprecher natürlich gehört hatten.

»*Der* Nordberg?«, fragte Schultz über Nicks Schulter hinweg.

»Ja«, sagte Nick.

»Was will der?«

Nick zuckte mit den Schultern.

»Ich brauche seine Adresse wegen der Rechnung für meine Lederjacke. Und richte ihm von mir aus, er soll sich selbst ficken«, sagte Schultz, stieß sich von der Wand ab und machte sich zum Gehen bereit.

»Dito«, ergänzte Janson und stand auf.

Nick sagte: »Meine Kollegen lassen ausrichten, dass …«

»Ich habe es gehört«, kürzte Nordberg ab und wartete. Schließlich fiel die Bürotür zu. »Okay«, sagte Nick. »Wir sind unter uns. Aber es wird Fragen geben.«

»Wie erwähnt: nur die nötigsten Informationen, Beck.«

»Was wollen Sie?«

»Wir haben die Videodaten von der Raststätte ausgewertet, die Sie mir zur Verfügung gestellt haben.«

»Wir ebenfalls.«

»Zu welchem Schluss kommen Sie?«

»Zu dem Schluss, dass verschiedene Mietwagen verwendet worden sind. Wir haben uns auf die letzten beiden Treffen fokussiert, bei denen zweimal das gleiche Fahrzeug aufgetaucht ist. Meine Kollegen haben Rückschlüsse auf das Modell und die Farbe gezogen und acht potenzielle Kunden ermittelt, von denen bislang nicht einer bei der Polizei aktenkundig ist. Es hat nirgends etwas geklingelt, als wir die Datenbanken gefüttert haben.« Nebenbei öffnete Nick sein Postfach und die Mail nebst Anhang, die Schultz ihm eben übermittelt hatte.

»Gut«, sagte Nordberg. »Wir haben die Aufnahmen mit spezieller Software verbessert und zwei einigermaßen brauchbare Bilder von den beiden Personen generiert, die sich mit den Dervishis getroffen haben. In Kombination mit Ihrer Liste kommen wir sicherlich weiter. Schicken Sie mir die Namen bitte?«

Nick schob die Datei aus der Mail in ein Sharing-Fenster der Videokonferenz. Er verfolgte, wie sich Nordberg nach vorne beugte, um die Liste zu lesen.

»Reinhard Faust«, sagte er dann.

»Was ist mit dem?«

Nordberg lehnte sich wieder zurück. »Wir haben Gesichtserkennungssoftware eingesetzt. Der Name Reinhard Faust steht auf Ihrer Liste und auf der Ergebnisliste unseres Scans. Wir haben einen Treffer.«

»Jemand parkt mit einem Mietwagen und einer männlichen Begleitung auf einer Raststätte und unterhält sich mit zwei anderen Männern. Das ist nicht besonders viel, wenn Sie mich fragen.«

»Wir können davon ausgehen, dass es mehrere Male geschehen ist, und wissen, dass die anderen Männer die Dervishi-Brüder waren.«

»Jemand kann sich so oft, wie er will, einen Wagen leihen und zur Raststätte fahren, um sich mit den Dervishis zu unterhalten. Das ist immer noch ziemlich dünn. Auf der Grundlage bekomme ich keinen Durchsuchungsbeschluss, gar nichts.«

»Aber wenigstens eine Vorladung zu einer Zeugenvernehmung wäre drin. Und wenn Sie nicht das Okay dafür bekommen, lasse ich mir etwas einfallen.«

»Falls Faust und sein Kompagnon irgendetwas mit SpectorX zu tun haben sollten, würden sie einen Teufel tun und sich vorladen lassen.«

»Das ist das Problem.«

»Und vielleicht führt es zu nichts. Es könnte absolut nichts mit SpectorX zu tun haben.«

Nordberg nahm seine Hornbrille ab, putzte sie mit einem Tuch und setzte sie dann wieder auf. »Reinhard Faust«, sagte er dann, »früherer Hauptmann bei der Bundeswehr, genauer gesagt: Kommando Spezialkräfte. Einsätze im Kosovo, in Mali, zweimal Afghanistan, danach auf eigenen Wunsch ausgeschieden und seit drei Jahren Angestellter bei ASS – Allied Support Systems. ASS ist ein in Europa agierendes Sicherheits- und Militärunternehmen mit Sitz in London und Niederlassungen in Deutschland und Frankreich. Es hat staatliche und private Auftraggeber. Es gibt Unternehmen, die in Krisengebieten Schutz benötigen. Und Länder, die flankierende Truppen benötigen. Mit ASS war Faust nach unseren Daten zuletzt im Auftrag der Bundesregierung in Afghanistan tätig – genau genommen bis vor kurzem. Bis zum Truppenabzug.«

»Im Auftrag der Bundesregierung? Ernsthaft?«

»Verteidigungsministerium«, präzisierte Nordberg. »Unter bestimmten Umständen ist es kostengünstiger, private Dienstleister für bestimmte Einsatzzwecke heranzuziehen. Außerdem bewegen sie sich kriegs- und völkerrechtlich in einer Grauzone und können zum Beispiel dort eingesetzt werden, wo es regulären Truppen aus denselben Gründen nicht möglich ist.«

»Faust ist also Söldner.«

»Und bei einer entsprechenden Firma mit vielen weiteren Mitarbeitern angestellt, die sich aus früheren Soldaten der internationalen Streitkräfte mit entsprechender militärischer Expertise zusammensetzt.«

»Okay«, sagte Nick. »Das ändert die Voraussetzungen. Ein ehemaliger Afghanistankämpfer trifft sich mit den Dervishis, die im Besitz von in Afghanistan verschwunden Versuchsdrogen waren.«

»Es gibt noch mehr«, sagte Nordberg, der nebenbei einen anderen Computer zu bedienen schien, der links neben ihm stehen musste. »Faust war mit einer Einheit in der Gegend im Einsatz, in der der Drohnenangriff auf den Konvoi stattgefunden hat. ›Gegend‹ ist in einem Land wie Afghanistan zwar weit gefasst, aber er befand sich im Radius von hundert Kilometern.«

»Womit genau war ASS in Afghanistan befasst?«

»Das meiste davon ist top secret, Beck, und dazu habe ich auch keinen Zugang. Aber ich weiß, dass ASS zum Beispiel zur Säuberung von Mohnfeldern eingesetzt worden ist, und zwar in Zonen, in denen Einsätze für die Bundeswehr zu gefährlich gewesen wären, die allerdings dennoch zu ihrem Portfolio gehörten. Das heißt: Im Rahmen des Natoeinsatzes gab es zwar bestimmte Aufgaben zu erledigen, aber nicht alle durften offiziell erledigt werden. Deswegen wurde auf private Dienstleister zurückgegriffen, in diesem Fall auf ASS.«

Faust, dachte Nick, war also nicht nur nah dran am Opiumgeschäft gewesen, sondern außerdem nah dran an SpectorX.

»Wer ist Fausts Kompagnon?«, fragte er.

»Wissen wir noch nicht. Auch nicht, ob Faust eher Kunde oder Anbieter war.«

»Trotzdem haben wir nicht mehr als Mutmaßungen und Annahmen.«

»Weswegen wir uns Faust genauer ansehen müssen. Und damit meine ich: sehr genau.«

»Eine Überwachung?«

Nordberg zuckte mit den Schultern.

Nick sagte: »Falls Faust und sein Kompagnon tatsächlich involviert sind, sind sie auf der Hut.«

»Es gibt Mittel und Wege.«

»Vielleicht ist er sogar schon außer Landes.«

»Ist er nicht«, sagte Nordberg.

»Sondern?«, fragte Nick.

Nordberg sagte es ihm.

»Dann sollten wir keine Zeit verlieren und uns auf die Socken machen«, erwiderte Nick.

30

Es war bereits Nacht, als Faust und Spörl auf der Autobahn unterwegs waren und eine Ausfahrt wählten, die mitten ins Nichts zu führen schien. Das wäre am besten, dachte Faust: einfach verschwinden, sich in Nebel auflösen. Denn die Sache wurde zu heiß. Viel zu heiß. Nein, Blödsinn, das war sie ja längst. Alles war kurz davor überzukochen.

Er und Spörl hatten natürlich von der Razzia im »Rodeo« gehört und davon, dass die Dervishi-Brüder von der Polizei erschossen worden waren. Wenigstens hatten sie zuvor noch den Teil der Charge von SpectorX wieder abgeliefert, den sie zu Testzwecken erhalten hatten. Dennoch war nicht auszuschließen, dass die Polizei bald vor der Tür stehen würde. Denn bei den Dervishis könnte alles Mögliche gefunden werden. Man würde ihre Handys und Fahrzeuge überprüfen, Geodaten sammeln.

Dann waren da noch die Ermittlungen wegen Brauner, den Spörl umgelegt hatte, weil er ihnen zu nahe gekommen war. Brauner war ein Drogenfahnder, ein Ex-Kollege von Spörl, als er noch bei der Polizei gewesen war. Brauner hatte bei den Dervishis herumgeschnüffelt und weiß der

Geier wo noch. Spörl hatte dann beschlossen, dass Brauner verschwinden musste.

»Dem Mann können wir nichts anbieten«, hatte Spörl erklärt, »er ist so wenig korrumpierbar wie eine Nonne.«

Faust hatte zwar gemeint, dass jeder käuflich wäre, aber Spörl insistierte, dass das bei Brauner nicht so sei. Also hatte er einem Junkie ein paar Euros in die Hand gedrückt und ihm gesagt, dass er Brauner einen Zettel geben sollte. Außerdem hatte er dem Junkie sozusagen als Bonus die Info gesteckt, dass ein stadtbekanntes Drogenhaus nicht mehr safe wäre, weil es dort bald eine Razzia geben sollte.

Auf dem Zettel stand, dass Brauner zu einer bestimmten Zeit an einem bestimmten Ort auftauchen sollte, weil ihm jemand Informationen verkaufen wollte – nämlich in eben diesem Junkiehaus. Natürlich waren weder Spörl noch Brauner bescheuert, denn selbstverständlich führte ein Profi wie Brauner Buch über seine Schritte. Und das gehörte zu Spörls Plan, denn er wollte es aussehen lassen, als sei Brauner von einem seiner Kontaktleute in dem Abbruchhaus wegen einer Streiterei erschossen worden. Und andererseits hatte Spörl mit der Info in die Szene, dass das Haus nicht mehr sicher sei, dafür gesorgt, dass sich in dieser Nacht niemand anders dort befand als Spörl und Brauner.

Na ja, und jetzt, dachte Faust – wie hieß es so schön: »Take the money and run.«

Das war das Motto. Nichts wie weg. Faust hatte sich längst einen neuen Pass und einen Personalausweis besorgt. Die Dokumente waren auf den Namen Anton Meyer ausgestellt. Fast schon zu unauffällig. Spörl hatte ebenfalls neue Dokumente – und in wenigen Stunden würden sich ihre Wege trennen.

Faust und Spörl schwiegen. Die Straße wurde schmaler. Links und rechts gab es nichts als Felder. Schließlich tauchten die Gebäude eines verlassenen Gehöftes im Scheinwerferlicht auf. Faust hatte es oft von der Bundesstraße aus gesehen, wenn er in Richtung St. Peter-Ording fuhr oder von dort in Richtung Hamburg. Spörl hatte zunächst die Raststätte vorgeschlagen, aber Faust hatte abgelehnt. Der Ort war tot, nachdem die Dervishis tot waren.

Faust hatte den Mercedes heute Morgen zurückgegeben und stattdessen einen VW Passat geliehen. Er hatte zunächst überlegt, ob er dafür bereits die neue Identität und die neue Kreditkarte einsetzen sollte, sich dann aber dagegen entschieden. Es wäre besser, die Karte später zunächst bei einem unauffälligen Einkauf an einer 24-Stunden-Tankstelle auszuprobieren – so wie man sich nur auf eine Waffe verlassen sollte, die man vorher auf ihre Funktion getestet hat.

Der VW rollte vor das mit Brettern zugenagelte Scheunentor. Faust stellte den Motor aus, schnallte sich ab und öffnete die Tür. Spörl tat dasselbe. Mücken tanzten im Abblendlicht. Faust nahm die Maglite aus der Mittelkonsole und stieg dann aus, Spörl ebenfalls. Sie gingen beide um den Wagen herum und trafen sich am Kofferraum. Spörl fingerte eine Schachtel Marlboro aus der Tasche seines schwarzen Blousons, bot Faust eine an, aber der lehnte ab. Während Spörls Feuerzeug anflammte, schaltete Faust die

Maglite ein und verschaffte sich einen Überblick über das Gelände.

Rechts war das verfallene Haupthaus. Hinter ihnen die Scheune. Auf der linken Seite stand ein flaches Gebäude, das früher wahrscheinlich einmal als Stall genutzt worden war. Es gab einige Obstbäume. Das Gras wuchs zum Teil kniehoch. Daran schlossen sich Felder und ein kleines Wäldchen an.

»Eigentlich«, sagte Spörl, »könnte man sich das hier richtig hübsch machen. Mit etwas Geld und Engagement.«

»Geld habe ich. Engagement nicht«, antwortete Faust.

Spörl lachte hustend auf. »Wohin gehst du, wenn wir das hier abgeschlossen haben?«

»Nach Spanien«, sagte Faust. »Ich mag es warm.«

Das mit der Wärme stimmte. Das mit Spanien nicht. Faust würde in den Norden reisen. Oben in Finnland gab es eine Hütte an einem Fjord, relativ nahe an einem kleinen Ort, so dass er sich problemlos versorgen konnte und außerdem über Internet und Mobilfunk verfügte sowie einen Geldautomaten und eine Bank in der Nähe hatte. Er würde dort vielleicht ein Jahr lang bleiben, möglicherweise den Ort ein- oder zweimal wechseln – und danach: mal sehen. Indonesien vielleicht. Asien hatte ihn immer schon gereizt. Er würde sich jedenfalls nirgends abmelden, auch nicht bei seinem Arbeitgeber. Er wäre einfach fort. Er hatte keine Familie, keine lebenden Verwandten mehr. Reinhard Faust würde von der Bildfläche verschwinden. Nach zwei oder drei Jahren würde sich niemand mehr an ihn erinnern.

»Südfrankreich«, sagte Spörl und stieß den Zigarettenrauch durch die Nase aus. »Es gibt schöne alte Höfe dort, die man sich wieder flottmachen kann. So wie diesen hier. Ich war dort mal im Urlaub. Hat mir gefallen.«

»Gute Wahl«, erwiderte Faust, der Spörl kein Wort glaubte. Er hatte keine Ahnung, wohin es Spörl ziehen würde. Aber das war ohnehin vollkommen irrelevant. Er würde wie Faust verblassen, wenngleich sich mehr Menschen um ihn sorgen würden als um Faust. Spörl war Ex-Polizist. Er hatte Kollegen, einige Freunde und außerdem Verwandtschaft. Spörl hatte deswegen seinen eigenen Tod vorbereitet und Faust erklärt, dass er sich offiziell in der Nordsee ertränken würde. Einen Abschiedsbrief habe er schon geschrieben. Krebs und so.

Schließlich hob Faust das Kinn an. Er hörte etwas. Ein Motorengeräusch. In der Ferne blitzte ein Licht auf.

»Sie kommen«, sagte er.

31

Saif steuerte den Landrover durch die Kurven der schmalen Landstraße, die zwischen Feldern entlangführte. Neben ihm saß Ahmir. Yassir und Toufik hockten auf dem Rücksitz. Saif hatte seit etwa zwei Wochen mit ihnen zu tun – also: seit er mit der Aussicht auf eine attraktive Bezahlung nach Deutschland beordert worden war. Seither waren die drei ihm immer wieder damit auf die Nerven gegangen, warum er seinen Bart nicht länger wachsen lassen würde und dass sie zwei Tage lang vor Freude geweint hätten, als die Taliban in Afghanistan die Macht übernahmen. Und dass, obwohl sie die Taliban natürlich für abtrünnige Spalter hielten, aber glaubten, dass sich das in zwei bis drei Jahren sicherlich wieder ändern würde – und damit sie das nicht vergaßen, müsse der IS sie frühzeitig daran erinnern.

Alles nicht so einfach. Aber gewissermaßen war Saif aus genau diesem Grund hier: um für einen kleinen Denkzettel an seine bisherigen Auftraggeber zu sorgen. Er war wegen seiner guten Deutschkenntnisse geschickt worden und auf dem Ticket eines ehemaligen Wirtschaftsberaters, dem angeblich Schlimmes drohte, ausgereist. Dann hatte er Kontakt zu dem Trio aufgenommen, das er nun durch die Gegend kutschierte. Alle drei hielten sich seit ein paar Jahren hier auf, studierten, mischten sich unters Volk und gaben sich so weltoffen wie möglich. Wenn sie aber unter sich waren, dann kamen blödsinnige Sachen wie die Länge von Bärten und das Gerede von heiligen Aufgaben auf den Tisch. Okay, darauf waren die Burschen natürlich trainiert, programmiert und ihre Gehirne gründlich gewaschen worden. Dann war die Nachricht gekommen, dass sie ihrer heiligen Aufgabe sehr, sehr bald nachkommen dürften, was ebenfalls für Freudentränen gesorgt hatte. Saif hatte so getan, als würde er mitweinen. Aber er wusste es besser. Hier ging es ausschließlich um handfeste Politik und wirtschaftliche Interessen. Es ging darum, das Gleichgewicht der Kräfte wiederherzustellen, weiterhin am lukrativen Drogenhandel zu partizipieren und dafür zu sorgen, dass die neuen Machthaber nicht vergaßen, woher sie kamen.

Zu dem Zweck war Saif engagiert worden, sozusagen als Zünglein an der Waage, und ihm war die Politik sowieso gleichgültig. Gestern hatte die eine Seite besser bezahlt, heute war es die andere – übermorgen konnte es wiederum die vorherige Seite werden. Klar, es war ein riskantes Spiel. Saif war jemand, der sehr viel wusste. Jemand, den man mittelfristig besser aus dem Weg räumen würde. Deswegen hatte er sich unverzichtbar gemacht und im Laufe der Jahre eine ganze Reihe von Informationen zusammengetragen und gebunkert, die im Falle seines plötzlichen Todes an die Öffentlichkeit und gewisse Kreise geraten würden. Und das, ganz im Ernst, würde niemand riskieren wollen.

Jedenfalls war in diesem Zusammenhang die Mitteilung

von Faust amüsant gewesen. Saif hatte den ganzen SpectorX-Kram schon längst nicht mehr auf dem Schirm gehabt. Aber jetzt kam es regelrecht wie gerufen, weswegen er nicht lange gezögert und einem Treffen zugestimmt hatte. Dorthin war er nun unterwegs.

Nach der nächsten Rechtskurve kam das frühere Gehöft ins Blickfeld, das Faust als Treffpunkt ausgewählt hatte. Zwei Minuten später parkten sie neben dem Wagen von ihm und Spörl.

Saif stieg aus, die anderen ebenfalls. Yassir hatte die Sporttasche dabei. Sie hing schwer an seiner Schulter.

»Allah ist groß«, sagte Saif zu Spörl und Faust und lächelte. »Dass wir uns wiedersehen – hier und heute, meine Freunde.«

Spörl nickte lediglich. Und Faust sagte: »Ja, Allah ist riesengroß.«

32

»Was, zum Teufel, wird das da?«, murmelte Nordberg, mehr zu sich selbst, und fasste das mit Gummi ummantelte Gerät vor seinen Augen noch etwas fester.

Es war ein Pulsar Accolade, ein Fernglas mit Restlichtverstärkung. Nick hielt dasselbe in den Händen, die Ellenbogen auf der Motorhaube des Mercedes abgestützt, der in einigen hundert Metern Entfernung am Rand der Bundesstraße parkte. Von hier aus hatten sie eine ungehinderte Sicht auf das Areal des früheren Bauernhofes, den Faust für das Treffen gewählt hatte.

Nick und Nordberg hatten Faust und seinen Partner hierherverfolgt. Ein GPS-Tracker, mit dem das Navigationssystem des VW angepeilt wurde, hatte dabei geholfen. Nordberg hüllte sich in Schweigen darüber, wie er herausgefunden hatte, wo Faust welchen Wagen angemietet hatte. Vermutlich hatten Geheimdienste oder andere Organisationen dabei geholfen – ebenso dabei herauszufinden, wo Faust lebte und sich aufhielt.

Schließlich hatten sie Nicks Mercedes genommen und waren losgefahren. Nordberg sagte, ihm gefiele das Auto, woraufhin Nick meinte, dass er längst auf Hawaii leben würde, wenn er für jede Bemerkung darüber, dass er ein Auto wie dieses als Alltagsfahrzeuge nutzte, fünf Euro bekommen hätte.

Jetzt sagte Nick: »Es ist ein Treffen. Es ist ein anderer Ort, weil Faust ahnt, dass die Polizei die Handys und Fahrzeuge der Brüder ausgelesen haben könnte und dabei die Raststätte ins Blickfeld geriet.«

»Klar«, erwiderte Nordberg.

Sein Zeigefinger zuckte einige Male, während er das Pulsar von links nach rechts und wieder zurück bewegte. Er zoomte heran, zoomte heraus und machte gleichzeitig einige Fotos mit dem Gerät – sicherlich von den anwesenden Personen und dem Fahrzeug der Crew, die soeben eingetroffen war.

Nick zoomte ebenfalls heran. Er sah die zwei Personen, die vor wenigen Minuten eingetroffen waren, und die vier, die hinzugekommen waren. Einer hatte eine größere Tasche dabei, die nun vor seinen Füßen auf dem Boden abgestellt war.

Das Bild war klar, wirkte aber ein wenig bizarr, artifiziell. Die Bäume und Gebäude waren hellgrau, der Himmel schwarz, die Menschen glichen hellen Scherenschnitten. Ein wenig erinnerte es an alte Fotonegative. Dennoch konnte man Faust und seinen Partner sehr gut von den anderen unterscheiden, bei denen es sich nach Nicks Einschätzung um Männer mit einem arabischen Hintergrund handelte.

Drei trugen Bärte. Der Wortführer ebenfalls, aber einen deutlich kürzer geschnittenen. Er wirkte im Umgang mit

Faust vertraut. Sie unterhielten sich miteinander. Auch Fausts Partner sagte ein paar Worte.

Dann drehte sich Faust herum und öffnete den Kofferraum am VW. Nick sah, wie die drei hinter dem Wortführer stehenden Männer darauf reagierten. Kaum wahrnehmbar, aber sie streckten sich etwas und nahmen eine Habachtstellung ein. Was bedeutete, dass sie Faust im Gegensatz zum Wortführer nicht trauten und womöglich annahmen, er könne eine Waffe aus dem Kofferraum nehmen. Was er aber nicht tat. Er nahm stattdessen zwei quadratische Koffer mit einer Metalloberfläche heraus. Jeder hatte ungefähr das Format einer Getränkekiste.

»Sie machen einen Deal«, sagte Nick. »Was ist in den Koffern?«

»Keine Ahnung«, erwiderte Nordberg. »Ich hoffe nicht, dass es das ist, was ich befürchte. Die Koffer sehen aus wie solche, in denen man Blutkonserven oder Organe transportieren würde.«

»Ja«, sagte Nick. »SpectorX?«

Nordberg schwieg, klickte wieder mit der Zeigefingerspitze auf den Auslöser und im Wechsel auf eine andere Taste.

»Speichert das Gerät Fotos?«, fragte Nick.

»Es tut noch mehr als das«, murmelte Nordberg. »Es versendet die Aufnahmen sofort.« Er schwieg einen Moment. »Ich überlege«, sagte er dann, ließ den Satz aber offen ausklingen. »Haben wir genug für einen SEK-Einsatz? Können Sie eine umgehende Straßensperre veranlassen? Vielleicht eine spontane Verkehrskontrolle, bei der wir den SUV und den VW aus dem Verkehr ziehen können, wenn sie den Rückweg antreten?«

»So spontan wird das nicht möglich sein«, sagte Nick. »Die Kennzeichen am SUV sind abgeschraubt.«

»Dann kann ich eine Streife rufen, die sich an den SUV hängt und ihn deswegen stoppt.«

»Klingt gut. Und das SEK?«

»Für ein SEK haben wir nicht genug. Ein paar Männer, die sich treffen und unterhalten. Mehr passiert gerade nicht.«

»Es sind nicht nur ein paar belanglose Männer, Beck.«

»Mutmaßungen«, erwiderte Nick. »Mein Job läuft anders als ihrer, Nordberg. Ich muss mich an Regeln halten. Manchmal jedenfalls.«

Faust stellte die Koffer vor dem Wortführer ab, der sich bückte und einen öffnete. Man konnte nicht sehen, was sich darin befand. Aber er wirkte zufrieden.

33

Saif war mit dem zufrieden, was er in den Koffern sah. Es waren genau die Phiolen, die er Faust und Spörl vor einiger Zeit mitgegeben hatte, um sie zu verkaufen. Und nun kamen sie wieder zurück.

»So schließt sich der Kreis«, sagte Saif und bedeutete Yassir mit einer Handbewegung, dass er nun die Sporttasche aushändigen sollte. »Was«, fragte Saif mit einer Geste auf die Aluboxen, »muss ich hierzu wissen?«

Spörl erwiderte: »Die Dosierung ist wichtig. Nach unseren Kenntnissen sollte der Inhalt einer Phiole ausreichend für drei Personen und vierundzwanzig Stunden sein. Alles, was darüber hinausgeht, ist brandgefährlich.«

»Inwiefern?«

Faust nahm die Sporttasche an. »Es grillt dir das Gehirn«, sagte er. »Es gerät vollkommen außer Kontrolle. Wir haben von Personen gehört, die nicht genug bekommen konnten. Sie haben mehr als eine Einzeldosis genommen. Das Dreifache. Nicht gut.«

»Wie wird es verabreicht?«

Spörl sagte: »Am besten intravenös. Es kann auch oral eingenommen werden. Dann wirkt es nicht so stark.«

»Okay«, sagte Saif und schob die Hände in die Blousontaschen. »Wir werden sehen.«

»Ich habe nicht gedacht«, sagte Faust mit einem Lächeln, »dass wir uns noch einmal begegnen werden.«

Saif lachte. »Ich auch nicht, mein Bruder. Aber wie heißt es so schön: Man sieht sich immer zweimal im Leben. Die Wege Allahs sind unergründlich.«

»Und die des Geldes ebensowenig, hm?«

»Die erst recht nicht.«

Faust öffnete den Reißverschluss der Tasche. »Will ich wissen, was du und deine Crew in Deutschland machen? Und was ihr mit dem SpectorX tun werdet?«

»Interessiert es dich denn?«

Faust schüttelte den Kopf. »Nein«, erwiderte er, »eigentlich nicht.« Er sah in die Tasche. Er blickte wieder auf. »Willst du mich verarschen?«, fragte Faust.

Er ließ die Tasche fallen, fasste mit der rechten Hand nach hinten, an seinen Rücken. Saif nahm an, dass er jeden Moment eine Waffe ziehen würde. Auch Spörl reagierte unmittelbar, wollte sich ebenfalls in den Hosenbund greifen.

Aber natürlich waren Ahmir, Yassir und Toufik viel schneller.

Saif konnte gerade noch rechtzeitig die Hände aus der Jacke nehmen, um sich die Finger in die Ohren zu stecken. Im nächsten Moment krachten Schüsse hinter ihm. Mündungsfeuer erhellte die Nacht. Einige Neunmillimeter-Kugeln stanzten daumengroße Löcher in die Schädel von Faust und Spörl, der seine Pistole zwar noch hatte ziehen können, aber nur einen einzelnen Schuss in den Boden abgeben konnte, bevor er zusammenbrach. Faust fiel geradewegs nach vorne über. Er landete mit dem Gesicht in der Sporttasche und blutete in das gefaltete Altpapier, das sich statt Eurobündeln darin befand.

Einerseits, dachte Saif, waren die beiden gerissene Hunde gewesen. Andererseits aber doch recht naiv.

Okay, sie und Saif hatten über einen längeren Zeitraum hinweg gute Geschäfte miteinander gemacht. Man vertraute sich im Rahmen des Möglichen. Auch in Bezug auf SpectorX war das so gewesen. Von daher konnte man ihnen den Leichtsinn nicht verübeln, und – ja, vielleicht hätte Saif genauso gehandelt wie Spörl und Faust. Irgendwie tat es ihm leid. Aber die beiden waren einfach nicht mehr erforderlich und hatten ein Risiko dargestellt. Hätten sie sich nicht bei Saif gemeldet und Faust ihm nicht ein Referat über die Wirkung der Droge gehalten, um ihn von der Rücknahme zu überzeugen, wären sie wohl noch am Leben. Logisch, denn sie hätten Saif ja nicht auf die spontane Idee gebracht.

Sie konnten nicht wissen, wie radikal sich das Blatt inzwischen gewendet hatte und welche Prozesse im Hintergrund abliefen. Sie hatten keinen Schimmer, weswegen das SpectorX Saif wie gerufen kam. Und zwar nicht, um es zu verkaufen. Vielmehr, um es kurzfristig zu verabreichen. Die potenziellen Konsumenten standen hinter Saif und steckten ihre Waffen gerade wieder ein.

Saif nahm die Finger aus den Ohren. Er fasste nach den Griffen der beiden Koffer und sagte: »Auf geht's.«

Dann setzte er sich mit Ahmir, Yassir und Toufik in Bewegung.

Im Laufschritt passierten sie die Scheune und liefen ins Feld. Auf dessen anderer Seite war in einem Wirtschaftsweg ein weiterer Wagen geparkt, in dem ein Fahrer auf sie wartete. Besser, auf Nummer sicher zu gehen, denn es war unklar, ob möglicherweise die Polizei oder wer auch immer Spörl und Faust an den Hacken klebte, und Saif durfte absolut kein Risiko eingehen. Es war riskant genug, dass er sich zu diesem Zeitpunkt und ausgerechnet heute überhaupt auf das Treffen eingelassen hatte. Aber die Aussicht auf das SpectorX und die Tatsache, dass sich damit die Erfolgsaussichten auf das, was in Kürze geschehen würde, vervielfachen würden, war einfach zu verlockend gewesen.

Alles andere, den gestohlenen SUV, die Leichen, die Tasche, ließen sie wie verbrannte Erde hinter sich. Spielte keine Rolle, ob man dort Spuren finden würde.

In wenigen Stunden wäre das alles irrelevant. Der Wagen würde Ahmir, Yassir und Toufik zu dem kleinen Flugplatz bringen. Sie würden etwas von dem Aufputschmittel nehmen, in ein Sportflugzeug einsteigen, ihre Ausrüstung anlegen – und dann lief die Sache an. Saif würde etwa eine Stunde lang warten, sich versichern, dass der Plan aufging – und dann am Flugplatz in ein anderes Auto einsteigen, während die Welt in Chaos versank, sich mit einer neuen Identität auf den Weg in ein anderes Land machen – und sein Schweizer Bankkonto wäre deutlich fetter als gestern noch.

34

Als die Schüsse fielen, zuckte Nordberg mehrere Male zusammen. Nick fühlte sich, als sei er ins Gesicht geschlagen worden. Weder er noch Nordberg hatten damit gerechnet, dass es zu einer Schießerei kommen würde. Na ja, einer einseitigen Schießerei. Eher einer Hinrichtung.

Nick hatte sofort das Handy gezogen und einen Notruf abgesetzt. Hatte seine Position durchgegeben und weiter durch das Fernglas verfolgt, was vor sich ging. Die vier Männer waren in einem Feld verschwunden. Auch das hatte Nick an die Zentrale durchgegeben. Danach rief er sofort Schultz an, der sich die Fakten anhörte und sich Nachfragen oder Kommentare sparte. Genau das schätzte Nick an dem Mann. Hätte er Janson angerufen, wäre das nicht so einfach gewesen.

Schließlich waren sich Nick und Nordberg sicher, dass die Luft rein war. Nordberg zog seine Pistole und lief voran. In der anderen Hand hielt er sein Telefon und redete mit irgendwem. Nick wollte ihn zunächst aufhalten, folgte ihm dann aber, wenngleich er es nicht für die beste Idee hielt, den Tatort aufzusuchen. Die vier Männer waren zwar im Feld hinter der Scheune verschwunden, aber sie konnten jederzeit wieder auftauchen. Sie hatten ihren SUV stehen lassen. Vielleicht würden sie zurückkommen, um ihn zu benutzen. Schwer zu sagen, was sie planten und was gerade überhaupt vor sich ging. Nordberg wollte unbedingt nach den beiden Niedergeschossenen sehen. Vielleicht waren sie nur verletzt, hatte er gemeint. Nick glaubte das nicht. Er hatte mehr als acht Schüsse gehört. Kaum anzunehmen, dass einer der beiden noch am Leben war. Keine Chance.

Nick und Nordberg liefen entlang der Bundesstraße, schlugen sich nach rechts durch ein Weizenfeld, was eine Abkürzung war. Zwei Minuten später standen sie vor der Scheune und konnten bereits jede Menge Sirenen hören und Blaulicht in der Ferne blitzen sehen. Sie erreichten den Weg, der zu der Ruine führte, und standen schließlich neben den Autos und den beiden Körpern.

Nordberg kniete sich hin, fühlte nach dem Puls der beiden, schüttelte dann mit dem Kopf. Nick hatte nichts anderes erwartet. Er betrachtete Faust, der mit dem Gesicht in der Sporttasche lag. Sie war mit Papier gefüllt. Der andere lag auf dem Rücken, starrte aus toten Augen in den Sternenhimmel. Nick nahm das Handy, machte ein paar Fotos. Er zog ein Tempotaschentuch aus der Jacke, entfaltete und nutzte es, um damit den Blouson des anderen Mannes abzutasten und dabei keine Fingerabdrücke oder Spuren zu hinterlassen. Er spürte etwas, zog den Reißverschluss auf und nahm eine Geldbörse hervor. Er klappte sie auf, legte sie auf der Brust des Toten ab und machte ein Foto vom Personalausweis, der in einem mit Klarsichthülle versehenen Fach steckte.

»Walther Spörl«, sagte Nick, nahm dann die Pistole neben dem Toten in Augenschein. Eine Glock 17. Das Modell, mit dem Brauner erschossen wurde, ging es Nick sofort durch den Kopf. Was nichts heißen musste, aber etwas heißen konnte. Er machte ein Bild von der Waffe, während die Sirenen lauter und das flackernde Blaulicht am Himmel intensiver wurden.

»Wohin sind die geflohen?«, fragte Nordberg – mehr zu sich selbst als an Nick gerichtet.

Nick stellte sich wieder hin, betrachtete den SUV, den VW, die Leichen, sah dann zu Nordberg.

»Mit etwas Glück«, erwiderte Nick, »wird ihnen eine Streife den Weg abschneiden. Ich denke, sie haben irgendwo einen Zweitwagen geparkt – oder jemand wartete auf sie. Einen anderen Sinn kann ich in der Flucht zu Fuß nicht erkennen, wenn man gerade zwei Menschen erschossen hat, zwei Fahrzeuge zum Entkommen zur Verfügung stehen und eines davon bereits mit abgeschraubten Kennzeichen dafür präpariert worden ist, nicht erkannt zu werden.«

Nordberg nickte. Er sagte: »Also ein verabredeter Deal. Faust und Spörl wollen etwas verkaufen. Die anderen ziehen sie über den Tisch und legen sie um.«

»Sie wollten Spörl und Faust von Anfang an töten, denke ich«, antwortete Nick. »Die Tasche sollte sie nur für ein paar Momente in Sicherheit wiegen.«

Nick tippte eine Nummer in das Handy, rief beim Nachtdienst an und gab den Namen Walther Spörl durch, verschickte anschließend das Foto vom Personalausweis per Mail.

»Die Typen wirkten arabisch«, meinte Nordberg, wendete sich zur Straße, wo das Abblendlicht von mehreren sich nähernden Fahrzeugen durch die Schwärze schnitt. »Und wir wissen nicht sicher, was Faust und Spörl ihnen verkaufen wollten.«

Nick stimmte zu. Er überlegte einen Moment, betrachtete Nordberg, der hektisch hin und her blickte. Bislang hatte er stets souverän gewirkt. Aber inzwischen schien ihm die Sache über den Kopf zu wachsen. Fraglos hatte er Erfahrung in seinem Job. Aber wahrscheinlich hatte er das meiste aus dem Off geregelt. Jetzt war er jedoch unmittelbar an der Front: bei den Amokläufen, im »Rodeo«, dann hier. Zumal ihm die Situation zu entgleiten schien. Niemand hatte geahnt, dass plötzlich eine Gruppe wie diese Araber auftauchen würde. Wer waren die Leute? Was planten sie?

Nick fasste in die Tasche, um sich eine Zigarette aus der Packung zu nehmen. Sein Daumen stieß gegen den Beweismittelbeutel, in dem er immer noch die Phiole SpectorX mit sich herumtrug. Er ließ die Zigarette in der Packung stecken, denn sein Handy gab bereits einen Signalton von sich. Nick schaute auf das Display. Eine Mail war eingegangen. Der Screenshot von einer Datei. Sie stammte vom Nachtdienst. Nick betrachtete sie.

Nordberg sagte: »Ich habe ein schlechtes Gefühl, Beck. Ein sehr schlechtes.«

»Ich ebenfalls«, erwiderte Nick. »Jetzt erst recht. Walther Spörl ist ein Ex-Polizist. Er war bei der Drogenfahndung. Schied vor einigen Jahren aus, ging in Pension.« Nick dachte kurz nach. Dann suchte er eine Nummer aus dem Speicher heraus und rief sie an.

»Mit wem sprechen Sie?«, fragte Nordberg. Nick antwortete mit einer Geste, die Nordberg signalisieren sollte abzuwarten. Nach einer halben Minute wurde das Gespräch angenommen.

»Nick?« Es war die Stimme von Cleo. Im Hintergrund war Babygeschrei zu hören.

»Ich hoffe, ich störe nicht.«

»Nein, alles okay. Die Kleine war gerade eingeschlafen. Dann klingelt das Telefon. Sie bekommt einen Schreck und wacht auf.«

»Tut mir leid. Ich will nicht lange stören.«

»Was gibt es denn?«

»Kennst du einen Walther Spörl? Ex-Kollege von der Drogenfahndung?«

Ein kurzer Moment Schweigen. Das Babyweinen wurde lauter, dann wieder leiser, schließlich wieder lauter. Cleo musste ihre Tochter auf den Arm genommen haben.

»Ja«, sagte Cleo schließlich. »Ich habe Walther in meiner Abteilung kennengelernt. Kurz darauf ging er in den Ruhestand. Ich kann mich an die Verabschiedungsparty erinnern. Die Kollegen haben ihm jede Menge Sonnencreme geschenkt, weil er in das Kontingent der deutschen Polizei nach Afghanistan wechselte, um dort die lokalen Kräfte auszubilden.«

Ein Söldner und ein Polizist, die beide in Afghanistan im Einsatz gewesen waren. Und beide lagen nun tot vor Nicks Füßen. »Okay«, erwiderte Nick.

»Warum?«

Nick sagte ihr, warum. Erklärte ihr, wie er mit Nordberg zusammengekommen war, und lieferte ihr auch einige Hintergründe. Nicht alle. Nur das Nötigste, damit Nordberg nicht nervös wurde.

»Gott.« Cleo klang atemlos. »Nick, wie hängt das alles zusammen?«

»Ich kann mir inzwischen ein vages Bild machen. Die Frage ist, wie die Geschichte weitergehen wird. Ich habe kein gutes Gefühl. Nordberg ebenfalls nicht.«

»Nein«, meinte Cleo leise. »Dabei kann man kein gutes Gefühl haben. Hüte dich vor diesem Nordberg, Nick. Jede Wette, dass der nicht mit offenen Karten spielt. Er lässt dich nur das wissen, was du wissen darfst, damit ihm später niemand an den Karren fahren kann. Der sichert sich nach allen Seiten ab.«

»Absolut.«

»Vielleicht solltest du das ebenfalls tun – keine Ahnung wie, aber …« Cleo lachte auf.

»Ich weiß, was du meinst«, erwiderte Nick. »Eine Frage noch. Hast du eine Ahnung, ob Walther Spörl Brauner kannte? Den ermordeten Fahnder?«

Wieder Schweigen. Nick hörte leise Geräusche von Cleos Baby. Dann sagte Cleo: »Ja. Sie waren eine Zeitlang sogar Partner.«

Nick beendete das Gespräch. Sagte Nordberg, was los war. Nordberg gab ein kaum vernehmliches Geräusch von sich, fuhr sich unwirsch mit der Hand über das Gesicht. Sein Telefon klingelte. Er nahm das Gespräch an. Es war selbst im Mondlicht zu erkennen, dass sein Gesicht jegliche Farbe verlor. Er sagte einige Male »Ja« und »Okay«, beendete dann das Gespräch und starrte auf seine Schuhspitzen.

Du solltest dich absichern, dachte Nick. Cleo hatte recht. Nick schaltete am Handy die »Record«-Taste ein, ohne dass Nordberg es wahrnahm, behielt das Telefon wie beiläufig in der Hand.

»Noch mehr schlechte Nachrichten?«, fragte er.

»Ja«, sagte Nordberg. »Wegen der Bilder, die ich versendet habe – eine Gesichtserkennungssoftware hat angeschlagen. Mit hoher Wahrscheinlichkeit handelt es sich bei einem der arabisch wirkenden Männer um einen Syrer namens Saif Quasim, der in Deutschland studiert hat und vor einigen Jahren nach Afghanistan ging. Er hat dort ein paar Jobs als Übersetzer gemacht, ist aber seit zwei Jahren von uns beobachtet worden, weil er im Verdacht steht, in Drogengeschäfte verwickelt zu sein und sowohl mit militanten Taliban und dem IS zu arbeiten sowie einem Ableger von Al-Qaida. Er steht auf einer Liste von möglichen Gefährdern und ist kürzlich nach Deutschland ausgereist. Der Staatsschutz des BKA hat ihn im Blick behalten. Aber offensichtlich nicht intensiv genug.«

»Ein potenzieller Gefährder aus Afghanistan, der zusammen mit drei anderen Arabern auf der Bildfläche auftaucht, zwei Menschen erschießt und womöglich mit zwei Koffern SpectorX abzieht, die zuvor in Afghanistan verlorengegangen sind«, sagte Nick. »Wer profitiert davon?«

»Keine Ahnung.«

»Wir brauchen eine Theorie, Nordberg. Wir brauchen

eine Story. Von Anfang an. Erzählen Sie mir die Geschichte.«

»Wozu?«

»Damit wir sie noch einmal hören. Vielleicht fällt uns etwas auf. Gehen wir am besten zunächst vom Worst Case aus. Von SpectorX. Vier arabisch wirkende Männer in einem Fahrzeug ohne Kennzeichen verschaffen sich zwei Koffer mit SpectorX und töten die Anbieter, bei denen es sich um Faust und Spörl handelt, die sich mehrere Male mit den Dervishis getroffen haben – zuletzt kurz vor dem Einsatz im ›Rodeo‹. Sie bringen Faust und Spörl deswegen um, weil die beiden die Araber identifizieren könnten. Dafür spricht die Tatsache, dass Faust und Spörl mindestens einen gekannt haben müssen – wie hätten sie anders Kontakt aufnehmen können, um den Deal heute Abend einzufädeln? Das Gespräch, das wir beobachtet haben, wirkte vertraut.«

»Ja«, sagte Nordberg.

»Also erzählen Sie mir die Geschichte. Füllen Sie die Lücken mit dem, was Sie annehmen.«

Nordberg atmete tief durch. »Okay. In Afghanistan werden im geheimen Regierungsauftrag Versuche mit SpectorX gemacht, bei dem es sich um eine leistungssteigernde Droge für Soldaten handelt. Der Versuch wird mit dem Truppenabzug beendet. Ein nicht angemeldeter Konvoi fährt zum Flughafen, wird aber irrtümlich für einen Konvoi eines IS-Terrorlords gehalten und von einer Drohne getroffen. Bevor ein KSK-Team SpectorX und alle Daten sichern kann, wird der Konvoi geplündert. Geheimdienste und das Ministerium versuchen, SpectorX aufzutreiben und auszuschließen, dass es auf dem internationalen Drogenmarkt gehandelt wird. Wir halten alle Augen offen, kooperieren mit anderen Staaten. Eine Spur führt nach Hamburg – verbunden mit der Annahme, SpectorX könnte mit Opium aus Afghanistan aus dem Land geschmuggelt worden sein. Wir gehen mit Hilfe des Undercoverfahnders Brauner einem möglichen Kanal nach, und dann wird Brauner getötet, nachdem er mit den Dervishi-Brüdern Kontakt aufgenommen hat. Danach sind wir uns sicher, dass sie im Besitz von SpectorX sind. Kurz darauf kommt es zu zwei Amokläufen, und wir gehen wegen der besonderen Art und Weise dieser Taten sofort davon aus, dass es sich um zwei Personen handelt, die eine Überdosis genommen haben, zumal beide Kunden bei den Dervishis waren. Wir schalten einen der Amokläufer aus, weil nicht bekannt werden darf, dass SpectorX der Anlass für die Taten sein könnte. Den anderen erwischen wir aber nicht. Wir stellen während einer Razzia bei den Dervishis SpectorX sicher, aber nur einen geringen Teil. Wir folgen den Spuren der Dervishis und stoßen auf Faust und Spörl, die mit den Brüdern über einen gewissen Zeitraum hinweg Geschäfte gemacht haben.«

»Faust und Spörl waren beim Militär und bei der Polizei in Afghanistan. Spörl hat als Ex-Drogenfahnder Kontakte in die deutsche Szene, Faust wiederum hatte inoffizielle Einsätze – vielleicht auch zur Vernichtung von Opiumfeldern«, sagte Nick. »Über das private Sicherheitsunternehmen, für das er arbeitet, hat er vielleicht logistische Möglichkeiten, Dinge außer Landes zu schleusen. Irgendwie werden die beiden in Afghanistan angesprochen, man bietet ihnen viel Geld, und sie steigen ins Drogengeschäft ein.«

»Aber wie sind sie dazu gekommen?«

»Jemand, der gut Deutsch spricht, hat mit ihnen Kontakt aufgenommen. Jemand, der sowohl für die Deutschen arbeitet als auch für Drogenlords der Taliban und den IS.«

»Saif«, sagte Nordberg.

»Saif«, bestätigte Nick. »Erzählen sie weiter, Nordberg.«

»Der Konvoi mit dem SpectorX wird geplündert. Man will die Ware außer Landes verkaufen. Faust hat möglicherweise eine Ahnung, worum es sich dabei handeln könnte. Ein hochpotentes Aufputschmittel, denkt er. Spörl vermittelt Kontakte zu den Dervishis. Sie erhalten ein paar Proben, testen den Stoff an ihren Kunden – und es geht schrecklich schief. Die Dervishis, Faust und auch Spörl sind nach den Amokläufen aufgeschreckt. Sie treffen sich einige Male.«

»Die logische Reaktion wäre«, sagte Nick, »dass sie SpectorX sofort wieder einsammeln und sich zurückziehen. Sie müssen damit rechnen, dass die Polizei ihnen auf die Schliche kommt, da Blutanalysen auf die Droge hinweisen.«

»Ja«, erwiderte Nordberg. »Sie treffen sich also, nötigen die Dervishis zur Herausgabe des Stoffs, die aber ein paar Ampullen für sich selbst behalten. Schließich wollen Faust und Spörl SpectorX wieder loswerden. Sie hätten es auch behalten können.«

»Aber sie wollen noch einmal absahnen. Brauchen vielleicht gefälschte Dokumente, um sich abzusetzen.«

»Exakt. Sie kontaktieren Saif Quasim. Vielleicht wissen sie, dass er sich inzwischen in Deutschland aufhält. Sie kontaktierten ihn deswegen, da sie bereits vorher mit ihm Geschäfte gemacht haben – weil er ihnen das SpectorX zum Verkauf gegeben hat. Er trifft sich mit den beiden, um SpectorX zurückzuerhalten, bringt drei Leute mit und tötet Spörl und Faust, bevor er mit seiner Crew zu Fuß verschwindet.«

»Die sind nie im Leben zu Fuß unterwegs. Ein anderer Wagen wartet auf sie. Garantiert.«

»Denke ich auch. Was wiederum bedeutet, dass Saif Teil eines in Deutschland aktiven Netzwerks sein muss. Die anderen drei Personen logischerweise ebenfalls.«

»Was will er mit dem Stoff?«

»Keine Ahnung. Die Afghanen hätten es von Anfang an behalten und für ihre Zwecke nutzen können. Und warum sollte er es zurücknehmen und dafür auch noch Geld bezahlen?«

»Saif wusste vorher nicht, was SpectorX ist. Spörl und Faust waren sich unsicher. Dann aber haben sie verstanden, worum es sich bei dem Stoff handelt und was er bewirken kann. Sie haben es Saif erklärt – und der entschied sich, sofort zuzugreifen und keine Zeit zu verlieren.«

»Weil er es für seine Zwecke brauchen kann. Vielleicht bringt er es wieder nach Afghanistan zurück, damit die Taliban es für ihre Kämpfer einsetzen können.«

»Wozu sollten sie das tun? Sie haben zurzeit andere Dinge zu tun. Sie müssen nicht mehr kämpfen. Und warum rückt Saif sofort an, bringt eine Crew mit und hält sich zudem den Rücken frei? Eine Mannschaft, die wie er Teil eines gut organisierten Netzwerks sein muss. Vielleicht weil es innerhalb dieses Netzwerks und zeitnah eingesetzt werden soll. SpectorX ist für Kämpfer gedacht – wenn nicht in Afghanistan, dann vielleicht für Kämpfer außerhalb ihres Landes. Welche Art von Kämpfern setzen arabische Netzwerke im Ausland ein?«

»Scheiße«, sagte Nordberg.

»Vielleicht geht es nicht um die Taliban. Vielleicht geht es um den IS oder andere.«

»Mist.«

»Sie haben mir selbst gesagt: Stellen Sie sich vor, wenn das SpectorX in die falschen Hände gerät.«

»Fuck.«

»Dadurch, dass sie SpectorX bei einem Drohnenangriff in Afghanistan verloren haben, haben sie SpectorX in Deutschland einem Terrornetzwerk in die Hände gespielt, das Anschläge planen könnte. Wofür spricht, dass sie gar nicht abwarten konnten, den Stoff in die Finger zu bekommen.«

Nordberg schwieg.

»Ein deutsches Top-Secret-Projekt ist so sehr außer Kontrolle geraten, dass es bereits Tote in Deutschland gegeben hat und noch mehr geben könnte. Darum geht es hier, Mann.«

Nordberg blieb weiter stumm.

»Und war dieser Drohnenangriff auf den Konvoi wirklich *Friendly fire* und ein Versehen, oder ging es dabei ebenfalls um das Verwischen von Spuren? War das eine amerikanische oder eine deutsche Drohne, die die Fahrzeuge erwischt hat? Und das KSK-Team kam zu spät zum Aufräumen – war es so, Nordberg?«

Nicks Worte wurden von Motoren übertönt. Mehrere Streifenwagen fuhren auf den Hof, zwei zivile ebenfalls, Rettungsfahrzeuge. Türen klappten, schwere Schritte überall, Stimmen, Rufen.

»Ich übernehme das«, sagte Nordberg und ging auf die uniformierten Kollegen zu, um ihnen zu erklären, was los war. Nick stellte den Aufnahmemodus wieder aus. Er sah Schultz und Janson aus einem der Autos steigen. Sie sahen sich um. Janson raufte sich die Haare. Dann erkannten sie Nick und kamen zu ihm herüber.

»Weißte«, sagte Janson zu Nick, »ich glaube, es wird Zeit, dass du uns mal umfassend aufklärst. Was geht denn hier ab, Menschenskind?«

»Frag Nordberg.«

»Nee, ich frag dich, weil das BKA oder zu wem auch immer der Typ gehört, ja plötzlich dein bester Freund ist und du überall dabei bist, wo die Musik spielt.«

Jetzt nahm sich Nick eine Zigarette aus der Verpackung, steckte sie an und inhalierte tief. Er sagte: »Wenn ich dir das im Detail erkläre, lande ich in Guantanamo.«

»So schlimm?«

»Mindestens«, erwiderte Nick und rauchte. »Und mein Gefühl sagt mir, dass es noch viel schlimmer werden könnte.«

35

Bekka inhalierte die frische Luft, zog die Schultern hoch, schloss die Augen und genoss. Sie spürte die Brise von der Alster auf der Haut, lauschte der Jazzmusik der dreiköpfigen Band, in die sich das Murmeln der vielen Gäste mischte, roch den Duft von den Grills, an denen extra aus den USA eingeflogene Barbecuechefs standen. Lampionketten und Fackeln erhellten die Dunkelheit. An einem der Smoker stand der US-Konsul persönlich. Er hatte einige nach seinem Familienrezept marinierte Fleischstücke auf den Rost gelegt – ein lässiger Typ, Marke Barack Obama. Aber es gab nicht nur Fleisch. In Anbetracht der muslimischen Gäste sowie der wachsenden Zahl an Vegetariern und Veganern war die Speisekarte erfreulich abwechslungsreich gehalten.

Als Bekka die Augen wieder öffnete, kam ihr Steve entgegen, der ein weiteres Glas Chardonnay für sie geholt hatte und in der anderen Hand eine Flasche Miller Bier hielt. Die meisten Männer, so wie Steve, trugen die Hemden unter ihren Sakkos ohne Krawatten. Die Frauen waren eher leger gekleidet – eben wie zu einer Grillparty, denn genau das war dieses Dinner am Konsulat: ein Barbecue nach amerikanischem Stil.

Das Gebäude lag an der Außenalster – ein herausragender klassizistischer Bau, der auch das »Weiße Haus an der Alster« genannt wurde. Seit dem 11. September war die US-Niederlassung in eine regelrechte Festung verwandelt worden, um das Personal vor Terrorangriffen zu schützen. Die Sicherheitsvorkehrungen waren hoch, aber nicht aufdringlich, wenngleich schwer zu sagen war, wie viele zivile Sicherheitskräfte sich unter den Gästen befanden.

Die Uferstraße vor dem Konsulat war schon seit vielen Jahren gesperrt. Eine eigene Polizeistation war dort eingerichtet worden. Das Areal war beschrankt und umzäunt sowie mit im Boden versenkten Pollern versehen, die Fahrzeuge aufhalten sollten. Es gab einen zweiten, sehr hohen Zaun, der unmittelbar um die typisch hanseatische Villa herumgezogen worden war.

Seit vielen Jahren plante die US-Regierung, in die Hafencity ins Amundsen Haus umzusiedeln, denn in dem Gebäude an der Alster standen umfangreiche und kostspielige Sanierungsarbeiten an. Aber der Plan war immer wieder verschoben worden, denn einerseits wäre der logistische Aufwand immens. Andererseits konnte man in der Hafencity nicht solche Sicherheitsvorkehrungen treffen, wie sie hier an der Alster mittlerweile Standard waren und sich innerhalb der Bevölkerung eingeschliffen hatten. Zwar hatten anfangs viele Hamburger gegen die Sperrungen an dieser prominenten Stelle protestiert. Mittlerweile lebte man aber damit. Und immerhin war es weiterhin möglich, den Geh- und Radweg entlang der Alster zu nutzen.

Das Konsulatsdinner fand auf der Fläche vor dem Gebäude und damit zwischen den beiden Umzäunungen statt. Es waren rustikale Sitzbänke und mit Stars-and-Stripes-Servietten und rotkarierten Tischdecken dekorierte Holztische aufgebaut worden. Es gab ähnlich geschmückte Theken für Getränke und natürlich die Zone mit den Smokern. Überall war Selbstbedienung angesagt.

Unter den rund hundert Gästen befanden sich viele Diplomaten und Vertreter aus der Wirtschaft sowie vom Bundesministerium für wirtschaftliche Zusammenarbeit. Bekka hatte einige Männer mit arabischem und indischem Aussehen wahrgenommen, die zu Vertretungen aus Afghanistan und Anrainerstaaten zählen mussten, die an der internationalen Konferenz teilnahmen, zu deren Rahmenprogramm dieses inoffizielle Dinner gehörte. Einige trugen Bärte und Turbane. Frauen hatten sie nicht mit dabei.

Außerdem waren eine Reihe von Bankern und Versicherungsleute zugegen, wie Steve Bekka erklärt hatte. Denn es ging darum, sich miteinander in lockerer Atmosphäre zu vernetzen und die neuen Chancen und Erfordernisse in allen wirtschaftlich relevanten Bereichen auszuloten, die der Systemwechsel in Afghanistan für alle betroffenen Parteien mit sich brachte. Steve hatte gemeint, er halte das alles eher für Kosmetik, denn interessant sei die Region ja allenfalls für die Politik, wirtschaftlich jedoch höchstens wegen der Bodenschätze relevant. Abgesehen davon konnte er sich nicht wirklich vorstellen, dass westliche Firmen und Unternehmen sich dort weiterhin engagieren würden – so offen sich die neue Taliban-Regierung auch geben mochte. Früher oder später würde sich das Land in einen Gottesstaat verwandeln, damit rechne jeder, und in ein paar Jahren gäbe es dort sicherlich wieder Krieg. In manchen Regionen sei das halt so – auch wenn man als politischer Laie kaum nachvollziehen könne, warum sich ausgerechnet in Afghanistan seit Jahrzehnten die Weltmächte tummelten, als gäbe es keinen wichtigeren Schauplatz auf der Erde.

»Vielleicht«, hatte Bekka erwidert, »ist es ein wenig so wie in George Orwells 1984, oder? Überall außerhalb des eigenen Landes herrschen Kriege, von denen man dem Volk berichten und in denen man sich als Staatsmann außenpolitisch beweisen kann. Außerdem hält es die Rüstungswirtschaft in Schwung und die Armeen im Training. Zudem haben sich die Amerikaner den Schlamassel doch selbst eingebrockt, nachdem sie im Kalten Krieg die Taliban mit Milliarden von Dollars aufgebaut haben, damit sie gegen die russischen Besatzer kämpften und man selbst keine Truppen schicken musste?«

»1984« von George Orwell hatte Steve nicht gelesen. Aber im Grundsatz, hatte er erwidert, sei das wohl nicht verkehrt, wenngleich er sich da nicht so gut auskenne wie offensichtlich Bekka.

»Du siehst phantastisch aus«, sagte er jetzt und reichte ihr den Wein. »Habe ich dir das heute schon gesagt?«

Bekka lächelte. Sie trug ein schwarzes Kostüm und flache Schuhe, was sich bereits ausgezahlt hatte. Einige Frauen hatten auf High Heels gesetzt, was auf der Rasenfläche schon mehrfach um ein Haar zu Verletzungen geführt hätte. »Zweimal schon«, erwiderte sie und stieß mit Steve an.

Er gab sich alle Mühe, charmant zu sein. Nein, ehrlich gesagt war er das ja auch. Und attraktiv. Steve hatte früher Football gespielt, und das sah man ihm auch heute noch an. Sein Deutsch hatte einen leichten amerikanischen Akzent, den Bekka stets gemocht hatte.

Steve war Fachanwalt für Wirtschaftsrecht in einer Kanzlei, die gleich neben dem Konsulat lag. Er stammte gebürtig aus Texas, lebte gelegentlich auch dort, und letztes Jahr war seine Frau an Krebs verstorben. Sie hatte mehrere Jahre lang unter der Krankheit gelitten, weswegen Steve stets eine Aura der Traurigkeit umgab. Megan war ein Ausbund an Fröhlichkeit gewesen, ein All-American-Girl – auch dann noch, als Megan längst eine Perücke trug und sich die Augenbrauen mit einem Stift aufzeichnen musste, weil ihr wegen der Chemo sämtliche Haare ausgefallen waren. Das war, als Bekka sie zuletzt gesehen hatte.

Bekkas Ex-Mann Frank war ebenfalls Anwalt und kannte Steve seit vielen Jahren. Nach der Trennung hatte Bekka den Kontakt zu Steve nicht abflauen lassen – oder andersherum: Steve nicht den Kontakt zu Bekka. Sie war schließlich Psychologin, und Steve hatte immer wieder mal nicht nur Trost, sondern auch Hilfe bei ihr gesucht, als es mit Megan dem Ende entgegenging und nachdem sie schließlich gestorben war.

Aber natürlich war Bekka nicht blind. Sie wusste und spürte, dass Steve etwas für sie empfand, und nachdem er nun seit einem Jahr Witwer und Bekka geschieden war, wagte er einen Anlauf. Bekka ließ sich das gefallen, ohne Steve allzu viele Hoffnungen zu machen. In ihren Augen war er der Typ Mann, der für sie immer nur ein guter Freund bleiben würde. Aber man wusste ja nie.

Jemand anderes hätte da deutlich mehr Chancen bei ihr. Ein Mann, der sich stets auf Messers Schneide bewegte und dem sie es durchaus ein wenig gönnte, heute einmal etwas eifersüchtig zu sein.

Steve lächelte Bekka an. »Dann lass es mich noch ein drittes Mal sagen, denn aller guten Dinge sind drei: Du siehst umwerfend aus.«

»Du bist aber auch nicht schlecht, mein Lieber.«

»Ich tue mein Bestes.«

Steve wollte gerade noch etwas sagen, als zwei Männer an ihn herantraten, um ihn zu begrüßen. Sie hatten eine blonde Frau im Schlepptau, die Bekka von oben bis unten prüfend ansah und mit einem Nicken grüßte. Steve stellte alle einander vor, und Bekka schüttelte anschließend die Hände vom stellvertretenden Vorsitzenden der Handelskammer aus Samarkand in Usbekistan, einem Logistikunternehmer aus Frankreich und einer Fachanwältin aus Dänemark, die bei Maersk arbeitete. Die vier redeten miteinander. Bekka entschuldigte sich und sagte, sie wolle sich einen Burger holen.

Auf dem Weg zu den Grills nahm sie das Handy aus der Tasche, um damit einige Fotos zu schießen. Es sah alles zu hübsch aus – wie aus einer Filmkulisse. Sie suchte das beste Foto heraus, nutzte die automatische Verbesserung, um die Farben und die Belichtung zu optimieren. Dann öffnete sie WhatsApp, fügte das Bild hinzu, versah es mit einigen Smileys, die sich die Lippen leckten, und dem Text: »Das

Dinner ist doch nicht ganz so schick. Es gibt Steaks und Burger. Yummy!«

Sie überlegte noch einen Moment, bevor sie das Foto und die Nachricht abschickte. Einerseits würde die Nachricht Nick verdeutlichen, dass sie an ihn dachte, obwohl sie mit einem anderen Mann unterwegs war. Aber andererseits würde ihn die Nachricht ein wenig zwicken – eben weil Bekka mit einem anderen Mann unterwegs war, zudem zu einem solchen besonderen Anlass wie dem Dinner im Konsulat.

Beides fand Bekka gut. Sie lächelte und schickte die Nachricht ab, steckte dann das Handy wieder ein und ging schließlich zum Grillstand, um sich einen ordentlichen Burger mit Kraut und French Fries zu bestellen.

36

Saif stand am Rande des kleinen Flugfeldes und blickte der Maschine hinterher. Ihre Umrisse waren in der Dunkelheit nur noch zu erahnen. Die Positionslichter leuchteten hell, bevor sie mit den Sternen am klaren Himmel verschmolzen.

Das Flugzeug wurde von einem Mann gesteuert, der den Interessen der Auftraggeber von Saif aufgeschlossen gegenüberstand – insbesondere der Summe, die er für den Job erhalten hatte. Der Flug war angemeldet. Er würde offiziell nach Paris führen, faktisch aber nach Dänemark, und, so wie er garantierte, würde die Cessna nur einmal kurz auf dem Radar auftauchen und dann über der Nordsee vom Radar verschwinden. Saif wusste nicht, was das im Detail zu bedeuten hatte. Entweder, der Mann ließ den Flieger über dem Meer abschmieren, er stieg vorher mit dem Fallschirm aus, und irgendwo wartete ein Boot auf ihn. Oder er würde unterhalb des Radars fliegen und auf Jütland irgendwo auf einem Acker landen und dann abtauchen.

War auch egal. Saifs Aufgabe war lediglich, dafür zu sorgen, dass die drei ausführenden Kräfte ihr Ziel erreichten, die Operation starteten und erfolgreich abschlossen. Nachdem das sichergestellt war, würde er verschwinden.

Und bislang sah alles gut aus. Ahmir, Yassir und Toufik hatten sich jeder die empfohlene Dosis SpectorX gespritzt und etwas abgewartet, bis die Wirkung einsetzte. Der Rest war in den Aluboxen verpackt und im Kofferraum verstaut. Ohne Frage würde Saif dafür dankbare Abnehmer finden, die ihm jede Menge Geld bezahlten – zumal dann, wenn die Operation heute geschmeidig verlief, was außer Frage stand. Niemand würde mit dem rechnen, was sehr bald geschehen würde – was Ahmir, Yassir und Toufik anrichten würden.

Alle drei brannten regelrecht darauf, ihre lang trainierten Fähigkeiten endlich in die Tat umzusetzen und auf spektakuläre Art und Weise zu Märtyrern zu werden. Sie brannten noch viel mehr darauf, da sie SpectorX getankt hatten und der Auffassung waren, dass ihnen das Zeug regelrechte Superkräfte verlieh.

Danach hatten sie ihre Fallschirme angelegt und die Waffen ebenfalls. Es handelte sich um leichte Maschinenpistolen mit Wechselmagazinen sowie automatische Pistolen mit einigen Magazinen, dazu jeweils Kampfmesser und zwei Handgranaten für jeden. Zum Glück hatte sich Saif nicht um die Beschaffung kümmern müssen. Das Material war bereits vor ein paar Jahren in Deutschland für eine vorherige und durch Ahmir, Yassir und Toufik ersetzte Schläferzelle deponiert worden, stammte aus irgendwelchen Beständen aus dem Osten, funktionierte aber einwandfrei.

Saif warf einen Blick auf die Uhr. Bislang lief alles nach Zeitplan. In weniger als einer halben Stunde würde die Stadt im Chaos versinken – und ein größerer Teil der Welt ebenfalls. Na, und dann mal sehen, wie sich danach alles weiterentwickeln würde, ob es neue Jobs gäbe oder ob er erst einmal ein paar Jahre lang die Füße stillhalten und sein Leben genießen würde. Ja, warum nicht? Einfach mal gar nichts tun und einen Teil des vielen Geldes ausgeben, bevor er sich dann neuen Zielen zuwandte.

Schauen wir mal, dachte Saif und blickte wieder zum Himmel. Die Positionslichter waren nicht mehr zu sehen, der Motor nicht mehr zu hören. Es war, als sei das Flugzeug nie da gewesen. Aber Saif wusste, dass es in wenigen Minuten mitten über der Hamburger City auftauchen würde.

37

Nick ging zurück zum Mercedes, rauchte und fragte sich, worauf das Ganze hinauslaufen würde. Ging es Nordberg in erster Linie darum, etwas zu vertuschen? War sein Hauptziel, Schlimmeres zu verhindern? Oder beides? Vermutlich Letzteres. Vor allem war sein Job, das verschwundene SpectorX zu finden und aus dem Verkehr zu ziehen. Doch das war ihm jetzt um die Ohren geflogen.

Und ehrlich gesagt: Nordberg sollte seine Suppe ab jetzt allein auslöffeln. Ein Gefährder namens Saif Quasim, der zwischen Terrororganisationen hin und her pendelte und unter Beobachtung der Behörden stand, Afghanistan, Drogenschmuggel, Drohnenoperationen, illegale Experimente – das war nicht Nicks Baustelle. Er wusste, was er wissen wollte: wie die Zusammenhänge waren, was Nordberg für eine Rolle spielte und dass es eine Verbindung zu Brauners Tod gab. Letzteres war sein Metier, Mordermittlung, darum würde er sich nun kümmern und den Fall zum Abschluss bringen. Und als Back-up hatte er die Aufnahme auf dem Handy.

Abgesehen davon gab es da noch den Brand an der Tankstelle und Lolas Probleme mit diesem Pornotypen.

Das war zwar ebenfalls nicht Nicks Baustelle, sondern die von Brandsachverständigen und einem anderen Dezernat bei der Kriminalpolizei. Trotzdem ging ihn die Sache an, denn Nick nahm Dinge schnell persönlich.

Wer auch immer der Auffassung war, Ärger in das Haus zu bringen, in dem Nick lebte, lud sich selbst welchen an den Hals. Und die Tankstelle abzufackeln, um sich entweder an Lola zu rächen oder sie unter Druck zu setzen – das ging eindeutig zu weit, das hatte Lola nicht verdient. Okay, sie war vielleicht etwas verrückt. Aber es gab einen Grund dafür. Sie hatte es nie leicht gehabt und war zeit ihres Lebens von toxischen Männern und Beziehungen und schrecklichen Situationen geprägt worden. Für eine davon war Nick letzten Winter verantwortlich gewesen. Unter anderen Rahmenbedingungen wäre aus Lola ein völlig anderer Mensch geworden. Aber sie war nun mal, wer sie war: beschädigt wie Nick, von dem Lola immer sagte, er könne auch einer der Bad Boys sein.

Ja, das stimmte. Nick würde sogar noch einen Schritt weiter gehen: Er *war* manchmal einer der Bad Boys. Jemand, der betrunken Leichen überfuhr und sie verschwinden ließ. Jemand, der seine Partnerin auf ein Dach und damit in den Tod geschickt hatte, statt selbst hinaufzugehen.

Er bog um die Kurve und sah den Mercedes bereits am Straßenrand parken. Das Handy summte in seiner Tasche. Er zog ein letztes Mal an der Zigarette und schnippte die Kippe fort. Dann nahm er das Handy aus der Jacke und sah, dass Bekka ihm eine WhatsApp geschickt hatte.

Ein Lächeln huschte über Nicks Gesicht. Er hatte angenommen, dass Bekka heute unterwegs war mit ihrem Freund – Steve, oder wie er hieß. Zu diesem Dinner im US-Konsulat, von dem sie erzählt hatte. Trotzdem schickte sie Nick eine Nachricht. Er öffnete sie, sah das Foto und las den dazugehörenden Text. Nick lächelte immer noch. Das Dinner war offensichtlich eher eine Grillparty, die ziemlich gut besucht zu sein schien. Auf dem Foto waren rustikale Tische und Bänke zu sehen, jede Menge Stars-'n-Stripes-Dekorationen und Lampions, die das Geschehen auf einer Wiese erhellten, Theken und Grills. Am Bildrand war das Konsulatsgebäude zu erkennen.

Nick erreichte den Mercedes und schloss auf. Es gefiel ihm, dass Bekka an ihn dachte. Nicht so gut fand er, dass sie bei dieser Party mit einem anderen Mann Spaß hatte. Sie hatte es zwar heruntergespielt und gesagt, dass Steve nur ein alter Freund sei. Allerdings ein Freund, der Witwer war, und Bekka war sehr attraktiv und Single. Frauen mochten zwar häufiger denken, dass alleinstehende Männer nur aus purer Freundschaft mit ihnen ausgingen, und bei manchen mochte das sogar zutreffen. Aber in der Mehrheit der Fälle verhielt es sich nach Nicks Einschätzung eher so, dass diese Männer etwas von den Frauen wollten. Pure Biologie, da konnte man nichts machen. Deswegen kaufte er diese »Nur ein alter Freund«-Nummer niemandem ab oder blieb zumindest skeptisch und wachsam. Andererseits waren Skepsis und Misstrauen etwas, wofür ein Polizist bezahlt wurde, und gehörten sowieso zu Nicks DNA.

Nick überlegte, ob er antworten oder Bekka lieber in Frieden lassen sollte. Allerdings hatte sie das Spiel ja eröffnet, und er hatte das Gefühl, dass es besser wäre, auf die Nachricht zu reagieren, als es nicht zu tun. Sein Daumen schwebte über der digitalen Tastatur. Was hatte Bekka ihm noch mal genau erzählt?

Das Dinner war mit einer politischen oder wirtschaftlichen Konferenz verbunden, in der es um Afghanistan und die Nachbarländer ging. Am selben Abend, an dem zwei Männer von einem erst vor kurzem nach Deutschland eingereisten potenziellen terroristischen Gefährder und drei weiteren Personen mit arabischem Aussehen in einer gut vorbereiteten Aktion erschossen werden, die eine hochwirksame Kampfdroge an sich nehmen. Das konnte alles Mögliche bedeuten – oder gar nichts. Doch der Alarm, der seit vorhin in Nicks Ohren summte, war mit einem Mal deutlich lauter geworden.

Nicht gut, dachte Nick und stecke das Handy wieder ein, ohne geantwortet zu haben. Besser, sich zu vergewissern, dass alles okay war, ohne Bekka zu beunruhigen.

Er stieg ein, ließ den Motor an und fuhr los.

Kies spritzte im hohen Bogen auf.

38

Bekka hatte den Burger nur zur Hälfte gegessen – die Portion war viel zu groß gewesen. Steve war von seinem informellen Gespräch zu ihr an den Tisch gekommen und hatte sich dafür entschuldigt, sie so uncharmant allein gelassen zu haben. Zwischendurch blickte sie aufs Handy. Aber Nick hatte bislang noch nicht geantwortet. Wahrscheinlich war er beschäftigt, obwohl er ihre Nachricht gelesen hatte, wie ihr zwei blaue Häkchen anzeigten.

»Wichtige Nachrichten?«, fragte Steve.

Bekka legte das Telefon wieder zur Seite und schüttelte den Kopf. »Nur die Kinder. Alles in Ordnung«, antwortete sie.

»Das hört man doch gerne.«

»Sie sind bei ihrem Vater. Allerdings kommen sie in das Alter, in dem sie nicht mehr so irrsinnig scharf darauf sind, aus ihrer gewohnten Umgebung herausgerissen zu werden. Ich fürchte, die Besuche werden früher oder später nachlassen.«

»Ein Schicksal, mit dem man wohl leben muss.«

»Ja.«

»Kommt Frank damit klar?«

Bekka nickte. »Er will keinerlei Druck aufbauen – nach dem Motto: Das ist mein Wochenende, da muss ich die Kinder sehen. Er möchte nicht, dass ein Zwang dahintersteht.«

»Finde ich gut. Hast du seine neue Freundin inzwischen kennengelernt?«

»Wir haben uns einige Male gesehen, ja. Eher oberflächlich, aber sie scheint nett zu sein.«

Und jünger war sie auch, dachte Bekka. Zwar nur etwas, aber trotzdem. Nicht dass ihr das sonderlich viel ausmachte. Marie war Abteilungsleiterin bei einer Bank und viel beschäftigt – mindestens so viel wie Frank. Sie hatte keine Kinder, aber vielleicht würde sie noch welche wollen? Mit knapp vierzig war es an der Zeit. Das ging Bekka zwar eigentlich nichts an, aber es würde ihre Töchter etwas angehen, und von daher zählte es durchaus. Jedenfalls war sie eine freundliche und warmherzige Person. Sie hatten bei einer der Kinderübergaben einen Kaffee getrunken, um sich ein wenig kennenzulernen, was Maries Idee gewesen war, und Bekka hatte das gefallen. Immerhin wusste man gern, in wessen Hände man seinen Nachwuchs gab, auch wenn der Vater stets dabei war.

»Ich hätte gerne Kinder gehabt«, sagte Steve. Er sah traurig aus.

Bekka griff nach seiner Hand. »Das tut mir leid«, sagte sie.

Steve zuckte mit den Achseln und trank sein Bier. Bekka rutschte ein Stück zurück, ließ die Hand wieder los und machte einer Bedienung Platz, die gerade abräumen wollte.

Der junge Mann blickte zum Himmel. Auch andere taten das. Bekka sah ebenfalls hoch.

»Oh«, machte sie. »Was ist denn das?«

Steve folgte ihrem Blick. »Das nenne ich mal Entertainment«, lachte er.

»Wie spannend«, erwiderte Bekka.

Tatsächlich war sie sehr darauf gespannt, was nun folgen würde. Drei Fallschirmspringer segelten mit ihren Gleitschirmen über die Alster hinweg auf die Party zu. Gleich würden sie landen.

39

Nick fuhr auf die Schranke und das Polizeihäuschen zu, stoppte den Mercedes im Wendehammer und öffnete das Handschuhfach. Er nahm seine Pistole heraus, steckte sie in die Jackentasche und stieg aus. Er sah die Lampions und die Menschen auf der Wiese vor dem Konsulat, hörte die Musik und zog im Gehen seinen Dienstausweis hervor, um ihn am Wärterhäuschen vorzuzeigen. Dort standen zwei uniformierte Polizisten und bauten sich vor ihm auf.

»Nick Beck, LKA«, stellte er sich vor. »Ich muss dringend mit einem Gast sprechen, Dr. Rebecca Stoeven. Außerdem mit dem Sicherheitschef.«

»Wozu?«, fragte der korpulentere der beiden Polizisten.

»Weil ich befürchte …«

Nick blickte auf. Ein Fallschirmspringer sauste heran, segelte flach über das Ufer der Außenalster hinweg. Es waren mehr als einer. Insgesamt waren es drei. Auch die Polizisten drehten sich nun um und starrten auf die schwarzen Gleitschirme, an deren Enden drei in Schwarz gekleidete Personen baumelten und sich bereit machten, mitten in der Partyzone zu landen. Die Gäste sahen ebenfalls dorthin.

»Was ist denn das?«, knurrte einer der Polizisten. »Scheiße«, fügte der andere hinzu.

Beide griffen zu ihren Funkgeräten. Inmitten der Partygäste geriet Bewegung in einige Personen, wahrscheinlich Sicherheitskräfte. Wie es aussah, war das hier keine Showeinlage. Vielleicht könnte es sich um eine Protestaktion von Aktivisten handeln. Aber Nicks Gefühl sagte etwas anderes. Mist, Nick hätte Nordberg informieren sollen, aber es war ja zunächst nur ein unbestimmtes Gefühl gewesen, er wollte nur nach dem Rechten sehen und sich vergewissern, dass …

Die Fallschirmspringer begannen, aus automatischen Waffen zu schießen.

Sie feuerten wahllos in die Menschen, die auseinanderstoben, schrien und sich zu Boden warfen oder getroffen niedergingen. Dann landeten die Angreifer, schnallten sich noch in der Luft die Gurte ab, ließen sich die letzten Meter auf den Boden fallen, während sich die Fallschirme in den Bäumen verfingen.

Nick konnte im ersten Schockmoment nicht reagieren. Den Polizisten vor ihm erging es ebenso.

Dann lief er los.

40

Bekka war vom Tisch aufgesprungen und stand bewegungslos da, wie ein geblendetes Reh, während um sie herum das Chaos ausbrach.

Es war ohrenbetäubend.

Geschosse hagelten aus den Mündungsblitzen vom Himmel zu Boden. Menschen schrien, stürzten. Es war nicht zu unterscheiden, wer getroffen worden war, wer stolperte und wer Schutz suchte.

Bekka war unfähig, sich zu bewegen. Sie sah Menschen weglaufen und stürzen. Steve lag unter dem Tisch – es war unklar, ob er verletzt war.

Die Fallschirmspringer waren plötzlich auf dem Boden, mitten unter den Leuten. Jetzt schossen sie gezielt auf Personen, die ebenfalls Waffen hatten – Polizisten oder Security. Sie mähten sie einfach nieder. Eine Patronenhülse sprang gegen Bekkas Oberarm. Sie glühte heiß. Einige Menschen versuchten, sich über die flacheren Zäune zum Alsterufer zu retten. Sie wurden einfach erschossen, stürzten und blieben wie weggeworfene Puppen über der Bewehrung hängen.

Schüsse krachten vom Konsulatsgebäude her. Bekka sah

Mündungsblitze auf dem Dach. Dort musste ein Scharfschütze die Veranstaltung überwacht haben. Einer der Bewaffneten ruckte, fiel rücklings auf einen der gedeckten Tische. Plötzlich warf jemand etwas. Eine Sekunde später gab es eine Explosion auf dem Dach. Dann hörte das Schießen dort auf.

Jetzt bedrohten die Angreifer die verbleibenden Menschen, brüllten, dass man sich hinknien oder auf dem Boden bleiben sollte. Ihr Deutsch war gebrochen. Die Gesichter konnte man nicht erkennen: Die Männer trugen schwarze Kampfanzüge und Motorradmasken. Ihre Augen glühten.

Viele knieten sich hin, hoben die Hände. Andere lagen verletzt und blutend und bettelnd auf dem Boden. Bekka blickte zu Steve. Steve bewegte sich nicht.

Ehe sie sich versah, wurde sie von etwas gerammt. Fiel dann keuchend zu Boden. Im ersten Moment dachte Bekka, sie wäre tot und der Ruck ein Geschoss gewesen, das sich in ihre Seite gebohrt hatte. Aber da war ein Gesicht über ihr, dass sie kannte. Eine Hand presste sich auf ihren Mund.

»Bleib liegen«, flüsterte Nick.

Seine Worte waren klar, brannten sich in Bekkas Gehirn, obwohl um sie herum alles doch so laut war. Sie schaute zur Seite, sah Körper auf dem Boden liegen, weinende Menschen, Steves Schuhe, an anderer Stelle Kampfstiefel.

»Nicht bewegen«, flüsterte Nick.

Bekka verstand nicht, woher er auf einmal gekommen war. Aber er hatte sie zu Boden gestoßen, in Deckung hinter einem der Tische, schützte ihren Körper mit seinem. Er hielt etwas in der Hand. Eine kleine Glasampulle, aus der er etwas trank. Sie sah seine Bartstoppeln wie in einer Makroaufnahme. Die gesprungenen Lippen. Ein Tropfen in seinem Mundwinkel. Wie konnte er denn jetzt nur daran denken, etwas zu trinken, dachte Bekka.

»Nicht bewegen«, flüsterte er wieder. »Bleib liegen.«

Dann sah sie die Kampfstiefel wie in Großaufnahme neben ihrem Kopf. Nick verschwand mit einem Mal. Jetzt konnte sie endlich wieder richtig atmen.

Ja, das Luftholen war jetzt einfacher. Sie sah ihre Hände an. Zum Glück klebte nirgends Blut. Dann ein scharfer Schmerz. Sie wurde brutal an den Haaren gepackt, ihr Körper in die Waagerechte gezerrt, auf die Knie. Sie hörte Rufen, Schreie, vereinzelte Schüsse. Sie spürte einen unbestimmten Druck im Nacken. Als ob ihr jemand einen Stab ins Genick presste.

Bekka versuchte zu atmen, aber sie konnte nicht. Jetzt sah sie, dass Steves Gesicht blutüberströmt war. Sie wollte keuchen, etwas sagen, seufzen, aber es war nicht möglich. Dann war plötzlich wieder Nicks Gesicht vor ihr. Er sagte etwas. Bekka hörte nichts. Nur Pfeifen, dumpfes Dröhnen. Nicks Augen schienen nur noch aus Pupillen zu bestehen.

War das der Moment, dachte Bekka? Würde sie so sterben – oder war sie schon tot?

Schließlich drang Nicks Stimme zu ihr durch. Er blickte nun an ihr vorbei zu jemandem, der hinter Bekka stand.

Nick sagte: »Nehmt das Gewehr aus ihrem Genick. Sie ist Mutter, sie hat zwei Kinder. Nehmt mich.«

Mit einem Mal war der Druck in Bekkas Nacken fort. Erneut hörte sie Brüllen und Schreien.

Und sah Nicks schwarze Augen und ein leichtes Lächeln auf seinen feuchten Lippen.

41

Nicks Lippen brannten. In seinem Mund schmeckte es, als ob er an einer Batterie geleckt hätte. Seine Speiseröhre stand in Flammen. Aber das SpectorX, das er in dem Beweismittelbeutel in seiner Jackentasche mit sich herumgetragen hatte, wirkte.

Es fühlte sich an, als ob jemand einen Knopf gedrückt und Nick eingeschaltet hätte, als ob er plötzlich durch einen Restlichtverstärker blickte. Seine Nervenenden waren gereizt und kribbelten. Außerdem schien sich sein Gehirn auszuweiten, sein Bewusstsein, so als sei er plötzlich in der Lage, Zusammenhänge zu erkennen, die ihm vorher verschlossen waren. Als sei er schwerelos und könne schweben und gleichzeitig einen der Tische bloß mit einer Hand anheben …

Er sah Bekka vor sich, ahnte instinktiv, was sie dachte, wie sie reagieren würde, und er sah den Mann im schwarzen Kampfanzug hinter ihr, der ihr den Lauf einer Maschinenpistole in den Nacken presste. Er trug eine massiv wirkende Weste, gewiss eine schusssichere. Nick sah den anderen Angreifer, der weitere Überlebende wie Vieh zusammentrieb, um sie kniend vor sich zu versammeln. Der dritte war von einem Scharfschützen erwischt worden, der auf dem Dach der Botschaft gehockt und die Party überwacht hatte.

Die Angreifer mussten den Anschlag von langer Hand geplant und regelmäßig trainiert haben, um mit den Gleitschirmen eine Punktlandung wie diese hinzulegen. Sie waren von irgendeinem Flugplatz in der Nähe gestartet, dann über der Außenalster abgesprungen. Dieser Flugplatz musste in unmittelbarer Nähe zu dem Ort liegen, an dem Spörl und Faust erschossen worden waren. Von dort war die Crew dann aufgebrochen, hatte sich wahrscheinlich mit SpectorX vollgepumpt, sich mit Waffen ausgestattet und war in den Flieger gestiegen.

Und wenn ihr Schweine das Zeug intus habt, dann sollten wir uns auf Augenhöhe begegnen, hatte Nick gedacht, die Ampulle aus dem Beweismittelbeutel in seiner Tasche genommen und sie mit dem Daumen aufgeknackt, nachdem er sich zuvor schützend über Bekka geworfen hatte.

Nicks Gedanken überschlugen sich im Bruchteil von Hundertstelsekunden. Gleichzeitig war er auf sein Gegenüber fixiert und darauf, was als Nächstes geschehen würde. Die Terroristen waren gelandet, hatten ein Blutbad angerichtet und – wie es aussah – alle Sicherheitskräfte und Polizisten ausgeschaltet. Zumindest gab es keinerlei Gegenwehr mehr, insofern war Nick hier der einzige Polizist mit einer Waffe. Zudem war er im Vorteil, denn die beiden Typen wussten davon nichts.

Sie nutzten ihre verbleibenden Minuten, bis die Polizei und Sondereinsatzteams anrücken würden, um die Menschen wie einen Schutzwall um sich herum zu positionieren. Dass sie Geiseln nahmen, bedeutete, dass sie Forderungen hatten. Dann wurde Nick klar, dass die Männer keine schusssicheren Westen trugen. Es waren solche, die mit Sprengstoff gefüllt waren. Falls Scharfschützen eingesetzt würden, wäre ein gezielter Schuss gleichzeitig das Todesurteil für die Geiseln. Aber die Sprengstoffgürtel würden die Terroristen erst aktivieren, wenn alles vorbereitet war. Bis dahin brauchten sie freie Hand. Und bis dahin hatte Nick Zeit zu handeln.

All das schoss ihm in der Dauer eines Wimpernschlages durch den Kopf. Alles lag klar vor ihm. Auch das, was er zu tun hatte.

»Nehmt mich«, sagte er. »Sie hat zwei Kinder.«

Nick sah in Bekkas Gesicht. Sie blickte ihn an, als befinde sie sich auf einer anderen Bewusstseinsebene, als habe sie sich im Schock in ihr Innerstes zurückgezogen, wo sie sich vor dem versteckte, was um sie herum geschah. Fast so, als sei sie bewusstlos. Niemand wollte jemals einen solchen Ausdruck in den Augen eines anderen Menschen sehen – vor allem nicht, wenn man etwas für diesen Menschen übrighatte.

»Und wer bist du, he?«, sagte der Mann mit einem arabischen Akzent.

Er ließ Bekkas Haare los, stieß sie zur Seite und kam mit der Maschinenpistole in der Hand auf Nick zu, rammte ihm den Lauf vor die Stirn. Der Schmerz war in der ersten Sekunde immens, glomm aber nur für einen Moment auf. Dann fühlte sich Nicks Stirn taub an. Etwas Warmes rann ihm über den Nasenrücken.

»Rüber zu den anderen, alle beide!«, rief der Kerl.

Er wurde für einen kurzen Moment von einem Verletzten abgelenkt, der sich eine klaffende Bauchwunde hielt und schrie. Der Terrorist richtete die Waffe von Nick auf den Mann, drückte zweimal ab und erschoss ihn.

Jetzt, dachte Nick.

42

Nordberg blickte nach links und nach rechts. Dieser Schlamassel war grauenhaft. Die beiden Leichen am Boden vor ihm, das SpectorX verschwunden. Und jetzt musste er auch noch alles mit der Polizei regeln, bevor er sich darauf konzentrieren konnte, wohin sich Saif Quasim mit dem Stoff und seinen Kumpanen abgesetzt hatte.

Eben hatte Nordberg mit den beiden Kollegen von Beck gesprochen, der sich zuvor mit den Worten abgesetzt hatte, dass Nordberg sich ab jetzt um seinen eigenen Scheiß kümmern könne. Nordberg hatte ihn erst zurückhalten wollen. Aber er brauchte Beck jetzt sowieso nicht mehr, hatte ihn nur bis hierher benötigt. Alles Weitere würde nun auf anderer Ebene ablaufen.

Er hoffte darauf, dass mit Hilfe der Gesichtserkennung Saifs Begleiter zeitnah identifiziert werden konnten. Außerdem würden alle Überwachungskameras, öffentliche Ampeln, Plätze und Gebäude in der näheren Umgebung gecheckt und die Aufnahmen verglichen werden. Dabei würde man zwangsläufig früher oder später auf das Auto stoßen, mit dem sich Saif abgesetzt hatte, und außerdem verfolgen können, wohin.

Er und alle anderen Beteiligten würden in jedem Fall ausgeschaltet werden müssen. Das lag für Nordberg auf der Hand. Sie wussten von SpectorX und was das für ein Stoff war. Saif dürfte außerdem über Informationen verfügen, woher das SpectorX stammte und wie es den Besitzer gewechselt hatte. Er würde von dem Drohnenangriff wissen, von dem Konvoi und davon, was dieser transportiert hatte. Alle Spuren, die dorthin zurückführten, müssten ausgelöscht werden – insofern kam es Nordberg gelegen, dass Spörl und Faust erschossen worden waren. Zwei kleine Teams waren bereits unterwegs in die Privatwohnungen der beiden, um sich dort umzusehen und alles mitzunehmen, was zu einem Problem werden könnte.

Und Beck: Nordberg hatte ihm gegenüber zwar erzählt, was Sache war. Aber wenn es hart auf hart käme, würde Beck nichts davon beweisen können. Es würde Wort gegen Wort stehen. Niemand würde ohne einen allerhöchsten Beschluss Einblick in Top-Secret-Daten erhalten. Und den würde niemand auf der Basis der wirren Ideen eines Polizisten fassen, der Alkoholprobleme gehabt hatte, zeitweise in einer psychischen Krise aus dem LKA-Dienst ausgeschieden war und als direkter Beteiligter eines Amoklaufes vermutlich an einer posttraumatischen Belastungsstörung litt. Es wäre ein Kinderspiel, das zu attestieren.

Gerade kamen die beiden Kollegen von Beck schon wieder auf Nordberg zu, weil sie offenbar noch etwas von ihm wollten. Nordbergs Telefon klingelte. Er nahm das Gespräch an.

»Was?«, fragte er – und spürte nur eine Sekunde später

seinen eigenen Körper nicht mehr. Er schien der eines Fremden zu sein.

Auch andere telefonierten jetzt oder benutzten ihre Funkgeräte.

»Das … US-Konsulat?«, fragte Nordberg.

Er starrte ausdrucklos in die Gesichter der beiden Polizisten und fühlte sich, als würde er mit einem Fahrstuhl in die Tiefe rasen, an dem gerade ein Seil gekappt worden war.

43

Nick reagierte in gefühlter Lichtgeschwindigkeit. Gleichzeitig wog er seine Chancen und die Risiken ab, nahm in Kauf, dass es weitere Tote geben könnte, aber entschied, dass die Anzahl noch steigen würde, falls er nicht einschritt. Ihm war außerdem bewusst, dass er getroffen und verwundet oder getötet werden könnte. Aber auch das Risiko musste er eingehen. Er fühlte nichts bei diesem Gedanken, keine Angst, keine Empathie – all das schien ausgeschaltet worden zu sein.

Also zog Nick seine Pistole und schoss.

Er erwischte den Angreifer, der sich gerade von ihm abgewandt hatte, am Hinterkopf. Fast gleichzeitig schnellte Nick voran, stieß Bekka mit der Schulter um, kniete dann vor ihr, während der Mann vor Nick zu Boden ging.

Der zweite Terrorist stand zehn Meter entfernt vor einer der Grilltheken. Menschen hockten vor ihm, krochen auf dem Rasen oder lagen dort.

Freie Schussbahn, dachte Nick.

Er hatte den Kerl bereits im Blick gehabt, während er den Schuss in den Schädel des anderen gefeuert hatte. Der Mann riss den Kopf herum und nahm die Maschinenpistole in den Anschlag.

Gut so, dachte Nick, der genau das erwartet hatte. Gut so, ziel auf mich und nicht auf die anderen. Genau das sollst du tun.

Nick schwenkte die Pistole in seine Richtung und hatte ihn sofort im Visier. Zwischen Kimme und Korn sah er das Mündungsfeuer der auf ihn gerichteten MP wie in Großaufnahme aufblitzen. Neben ihm zersplitterte etwas. Dann spürte er einen heftigen Schlag an der Schulter – ohne dass er deswegen die Pistole auch nur um einen Millimeter zur Seite bewegte.

Nick schoss fast im selben Moment wie der Terrorist, der nur etwa vier Schüsse aus seiner Waffe abgab. Dann war offensichtlich das Magazin leer. Er ließ die MP fallen, um eine Pistole zu ziehen und sich gleichzeitig zu ducken.

Doch er war nicht schnell genug.

Nick feuerte weiter, leerte das komplette Magazin in Richtung des Terroristen. Er sah, wie der Kerl gegen die Theke stieß und dann zu Boden fiel.

Nick warf die Pistole fort, nahm die MP des Typen vor sich auf und ging zur Theke. Um ihn herum sprangen Menschen auf, schrien, weinten, liefen durcheinander, warfen sich zu Boden. Eine gefühlte Sekunde später stand Nick über dem Mann, der blutüberströmt auf der Erde lag. Sein Atem machte pfeifende Geräusche. Er nestelte an seinem Gürtel herum, am Holster, starrte Nick an.

Nick richtete die MP auf seinen Kopf und gab einen Feuerstoß ab. Der Kopf des Mannes platzte wie eine reife Melone. Nick kniete sich hin, riss die Klettverschlüsse der Weste des Burschen auf und entfernte die Sprengweste.

Wie er vermutet hatte, war an einer Seite ein Kabel zu sehen, an dem ein Handgriff baumelte. Die Sicherung war noch fixiert.

Nick drehte sich um, richtete den Blick auf den Terroristen, der auf dem Esstisch lag. Er ging zu ihm, sah das große Loch in der Stirn und die Blutlache. Er zog ihm ebenfalls die Weste aus, warf sie zu der anderen und verpasste dem Mann zur Sicherheit noch einen aufgesetzten Schuss aus der MP ins Herz. Schließlich wendete er sich zu Bekka, die aufgestanden war und das Gesicht in den Händen vergrub. Nick zog auch dem dritten Mann die Weste aus, warf sie zu den anderen beiden und verpasste ihm ebenfalls noch ein paar Kugeln.

»Nick!«

Nick kickte der Leiche vor sich gegen den Schädel. Nein, der bewegte sich nicht mehr.

»Nick!« Bekka schrie ihn an.

Er drehte sich zu ihr. Stand einen Wimpernschlag später vor ihr.

»Bist du verletzt?«, fragte er.

»Nick, um Gottes willen, komm wieder zu dir!«

Nick hatte keine Ahnung, wovon Bekka redete.

»*Du* bist verletzt! Deine Schulter!«

»Hm?«, machte Nick, warf die leere MP fort und fasste sich an den Oberarm. Seine Finger waren klatschnass. Blut. Also war er getroffen worden. Es konnte nicht so schlimm sein. Sonst würde er nicht mehr stehen können.

»Nick!« Bekka hielt ihn fest.

»Ja?«

»Nick, um Gottes willen!«

»Gleich«, sagte er, »einen Moment noch.«

Er musste sich dringend setzen. Ihm war schwindelig.

Wie durch einen Tunnel hörte er Polizeisirenen, sah Blaulicht, Suchscheinwerfer von Hubschraubern, die Wipfel von Bäumen, in denen sich die Fallschirme verfangen hatten, Bekkas Gesicht, die zu ihm sprach.

Aber er verstand kein Wort, wollte sich nur kurz ausruhen und direkt über sich für ein paar Momente die Sterne ansehen, ja, die Sterne, die kreisten und zu Schlieren verschwammen, und irgendwann, dachte Nick, irgendwann werden wir alle zu Sternen, wir werden zu Licht und verschmelzen mit dem großen Nichts.

44

Nordberg tippte auf dem Beifahrersitz des Polizeiwagens wie ein Irrer in sein Handy, schickte Mails, telefonierte. Er versuchte ein weiteres Mal, Nick Beck zu erreichen, und ein weiteres Mal ging Beck nicht dran.

Nordbergs Wagen führte eine regelrechte Kolonne von Fahrzeugen an, die mit Vollgas über die miesen Straßen rasten, manchmal mit Blaulicht, meistens ohne, denn Nordberg wollte so wenig wie möglich auffallen.

Maximale Aufmerksamkeit würde er schon noch früh genug bekommen, kein Zweifel. Spätestens morgen, wenn er über den ganzen Scheiß Rechenschaft ablegen müsste und darüber, was da so dermaßen schiefgegangen war mit dem SpectorX und dem Konsulat und allem. Man würde ihm den Kopf abreißen, ihn vierteilen. Und deswegen, verdammt nochmal, musste Nordberg besser etwas abliefern.

Am besten Saif Quasim.

Nordberg hatte sich einen Polizeiwagen samt Fahrer geschnappt und war sofort aufgebrochen, nachdem er die Information vom Angriff aufs Konsulat erhalten hatte. Besser, schon unterwegs zu sein, wenn aktuelle Erkenntnisse über Quasims möglichen Aufenthaltsort eintrafen. Die

Nachrichten hatten sich in den letzten Minuten geradewegs überschlagen, weswegen sie nun über diese holprige Straße fuhren.

Nach Nordbergs neuesten Informationen war die Lage am Konsulat seit wenigen Minuten im Griff und die drei Angreifer ausgeschaltet worden. Sie waren mit Gleitschirmen abgesprungen, aber noch nicht einmal dazu gekommen, Forderungen zu stellen oder dergleichen. Die Toten waren bereits fotografiert worden. Im Hintergrund hatte etwas »Bing« gemacht und ein Match mit den Bildern angezeigt, die Nordberg vorhin gemacht hatte.

Verflucht, dachte Nordberg. Saif Quasim hatte also das SpectorX abgegriffen, womit sich dann wahrscheinlich die drei Angreifer vor dem Anschlag vollgepumpt hatten. Was bedeutete, dass Saif mit seinen Leuten vom Treffen mit Faust und Spörl direkt zu einem Flugplatz gefahren sein musste, wo das Trio in eine Maschine gestiegen und dann über der Außenalster abgesetzt worden war. Nordbergs Analyse-Crew, die im Hintergrund operierte, hatte einen Flug ausgemacht, der in Frage kam – den einer Cessna 206, die auf dem Weg nach Paris sein sollte, über die City geflogen und dann vom Radar verschwunden war. Wo sie gestartet war, wusste man nicht hundertprozentig. Merkwürdig.

Nach Paris flog sie also eher nicht. Vom Hamburger Flughafen hatte sie auch nicht abgehoben, das stand bereits fest. Nach Nordbergs Berechnungen und angesichts der verstrichenen Zeit musste der Startpunkt sowieso allenfalls im Radius von maximal zwanzig Kilometern um den Ort liegen, an dem Faust und Spörl erschossen worden waren. Damit kam nur ein einziges Areal in Betracht, von dem in der Dunkelheit und unbeobachtet eine mit Bewaffneten beladene Maschine starten konnte: vom Flugfeld in den Boberger Dünen, das normalerweise von Segelfliegern genutzt wurde.

Genau dorthin war Nordberg nun unterwegs.

Vielleicht, dachte er, war die Cessna dort kurz zuvor gelandet oder wartete bereits. Das Flugzeug, so hatte er erfahren, war kein deutsches, sondern in Polen registriert. Der Typ wurde häufig zum Absetzen von Fallschirmspringern genutzt. Es verfügte über sechs Sitzplätze. Ein Pilot, drei Fallschirmspringer. Blieben noch zwei Plätze übrig, zum Beispiel für Saif Quasim und möglicherweise den Fahrer des Fluchtwagens, den er genutzt haben könnte, um sich und seine Leute von dem alten Bauernhof abholen zu lassen. Zum Fluchtfahrzeug gab es noch keine Daten, leider.

Nordberg überlegte, ob sich Saif tatsächlich mit in den Flieger gesetzt haben würde. Weil die Maschine vom Radar verschwunden war, nahm er an, dass der Pilot auf der Flucht war. Die Cessna hatte keinen großen Radius, würde nicht sehr lange in der Luft bleiben und irgendwo in einem der Nachbarländer aufsetzen, von wo aus die Flucht per Auto, Boot oder einem weiteren Flugzeug fortgesetzt werden könnte. Aber Saif würde klar sein, dass Himmel und Hölle in Bewegung wären, um die Cessna zu finden. Nein, er würde auf anderem Weg entkommen wollen – und zudem das SpectorX bei sich haben.

Was die Zeit anging, so hatte Nordberg berechnet, dass

die Cessna vor höchstens zwanzig Minuten gestartet war. Die Nachricht, dass der Anschlag gescheitert war, war fünf Minuten alt. Saif würde vor Ort mindestens so lange gewartet haben, bis er sicher sein konnte, dass der Flieger in der Luft war. Also konnte er maximal einen Vorsprung von zehn Minuten haben.

Vielleicht viel weniger, weil Saif abgewartet hatte, bis der Anschlag vollzogen war, damit er seinen Auftraggebern Bericht erstatten konnte. Mit ein wenig Glück, dachte Nordberg, wäre Saif also noch irgendwo im Umfeld des Flugfeldes, von wo aus der jede Sekunde aufbrechen könnte. Es war ein Strohhalm, nach dem er griff. Aber das war das Beste, was er im Augenblick hatte.

Seine einzige Chance.

45

Saif fluchte, trat auf den Boden, schlug mit der Hand mehrfach auf die Motorhaube und redete dann wieder in das Telefon, um die Leute zu beschwichtigen.

Er wusste, dass ihm das nicht gelingen würde.

Der Angriff auf das Konsulat war fehlgeschlagen. Es hätte ein Meisterstück werden sollen. Aber es wurde zum Gegenteil. Das Handy auf der Motorhaube zeigte Livebilder vom Ort des Geschehens in den Nachrichten. Und die sahen auch jene, mit denen Saif gerade über das abhörsichere Iridium-Handy sprach. Jene, bei Allah, nicht erfreuten Auftraggeber, die sich zwar zufrieden damit zeigten, dass einige Ungläubige getötet und verletzt worden waren. In der Summe hatte man sich das aber ganz anders vorgestellt und sogar die Bekennerbotschaft zurückgehalten, die den Angriff den Taliban zuschreiben sollte, weil man das nun unter den neuen Gesichtspunkten alles lieber noch mal durchspielen und Plan B oder C aktivieren wollte.

Saif hatte keinen Schimmer, welche Rolle er in Plan B oder Plan C spielte. Ehrlich gesagt: Er hatte ziemliche Angst davor.

Er war nervös geworden, als er keine Nachrichten vom

Einsatzort erhielt, hatte geschwitzt und die Medien verfolgt – ja, und dann war ihm, scheiße nochmal, klargeworden, warum er keine Infos bekam.

Und jetzt sagte Abdul, der am anderen Ende der Welt in Indonesien in einem Café saß und eine Schaltkonferenz auf seinem Laptop führte: »Saif, mein Bruder, was ist mit den Containerboxen mit diesem Mittel, hast du die noch?«

»Ja.«

»Der Fahrer wird sie nehmen und in Sicherheit bringen. Du hättest uns früher sagen müssen, was es damit auf sich hat. Dann wären sie niemals außer Landes gebracht worden.«

»Mir war nicht klar, was es ist, verdammt!«

»Saif – ich gebe nur weiter, was ich höre.«

»Okay.«

»Der Fahrer wird sich um die Container kümmern.«

»Und was ist mit mir?«

»Dich gibt es nicht mehr, Saif. Tu, was getan werden muss. Gib das Telefon dem Fahrer. Er nimmt es mit. Und dann zögere nicht.«

Saifs Blut gefror. Er sah den Fahrer, der ebenfalls telefonierte, nickte, das Gespräch beendete und sich ins Auto setzen wollte.

»Allah ist groß«, sagte Abdul und beendete das Gespräch.

Saif starrte das Gerät an. Die erwarteten von ihm, dass er sich erschoss. Und wenn er es nicht tat, dann würde das vielleicht der Fahrer tun. Zwei Fakten standen aber fest: Saif würde sich nicht erschießen, und er brauchte ein Auto. Also gab es nur eine Schlussfolgerung.

Saif schluckte, zog seine Pistole, um sie sich an den Schädel zu setzen.

»Moment«, sagte der Fahrer. »Das Telefon.«

Saif nickte, nahm die Waffe wieder runter und gab ihm das Handy.

»Ich lasse dich einen Moment allein«, sagte er und drehte sich um.

Saif schluckte. Er sollte sich nicht nur selbst umbringen, nein, der Fahrer würde sich auch noch darum kümmern, dass Saifs Leiche verschwand.

Fickt euch alle, dachte Saif, nahm die Pistole wieder hoch und schoss dem Fahrer zwei Kugeln von hinten in den Schädel. Er fiel um wie ein nasser Sack. Dann schnappte er sich die Autoschlüssel, um endlich von diesem beschissenen Dünenparkplatz zu verschwinden. Er wusste nicht, wie es danach weitergehen würde.

Aber einen Schritt nach dem anderen, dachte Saif, einen Schritt nach dem anderen …

46

Die Polizeiwagen fuhren in Richtung des Parkplatzes am Rande des Flugfelds. Nordberg hatte einen Trupp zum Hauptgebäude des Segelsportvereins dirigiert, den zweiten zu einem abseits liegenden Parkplatz. Er selbst hielt, im Geleit von zwei Streifenwagen, auf den an den Dünen zu. Auch dieser Parkplatz lag an der Startbahn – einer breiten und langen, kurz gemähten Wiese, wie die Bilder von Google Nordberg gezeigt hatten.

Schließlich hielten sie in einem Wendehammer, an dessen Ende ein einziges Fahrzeug parkte. Reifen knirschten in der trockenen Erde. Kaum stand der Wagen, riss Nordberg bereits die Tür auf, zog die Waffe und hörte hinter sich weitere Türen klappen. Er schaltete die Maglite ein, lief los, stolperte beinahe in einem Schlagloch, fing sich aber wieder und lief weiter. Andere Polizisten folgten ihm. Das Licht von Taschenlampen zerschnitt die Dunkelheit. Er hörte Rotorengeräusche vom Hubschrauber, den er hierherbeordert hatte, und sah, dass ein Suchscheinwerfer aufflammte, dessen Licht über die Baumkronen fuhr.

Als er an dem Auto, einem dunklen Touareg, ankam, war Nordberg klar, dass er mit seiner Vermutung richtiggelegen hatte. Saif war noch hier. Die Tür stand offen. Ein Mann lag am Boden. Er schien mit mindestens einem Kopfschuss getötet worden zu sein. Ein auffälliges Handy lag neben ihm im Schmutz. Nordberg kannte solche Geräte: Iridium-Handys. Nordberg drehte den Mann um. Es war nicht Saif. Er leuchtete in den Wagen. Leer. Er sah sich um, lief weiter, zwängte sich durch einige Büsche und stand dann auf dem Flugfeld. Ein scharfer Wind wehte. Nordberg leuchtete mit der Maglite nach links, nach rechts. Dann schnitt der Suchscheinwerfer durch das Dunkel und erfasste einen Mann, der über die Startbahn rannte.

»Saif Quasim!«, brüllte Nordberg und lief los, warf die Maglite von sich, um mobiler zu sein.

Der Mann spurtete weiter, schützte seine Augen gegen das grelle Licht, stolperte und fiel hin, was Nordberg einen Vorteil verschaffte. Dann stand der Mann wieder auf und hielt auf eine Baumreihe zu.

»Saif Quasim!«

Nordberg schrie den Namen. Aber Saif reagierte nicht. Nordberg schätzte die Entfernung zwischen ihm und Quasim auf zwanzig Meter und auf die zwischen Quasim und dem Wäldchen auf etwa zehn Meter.

»Stehen bleiben! Polizei!

Nordberg hatte keine Ahnung, ob der Mann sein Rufen bei dem Rotorenlärm hören konnte. Aber er hatte damit seine Pflicht getan und ihn zum Anhalten aufgefordert. Zwanzig Meter waren keine schlechte Distanz und das Licht, dank der Scheinwerfer, ausgezeichnet. Nordberg stoppte, nahm die Pistole in beide Hände, zielte, atmete schwer. Noch ein paar Sekunden, dann wäre Quasim im Wald verschwunden. Aber war der Mann wirklich Saif? Wer sonst, dachte Nordberg. Falls es Quasim war, würde er später sagen, er habe ihn zweifelsfrei identifiziert, als er sich auf Zuruf umdrehte. Falls es nicht Quasim war, würde er sagen, alle Annahmen hätten dafür gesprochen, dass er es war, und entsprechend der äußeren Rahmenbedingungen sei er der Auffassung gewesen, den Mann identifiziert zu haben, wobei ihm in Abwägung der Umstände ein mannstoppender Schuss angemessen erschienen sei.

Oder auch zehn. Ganz egal. Saif aufhalten, dann das SpectorX einsammeln, dachte Nordberg. Und schon würden sie ihn nicht mehr vierteilen, sondern höchstens noch in den Boden rammen, und das konnte man überleben.

Kimme und Korn waren jetzt deckungsgleich. Nordberg atmete ein und hielt die Luft an.

47

Saif rannte, stolperte, sprang wieder auf und wurde von dem Suchscheinwerfer geblendet, so wie er wenige Momente zuvor vom Licht der Autos geblendet worden war, die auf einmal auf den Parkplatz fuhren.

Was war hier los? Wie konnte die Polizei nur auf ihn gekommen sein? Auf diesen Ort?

Aber egal. Worauf es ankam, war, von hier zu verschwinden, den Wald auf der anderen Seite zu erreichen. Saif wusste nicht, wohin er führte. Aber er konnte auf keinen Fall stehen bleiben und sich ergeben. Niemals. Saif Quasim war niemand, der sich jemals gefangen nehmen lassen würde.

Der Wald war zum Greifen nah. Seine Lungen brannten. Hörte er da jemanden hinter sich rufen? Lauf weiter, dachte er. Verliere keine kostbaren Sekunden. Dann wieder eine Stimme – oder bildete er sich das nur ein in dem Grollen der Rotoren des Hubschraubers? Wenigstens hatte der Suchscheinwerfer ein Gutes: Saif konnte genau sehen, wohin er lief. Nur noch ein paar Meter, dann würde er im Dickicht abtauchen.

Wieder die Stimme. Scheiße, wenn da jemand hinter

ihm herlief. Das konnte er nicht gebrauchen. Saif sah sich um. Da stand jemand. Regungslos. Zielte der auf ihn?

Fuck, dachte Saif, drehte sich nun ganz um, fing einfach an zu schießen und bewegte sich rückwärts weiter.

Ein heftiger Schlag traf Saifs Bein. Es fühlte sich an, als werde kochendes Wasser darübergegossen. Dann ein ebenso heftiger Schlag gegen die Brust. Noch einer.

Saif konnte nicht mehr atmen, stürzte auf den Rücken, riss die Augen auf und starrte in das Licht über sich. Er konnte sich nicht mehr bewegen. Es war unmöglich.

Ein Schatten fiel über ihn. Da war ein Mann. Saif konnte nur die Umrisse sehen. Er zielte mit der Pistole auf Saif.

Saif wollte etwas sagen, brachte aber nur blubbernde Geräusche zustande. Es musste seine Lungen erwischt haben.

48

Nordberg keuchte, spurtete, dann stand er über Saif. Er lebte noch.

Lebend konnte Nordberg ihn nicht gebrauchen.

Er sollte ihm noch eine Kugel in den Kopf jagen. Aber dann müsste er zu viele Fragen beantworten. Außerdem wurde er von den Polizisten im Hubschrauber beobachtet. Die anderen würden sicherlich in wenigen Augenblicken bei ihm sein. Also besser keine Kugel in den Kopf. Wozu auch, wenn er doch Saif ausdrücken konnte wie eine Zigarette. Seine Lungen schienen ohnehin perforiert zu sein.

Nordberg hockte sich so hin, dass sein Rücken nach oben hin verdeckte, wie er mit dem rechten Knie auf Saifs Brustkorb drückte. Er legte sein volles Gewicht darauf und tat gleichzeitig so, als würde er Saifs Puls fühlen und dann, als starte er eine Wiederbelebung. Nordberg tauschte sein Knie gegen die Hände, legte wieder sein ganzes Gewicht darauf und tat so, als würde er pumpen.

Saif gab ein letztes, röchelndes Gurgeln von sich. Dann brachen seine Augen. Er war tot.

Und jetzt pumpte Nordberg tatsächlich, um den Anschein zu wahren, keuchte, bis er eine Hand auf der Schulter spürte. Einige Polizisten standen um ihn herum.

»Fuck, der Scheißer muss leben! Leben muss er!«, rief Nordberg.

»Er ist tot«, sagte dann jemand zu ihm. »Lass gut sein, Mann.«

Nordberg stand auf, atmete schwer, sah seine blutverschmierten Hände an.

»Okay.« Er nickte.

»Er ist tot.«

»Okay.« Nordberg nickte wieder. »Alles klar«, sagte er und dachte: Mann, das ist ja gerade noch mal gut gegangen.

Dann setzte er sich in Bewegung, um nach dem SpectorX zu sehen und es sicherzustellen.

49

Nick schlug die Augen wieder auf und blickte an eine weiße Decke, sah medizinische Geräte. Er registrierte, dass er sich in einem Krankenwagen befand, und setzte sich langsam auf. Sein Oberarm war verbunden. An der Armbeuge war ein Zugang gelegt worden. Er hing am Tropf. Die Tür des Rettungswagens stand offen. Er war allein.

Nick tastete sich ab. Bis auf den Arm schien alles in Ordnung zu sein. Er hatte getrocknetes Blut am Körper, sicherlich von der Wunde. Eine Kugel hatte ihn getroffen. Entweder ein Streifschuss oder ein Durchschuss, nicht so schlimm, ansonsten läge er wohl jetzt auf einem OP-Tisch, und jemand würde das Geschoss aus seinem Fleisch schneiden.

Er setzte sich auf, sah nach draußen und erkannte unzählige Rettungs- und Polizeifahrzeuge, Feuerwehrwagen und jede Menge Menschen, die hin und her liefen. Die Sanitäter hatten schlimmere Fälle als ihn zu betreuen. Bekka stand draußen und rauchte.

Seine Gedanken waren zunächst träge gewesen, aber jetzt kamen sie wieder auf Touren. Nick prüfte den Tropf und sah, dass es sich lediglich um eine Kochsalzlösung handelte. Eine Spritze lag auf der Trage neben ihm, ein paar

Ampullen – er hatte demnach einen Mix aus Antibiotika und Schmerzmitteln bekommen. Und SpectorX tat nach wie vor seine Wirkung, obwohl er nur einmal kurz davon genippt hatte.

Nick zog den Schlauch aus dem Zugang und drehte den kleinen Hahn an dem Plastikteil zu, der mit Pflastern in der Ellenbeuge befestigt worden war. Dann stand er auf, überprüfte sich selbst erneut und war sich sicher, dass er in Ordnung war.

Sein blutiges Shirt lag auf dem Boden. Es war ihm vom Körper geschnitten worden. Seine Jacke lag ebenfalls dort. Er nahm sie auf, zog sie an und tastete die Taschen ab. Die Zigaretten waren fort – wahrscheinlich hatte Bekka sie jetzt, denn normalerweise rauchte sie nicht. Seine Waffe steckte nicht in der Tasche. Sie würde ihm eh nichts nützen, denn das Magazin hatte er vorhin leergeschossen. Die Geldbörse war noch da. Sein Handy. Er zog es hervor und sah, dass einige Anrufe eingegangen waren. Auch Nordberg hatte sich gemeldet.

Mit dem Telefon in der Hand stieg er aus und stand dann neben Bekka, die ihn zunächst gar nicht bemerkte, dann aber einen riesigen Schrecken bekam. Sie hatte eine Aludecke um die Schultern gelegt.

»Nick«, sagte sie, »bist du verrückt, du musst …«

»Schon in Ordnung«, kürzte er ab, ließ den Blick über den Wahnsinn streichen, der vor dem Konsulat ausgebrochen war. Mobile Zelte, zahllose Ärzte, zwei Krankenwagen fuhren an ihm vorbei, Hubschrauber kreisten. »Keine ernste Verletzung. Bist du okay?«

Bekkas Schminke war verschmiert. Ihre Augen waren schwarz umrandet. »Ja. Ich meine … Nein, bin ich nicht, aber ich bin unverletzt.«

»Und Steve?«

»Er ist auf dem Weg ins Krankenhaus. Ich weiß nicht, wie schlimm es ist.« Bekka blickte Nick an, stieß den Rauch aus. Die Finger, die die Zigarette hielten, zitterten. »Woher bist du auf einmal gekommen?«

Nick nahm Bekka die Zigarette aus der Hand und zog dran, inhalierte tief. Im Ausatmen sagte er: »Es hatte sich eine Situation ergeben, aus der ich geschlossen habe, dass das Dinner das Ziel für einen Anschlag sein könnte. Das war nur ein Gefühl. Ich war beunruhigt, weil ich wusste, dass du hier bist. Ich wollte sichergehen, dass alles in Ordnung war. Als ich gerade ausstieg, kamen die Fallschirmspringer.«

»Du hast mich gerettet.«

»Zum Glück.«

»Du warst vollkommen außer dir.«

»Bin ich noch. Das Zeug, was Tredeborg und de Vries intus hatten, hatten auch diese Terroristen genommen, nehme ich an. Es heißt SpectorX – eine sich im Test befindende Droge für Soldaten in Sondereinsatzkommandos. Ich hatte eine Ampulle sichergestellt. Ich habe vorhin etwas davon geschluckt.«

»Gott!«

»So ähnlich fühlt man sich.«

»Es ist alles so schlimm. So viele Menschen, Tote, Verletzte. Wofür? Wir hätten beide sterben können.«

»Sind wir aber nicht.«

»Weil du es verhindert hast.«

Nick rollte den Kopf im Nacken. Bekka weinte, lehnte sich an ihn an. Er nahm sie in den Arm, weil er das Gefühl hatte, er müsse es tun. Aber das ganze Grauen kam nicht an ihn heran. Als gebe es eine undurchdringliche Kapsel um Nick herum. Auch das musste eine Wirkung von SpectorX sein. Es machte einen emotional stumpf, damit man fokussiert blieb und weitermachen konnte. Wie ein Terminator.

Und Nick war noch nicht fertig.

Er bedeutete Bekka mit einer Geste, dass er kurz telefonieren wollte. Aber in dem Moment klingelte bereits das Telefon. Es war Nordberg.

»Wir haben ihn«, sagte Nordberg. »Wir …«

Nick drückte das Gespräch weg.

»Komm«, sagte er zu Bekka. »Ich fahre dich nach Hause. Ich werde über Nacht bleiben und auf dich aufpassen. Und du musst auf mich aufpassen. Ich habe keine Ahnung, wie unzurechnungsfähig ich bin. Was meinst du?«

Bekka nickte zitternd. »Okay«, sagte sie.

Nick ging mit ihr zum Mercedes. Auf dem Weg suchte er den Kontakt von Hella, seiner Ex-Frau, aus der Kontaktliste. Er suchte ein Audiofile aus dem Speicher seines Telefons und schickte es ihr. Es war die Aufnahme des Gesprächs mit Nordberg. Dann suchte Nick eine zweite Nummer aus der Kontaktliste heraus. Es war die von Roger Carstensen, einem Polizeireporter, der vom Elbripper-Fall geradezu besessen gewesen war.

Dann stiegen Nick und Bekka in Nicks Mercedes und fuhren durch die Rettungsgasse. Das Blaulicht der zahllosen Fahrzeuge spiegelte sich im schwarzen Lack des Mercedes wie in einer dunklen Discokugel.

50

Nick stand vor dem heruntergekommenen Gewerbekomplex, blinzelte in die Sonne, zog an der Zigarette. Er inhalierte tief und stieß eine weiße Wolke aus. Die genähte Wunde juckte unter dem Pflaster. Die Verletzung hatte sich als Durchschuss entpuppt und war relativ gut zu behandeln gewesen. Trotzdem hatte er ein paar Tage im Krankenhaus verbracht.

Nick trug heute ein einfaches, kariertes Hemd und eine Bomberjacke. Er war für zwei Wochen von der Arbeit freigestellt, um alles zu verarbeiten, was verarbeitet werden konnte, und um zu genesen. Viel zu genesen gab es aus seiner Sicht nicht. In zwei Tagen würden die Fäden gezogen. Damit hatte es sich dann.

Die Nachwirkungen vom SpectorX waren weitaus heftiger gewesen. Kopfschmerzen und der Drang, mehr von der Droge zu bekommen. Was an dem Wirkstoff liegen konnte oder daran, dass Nick ein Mensch mit Suchtpotenzial war. Deswegen war es für ihn gefährlich, gar nichts zu tun und zwei Wochen lang zu Hause zu sitzen. Immer wenn er auf sich selbst zurückgeworfen war, war der Gedanke an Alkohol oder irgendetwas anderes nicht weit, um sich zu betäuben. Versuchungen hatte Nick sowieso immer nur schlecht widerstehen können, Versuchungen jeder Art. Mit Bettys Tod war es außer Kontrolle geraten. Aber vielleicht hatte dieses Suchtgen schon immer in ihm geschlummert und nur darauf gewartet, aktiviert zu werden.

Wie die Schläferzelle, die Saif Quasim auf die Menschheit losgelassen hatte.

Der Angriff hatte achtzehn Tote und zahlreiche Verletzte und Schwerverletzte gefordert. Er war von einem Ableger des IS gesteuert worden – wie es hieß, stand er im Zusammenhang mit dem Machtwechsel in Afghanistan. Aber seit Nick Kontakt zu Nordberg und Einblicke in die Hintergründe gehabt hatte, glaubte er davon kein Wort mehr.

Die Medien hatten außerdem ganze Arbeit geleistet und über Verwicklungen und Versäumnisse der Bundesregierung im Zusammenhang mit dem Anschlag berichtet. Carstensen, der Polizeireporter, hatte die Bombe platzen lassen. Dann waren sämtliche Medien weltweit darauf eingestiegen. Und schließlich war Hella durchgestartet. Sie hatte mit Nick telefoniert und ihm erklärt, dass das für sie alles ein paar Nummern zu groß sei, und dann war das ganz große Besteck ausgepackt worden: Bundesanwaltschaft, Regierung, Untersuchungskommissionen, Durchsuchungen in der Firma Spector und, und, und … Es war ein Erdbeben, und wie es klang, würden sich nicht alle, unter denen der Boden aufriss, im Sattel halten können.

Nick verfolgte das Geschehen nur am Rande. Ehrlich gesagt waren ihm die politischen Folgen gleichgültig. Das war nicht sein Spielfeld. Der Fall Brauner schon, den er an

Janson und Schultz abgegeben hatte und die ihn nun sauber abschlossen. Was Nordberg anging – Nick hatte keine Ahnung, was mit ihm passiert war. Hella hatte erwähnt, dass seine Abteilung unter schwerem Beschuss stand, denn es hatte sich gezeigt, dass es viele andere Dienststellen inklusive der Politik gab, die noch nie davon gehört hatten und sich nun fragten, warum und wie es sein könne, dass diese Abteilung mit so weitreichenden Befugnissen ausgestattet worden war.

Wie gesagt – Nick war das weitgehend egal. Weniger egal war ihm, wie es Bekka ging. Sie hatte ein paar Tage gebraucht, um sich einigermaßen von dem Trauma zu erholen. Schließlich hatte sie ihren Humor wiedergefunden und gemeint, nun könne sie sich ja selbst therapieren. Ein wie auch immer geartetes Coaching war sicherlich nötig: Bekka war zwar hart im Nehmen, aber es hatte Grenzen.

Ihrem Freund Steve ging es wieder besser. Er war mittlerweile aus dem Krankenhaus entlassen worden und in die USA geflogen, um sich dort zu erholen. Bekka hatte sich ebenfalls eine Auszeit vom Job genommen und war mit ihren Töchtern ans Meer gefahren. Sie hatte Nick eingeladen, sie dort zu besuchen und bei der Gelegenheit ihre Kinder kennenzulernen. Nick würde das Angebot wahrscheinlich annehmen. Ziemlich sicher sogar. Aber nicht heute. Vielleicht morgen oder übermorgen.

Zunächst musste er aber noch etwas klären.

Er zog ein letztes Mal an der Zigarette, dann schnippte er sie fort, öffnete die im Zaun eingebaute Pforte und ging über den rissigen Asphalt. Das Rauschen des Verkehrs wurde leiser. Rechts war eine Laderampe, links ebenfalls. Das verblichene Schild einer Möbelhandlung hing an der Wand. Am Haupteingang standen drei geparkte Autos, darunter ein Audi Cabrio mit dem Nummernschild HH-BB und zwei schwere Motorräder. BB stand für Barry Burscheid. Was für ein beschissener Name, dachte Nick und suchte nach dem Klingelschild mit eben diesen Initialen. Er fand es etwa in der Mitte. »BB-Productions«. Die anderen gehörten zu einem Tanzstudio, einer Werbeagentur und einem Logistikdienst.

Nick drückte den Klingelknopf und wartete auf eine Reaktion. Sie folgte unmittelbar. Eine Frauenstimme meldete sich an der Gegensprechanlage. Nick sagte, wer er war und zu wem er wollte.

Ein Summer öffnete die Tür. Nick ging rein, sah sich im Treppenhaus um, nahm dann die Stufen hinauf in die erste Etage und erreichte die Büroräume von »BB-Productions«, wo die Sekretärin ihn mit einem sorgenvollen Blick ansah – ein Blick, den Nick gewohnt war. Viele Menschen hatten diesen Ausdruck, wenn die Polizei anklopfte.

Das Foyer wirkte unordentlich. Es gab fünf Türen mit roten oder grünen Lichtern drüber, technische Geräte, ein paar Palmen, Sporttaschen und Jacken, die an Garderoben hingen. Sie sahen aus, als gehörten sie Frauen, woraus Nick schloss, dass in den Kabinen möglicherweise gerade Live-Webcam-Aufnahmen liefen. Sexarbeit.

Die Sekretärin deutete auf eine halb geöffnete Bürotür, die Nick ansteuerte und hinter sich schloss, nachdem er den Raum betreten hatte. Darin saß Burscheid und telefonierte gestikulierend, was ihn ziemlich wichtig aussehen ließ. In zwei Ledersesseln fläzten die beiden Biker, die Nick bereits von ihrem Besuch bei Lola kannte. Sie grüßten nicht, sondern blickten Nick nur finster an, während Burscheid ein Haifischgrinsen aufsetzte und eine grüßende Geste mit der rechten Hand machte. Die Ärmel seines hellblauen Oxfordhemds waren hochgekrempelt. Er trug eine andere Uhr als letztes Mal. Heute war es eine dicke Breitling – der Typ von Uhr, der Eindruck schinden sollte, Kenner aber nicht vom Hocker reißen würde.

Nick stand schweigend da und begegnete den Blicken der Biker gelassen. Schließlich beendete Burscheid sein Gespräch.

»Herr Beck. Was kann ich für Sie tun?«, fragte er.

»Kürzlich haben Sie mich noch geduzt. Aber ich weiß den Respekt zu schätzen.«

»Gerne.«

»Wie Sie vielleicht mitbekommen haben, hat Lolas Tankstelle gebrannt. Es war Brandstiftung.«

»Oh, davon weiß ich nichts. Tut mir sehr leid. Aber falls Sie deswegen zu mir kommen: Damit habe ich absolut nichts zu tun.«

Nick nannte Burscheid ein Datum und eine Uhrzeit. Er sagte: »Sie und Ihre Bodyguards können sicherlich nachweisen, wo Sie sich zu diesem Zeitpunkt unter Zeugen aufgehalten haben?«

Burscheid dachte nach. Scrollte durch seinen Kalender. Die Biker schwiegen. »Wird das hier eine Ermittlung?«, fragte Burscheid.

»Noch nicht. Aber es könnte eine werden. In einer Ermittlung wird man sich fragen: Wer profitiert von einem solchen Brandanschlag? Die Antwort wäre: jemand, der einer Forderung Nachdruck verleihen will. Sie haben eine Forderung.«

»Ich habe nichts mit dem Brand zu tun. An dem Abend war ich im Restaurant und dann zu Hause.«

»Was wer bezeugen kann?«

»Niemand. Ich lebe allein.«

»Das wird überprüft werden. Ihr Auto, Ihr Handy, alle Computer. Das gilt ebenfalls für Ihre beiden Gorillas und alle anderen Personen des Motorradclubs.«

»He«, sagte der Dickere von beiden und setzte sich im Stuhl auf. »Von wegen, Bulle!«

Nick lehnte sich über den Schreibtisch zu Burscheid. »Ob Sie etwas damit zu tun hatten oder nicht: Ich lasse alles von rechts auf links krempeln und auf den Kopf stellen, Barry Burscheid. Das wird Sie und Ihr gesamtes Umfeld betreffen. Dabei wird uns irgendetwas auffallen, auch wenn es nichts mit dem Feuer zu tun hat. Jede Wette. Bei der Gelegenheit lasse ich ebenfalls Ihre Buchführung durchleuchten, setze die Steuerfahndung auf Sie an und außerdem das Gesundheitsamt. Wir werden checken, ob Sie Ihre Camgirls nach geltenden Regeln arbeiten lassen oder ob sich Illegale darunter befinden, und wir werden außerdem ebendiese Mädchen und alle anderen Darsteller unter die Lupe nehmen. Seien Sie versichert: Wir werden auf irgendetwas stoßen, weil wir es immer tun. Und während diese Überprüfungen laufen, sorge ich dafür, dass Ihr Betrieb stillsteht. Das kann ein paar Wochen dauern. Vielleicht länger. Mit anderen Worten reiße ich Ihnen den Arsch bis zum Anschlag auf, wenn ich will. Und ob ich das will, liegt ganz allein bei Ihnen, Barry.«

Burscheid schwieg und verdaute, was Nick ihm gerade erklärt hatte. Er blinzelte, spielte mit dem Armband seiner Breitling.

»Wovon hängt das ab?«, fragte er.

»Es hängt davon ab, ob ich der Meinung bin, dass Sie von einem Anschlag profitieren würden, um eine Forderung gegen Lola durchzusetzen – oder ob sich Ihr Standpunkt ändert und es keine Forderung gegen Lola mehr gibt. Keine Forderung, kein Motiv, wenn Sie verstehen, was ich sagen will.«

»Ich verstehe. Sie erpressen mich.«

»Ich gebe Ihnen lediglich einen Tipp. Sie sind Geschäftsmann. Denken Sie darüber nach, was für Sie profitabler wäre. Einige Wochen oder Monate kompletter Verdienstausfall und jede Menge Probleme mit den Behörden, die vielleicht sogar Strafen nach sich ziehen. Oder Sie pfeifen auf den Umsatz, der sich aus den Verträgen mit Heitzer ergeben könnte. Rechnen Sie das durch. Lassen Sie mich so schnell wie möglich wissen, wie Sie entscheiden.«

Burscheid spitzte die Lippen, drehte die Breitling am Handgelenk hin und her und überlegte. Schließlich sagte er: »Ich habe mich hinsichtlich der Verträge vertan. Meine Forderungen richten sich gegen Heitzer, der als Alleinunternehmer unterzeichnet hat. Soweit ich verstehe, ist Lola nur seine Angestellte gewesen. Ich werde mich also an ihn wenden müssen und habe keine offenen Forderungen gegen Lola.«

»Bestens«, erwiderte Nick. »Ich hoffe, ich werde Sie nicht daran erinnern müssen. Dann wären da noch die Videos mit Lola, die online nicht mehr zu sehen sein sollten. Ich bin mir sicher, dass die Nutzungsrechte dafür abgelaufen sind oder nicht mehr gelten. Sie zeigen mit Heitzer außerdem jemanden, der ein inhaftierter Straftäter ist. Das ist gewiss schlecht für das Image Ihres Unternehmens.«

Burscheid fummelte immer noch an der Uhr herum. Er sagte: »Solche Videos werden kopiert, geteilt, woanders hochgeladen. Darauf habe ich keinen Einfluss.«

»Aber Sie können einen Anfang machen, alles offline nehmen und gegenüber Dritten ihre Lizenzansprüche geltend machen.«

Burscheid atmete tief ein und aus und nickte.

»Ausgezeichnet. Daran werde ich Sie ebenfalls nicht erinnern müssen, korrekt?«

»Nein«, sagte Burscheid. »Und unter uns: Ich bin froh, wenn ich mit der durchgedrehten Schnalle und ihrem irren Sugardaddy nichts mehr zu tun habe. Ich kann einen solchen Scheiß nicht brauchen, Beck.«

»Wer kann das schon.«

»Ich habe nichts mit dem Brand zu tun. Echt nicht. Ich bin doch nicht bekloppt. So wichtig ist die Tussi nun wirklich nicht.«

»Eine gute Erkenntnis. Aber nennen Sie sie nicht noch einmal ›Tussi‹ oder ›durchgedrehte Schnalle‹. Das klingt sehr respektlos.«

»Ist mir völlig egal, wie es für Sie klingt.«

»Halten Sie den Ball besser flach, Barry. Kosmetische Operationen an der Nase sind nicht preiswert.«

Burscheid lächelte. »Raus hier, Beck.«

Nick drehte sich um und ging. Er verließ das Gebäude, setzte sich in den Mercedes und fuhr zur nächsten Adresse.

Er parkte den Wagen, nahm die rote Mappe vom Beifahrersitz mit und ging dann zur Anmeldung. Hier ließ er das ihm bekannte Prozedere über sich ergehen und ging dann in den Besucherraum der Justizvollzugsanstalt Fuhlsbüttel »Santa Fu«, wo er sich an einen Platz setzte und etwa fünf Minuten lang wartete. Er versuchte, den Geruch nach verschwitzten Menschen zu ignorieren, und sah schließlich den Mann hereinkommen, wegen dem er hier war.

Heitzers graue Haare standen wirr vom Kopf ab. Sein Gesicht wirkte teigig, blass und eingefallen. Aber seine Augen leuchteten auf, als er Nick sah und heranschlurfte, sich mit einem Ächzen setzte und missmutig knurrte.

»Wer hat dich denn hier hereingelassen? Gibt es Klagen wegen der Miete?« Heitzer lachte rasselnd auf.

»Du weißt, warum es Klagen gibt.«

»Keine Ahnung, was du meinst.«

»Deine Tankstelle hat gebrannt. Der Schaden ist hoch. Es war Brandstiftung.«

»Ja, habe ich zur Kenntnis genommen. Der ganze Versicherungsmist und alles, schrecklich. Aber das kann ja meine Frau alles regeln, was? Oder besser Ex-Frau?« Wieder lachte er rasselnd auf.

Nick faltete die Hände über der Tischplatte, lehnte sich

etwas vor und öffnete die Pappkladde, die er mitgebracht hatte. Er nahm den Ausdruck hervor, drehte ihn um und schob ihn Heitzer zu. Es war das Bild einer Überwachungskamera von der Tankstelle – eine pixelige Schwarz-Weiß-Aufnahme. Darauf konnte man ein Auto erkennen.

Heitzer betrachtete das Bild. »Und?«

Nick lehnte sich wieder zurück. »Das Bild«, sagte er, »ist die Vergrößerung einer Aufnahme, die eine deiner Überwachungskameras in der Nacht des Brandanschlags aufgenommen hat. Es ist nur ein beliebiges Auto, das am Straßenrand hält, und dennoch hat es eine Menge zu sagen. Rache ist ein starkes Motiv. Manche Menschen sind bereit, alles um sich herum zu zerstören, um einem anderen zu schaden oder ihn zu terrorisieren. Du kennst das Auto?«

»Keine Ahnung, wovon du redest und was das hier alles soll, Beck.« Heitzer machte Anstalten, wieder aufzustehen und zu gehen.

»Dein Bruder Jürgen fährt einen solchen Wagen, dein Zwillingsbruder. Jürgen und Jochen haben sie euch damals genannt – vermutlich fiel euren Eltern nicht mehr ein, als sie in eure Visagen blickten. Jürgen lebt in Schleswig-Holstein an der Küste und betreibt dort genau wie du eine Tankstelle mit Autowerkstatt. Er kennt sich folglich gut aus und weiß, wo man einen Brandsatz legen muss, damit an einer Tankstelle nur das Nötigste zerstört wird, und wo die Überwachungskameras sind.«

»Das ist Schwachsinn.«

»Ich glaube, dass ihr beide das ausgeheckt habt, um Lola die Zukunft zu zerstören, denn die Versicherungssumme kassierst im Zweifel du, und solange du die Tankstelle dann nicht reparieren lässt, hat Lola keinerlei Einkünfte. Außerdem schaffst du dir damit ein finanzielles Polster für die Zeit nach dem Knast.«

»Eine ausgedachte Phantasiegeschichte ist das!«

»Das denke ich nicht.«

»Du hast keinerlei Beweise. Jeder könnte so ein Auto fahren. Jürgen hat garantiert ein Alibi.«

»Weil ihr das vorher abgesprochen habt. Das Ding ist nur: Du bist nicht sehr helle, Heitzer, und dein Bruder wird es folglich auch nicht sein. Verlass dich drauf: Ihr habt irgendwo einen Fehler begangen oder seid nachlässig gewesen. Das werde ich herausfinden. Für mich reicht außerdem der Verdacht aus, es könnte Jürgens Wagen gewesen sein. Damit wird es ein Leichtes sein, sein Auto zu beschlagnahmen und die Fahrzeugdaten auszuwerten, Handyprofile, das ganze Drumherum. Wenn er Brandbeschleuniger im Auto transportiert hat, werden wir das mit einem der hochsensiblen Gasspürgeräte feststellen. Und dann geht er in den Bau, und du wirst doppelt so lange drinbleiben. Außerdem kassierst du dann keinen Cent von der Versicherung. Im Gegenteil, die werden dich und deinen Bruder verklagen. Vielleicht könnt ihr eine Gemeinschaftszelle haben, wäre doch nett.«

»Du dämlicher Scheißer …«

Nick rückte wieder näher an den Tisch heran. Er konnte Heitzers bitteren Geruch nach altem Schweiß wahrnehmen. »Ich sage dir, wie es jetzt läuft. Du wirst mit den Versicherungsgeldern dafür sorgen, dass die Tankstelle wieder in Schuss gesetzt wird. Von mir aus kann sich dein Bruder darum kümmern. Außerdem wird eine gewisse Summe auf ein Konto transferiert werden: Lola hat Geld von eurem Filmkonto abgebucht und außerdem Bargeld gefunden, das du über Jahre hinweg schwarz kassiert hast.«

»Leck mich! Die blöde Schlampe …«

»Es sind ungefähr zweihunderttausend Euro. Die werden auf dich warten, sobald du wieder draußen bist. Damit bist du nach dem Knast und nach eurer Scheidung sauber aufgestellt für einen Neustart. Und die Tankstelle mit der Werkstatt wirst du auf Lola übertragen.«

»Fick dich, Beck. Hat sie dir endgültig den Kopf verdreht oder was?«

»Denk drüber nach, Heitzer«, sagte Nick und stand auf. »Dein Bruder in Freiheit, du mit zweihunderttausend Cash auf dem Konto und die reparierte Tankstelle für Lola – und alle sind happy. Oder du und dein Bruder für ein paar Jahre im Knast, kein Geld von der Versicherung und einen Haufen Schulden – und Lola haut mit deinen zweihunderttausend ab. Ich müsste nicht lange nachdenken, was die bessere Option ist. Sag mir bis morgen Bescheid.«

Nick legte seine Visitenkarte auf den Tisch.

»Du bist ein mieser Typ, Beck«, zischte Heitzer.

»Kann passieren.«

»Ich verfluche den Tag, an dem ich dich in mein Haus gelassen habe.«

»Wie du meinst.«

Heitzer nahm die Karte, steckte sie ein und sagte: »Aber du hast Dreck am Stecken. Du hast irgendeinen Scheiß gebaut, und deine Kollegin klebt dir an den Hacken. Ich hoffe, sie wird dich fertigmachen!«

Nick fröstelte. »Keine Ahnung, was du meinst.«

Heitzer lachte rasselnd, steckte die Karte ein. »Sie hat mich kürzlich im Knast angerufen. Wollte Dinge über einen Verkehrsunfall wissen. Hat gefragt, ob ich irgendwelche Reparaturen vorgenommen habe. Und dann stellte sie Fragen über den Schaden an deinem Mercedes, den ich behoben habe.«

Scheiße, dachte Nick und schluckte. Cleo. Letzten Winter hatte sie ihn konkret gefragt, ob er etwas mit Fanny Moneckes Tod zu tun hatte – beziehungsweise dem Fall ganz generell. Nick hatte sich wegen einiger unbedachter Bemerkungen und wegen seines Verhaltens bereits verflucht. Aber er hatte damals ziemlich unter Druck gestanden und außerdem noch getrunken. Das rächte sich jetzt.

Cleo hatte ein paar Dinge zusammengezählt, war skeptisch geworden. Ihr Spürsinn hatte angeschlagen und ihr gesagt, dass irgendetwas mit Nick nicht ganz in Ordnung war. Und nun hatte sie vielleicht eine Verbindung zum Blechschaden an seinem Mercedes und den Verletzungen an Fannys Körper hergestellt. Fuck.

Nick sagte: »Das war ein Blechschaden, den ein paar Randalierer verursacht haben.«

Heitzer grinste. »Der eingedrückte Radkasten und die Stoßstange, Beck. Die ist auf die Art und Weise demoliert worden, dass man schon von unten dagegentreten müsste. Das würde doch niemand machen, ohne sich den Fuß zu brechen. Man würde von oben nach unten treten. Anders ist das, wenn es einen Schlag von unten gibt, und so ein Radkasten ist genau auf Körperhöhe.«

»Was, zum Teufel, hast du ihr erzählt?«

»Ich habe ihr nur erklärt, was ich an deiner Karre gemacht habe, Mann, und was das genau für Schäden waren. Weswegen auch immer sie das so genau wissen wollte, Beck: Ich hoffe, sie dreht dir einen Strick draus, und ich werde ihr alle Hilfe geben, die ich ihr geben kann.«

Nick rang sich ein Lächeln ab. »Dein Anruf, Heitzer. Bis morgen.«

Damit drehte er sich um, verließ den Besucherraum und anschließend das Gebäude. Seine Speiseröhre brannte. Cleo hatte den richtigen Riecher gehabt. Auf der anderen Seite hatte sie bislang nichts unternommen. Möglicherweise hatte sich ihr Verdacht wieder gelegt, weil es keine Beweise gab. Oder sie hatte entschieden, dass es unnötig und überflüssig wäre, sich weiter darum zu kümmern, weil ihre Idee irre und es gänzlich undenkbar war, dass Nick etwas mit dem Fall Fanny Monecke zu tun haben könnte. Eine fixe Idee, mehr nicht. Außerdem fehlte es ihr an Möglichkeiten, sie war ja in Elternzeit und hatte andere Sorgen.

Aber bald, dachte Nick, würde sich das ändern. Und so, wie er Cleo bisher kennengelernt hatte, war sie der Typ, der sich an etwas festbiss und die Beute dann nicht mehr losließ. Jemand, der sein Ziel nicht aus den Augen verlor – selbst wenn es Jahre dauern würde, ihm einen Schritt näher zu kommen.

Nicht gut, dachte Nick, stieg in den Mercedes und fuhr los. Unterwegs dachte er darüber nach, was er nun tun solle. Am besten seine Sachen packen und auf Bekkas Angebot zurückkommen. Ja, genau das würde er tun. Er würde bis morgen abwarten, ob sich Heitzer melden und wie er entscheiden würde. An der See, wenn er bei Bekka war, würde er entscheiden, wie es weiterging – ob er in Nordbek blieb oder wieder in die Stadt zog, in eine akzeptable Wohnung, in der er auch mal Besuch von Bekka empfangen könnte. Je nachdem, dachte er, wie sich alles entwickeln würde. Abwarten. Abwarten und locker bleiben. Wie hatte John Lennon gesagt: Leben ist das, was passiert, während andere damit beschäftigt sind, Pläne zu schmieden. Oder so ähnlich. Aber es lief darauf hinaus, dass es besser war, den Dingen ihren Lauf zu lassen, weil es am Ende eh immer anders kam als gedacht.

Schließlich erreichte er Nordbek und fuhr auf das Gelände der Tankstelle, um seinen Wagen wie gewohnt vor dem Tor der Werkstatt zu parken, die im Moment wegen der Brandschäden geschlossen war. Das gesamte Areal war weitgehend mit Flatterband abgesperrt. Heute oder morgen sollten Sachverständige der Versicherung anrücken und alles unter die Lupe nehmen. Allerdings konnte Nick den Mercedes nicht am gewohnten Platz abstellen, denn dort parkte bereits ein Wagen. Daneben stand eine Frau, lässig an den Kofferraum gelehnt, die Hände in den Taschen einer Jeansjacke vergraben, eine Sonnenbrille auf der Nase. Nick stoppte direkt vor ihr, stellte den Motor aus. Er nahm seine Sachen, öffnete die Tür und stieg aus.

»Hallo, Cleo«, sagte er.

»Hallo, Nick«, erwiderte Cleo.

Der Tonfall war nüchtern und sachlich. Sie klang nicht, als wolle sie sich nach seinem Wohlbefinden erkundigen oder ihm ein paar Blumen vorbeibringen. Er lag richtig mit der Annahme.

»Du wirst noch zu einem echten Batman und rettest Tag für Tag Gotham City an der Elbe, Nick Beck«, sagte Cleo.

»Man tut, was man kann.«

»Batman hat auch seine dunkle Seite.«

»Deswegen wird er ›The Dark Knight‹ genannt.«

Cleo nickte, deutete gleichzeitig auf die Tankstelle. »Wer hat das angerichtet?«

»Wird noch ermittelt. War Brandstiftung.«

Nick nahm die Zigarettenpackung aus der Jackentasche und steckte sich eine an. »Was verschafft mir die Ehre deines Besuchs?«

»Eine Schraube.«

Nick zuckte mit den Achseln, verspürte aber einen Stich im Herzen. Wie von einem Eiszapfen, der hineingerammt wurde und sich bis ins Rückenmark bohrte.

»Schraube?«

»Du erinnerst dich an die Verletzungen von Fanny Monecke, die nach Einschätzung der Rechtsmediziner von einem Unfall stammten oder davon, dass der Körper von einem Auto überrollt wurde. Dafür gibt es verschiedene Erklärungen. Aber mich hat keine zufriedengestellt, obwohl der Fall abgeschlossen ist. Wie du weißt, lässt mich das nicht los, und ich mache mir schon seit längerem Gedanken darüber, wie es zu diesen Verletzungen gekommen sein kann, da sie im Grunde keinen Sinn ergeben. Ich habe dich letzten Winter gefragt, ob du etwas mit Fanny Moneckes Tod zu tun hast.«

»Und ich habe geantwortet, dass ich nichts mit Fannys Tod zu tun habe.«

»Ich bin mehrfach an der Straße gewesen, die hinter dem Monecke-Anwesen entlangführt. Ich habe mich dort immer wieder umgesehen, denn Fannys Leiche muss meiner Meinung nach über den dort angrenzenden Feldweg transportiert und dann in ein Auto geladen worden sein, um den Körper anschließend im Bach abzulegen. Ich war mir sicher, dass es dabei zu den betreffenden Verletzungen gekommen ist, obwohl klar ist, dass diese auf keinen Fall zum Tod geführt haben können, denn sie wurde vorher erdrosselt, wie wir wissen. Ich erinnere mich gut, wie du auf ebendieser Straße eine merkwürdige Reaktion gezeigt hast, als wir dort einmal entlanggefahren sind. Außerdem gab es ausgerechnet zum Zeitpunkt von Fannys Verschwinden Unfallspuren an deinem Mercedes. Sie können von den Randalierern stammen, nach Aussage des Mechanikers aber zum Teil auch davon, dass von unten etwas gegen den Wagen geschlagen ist.«

Cleo machte eine Kunstpause, gab Nick die Möglichkeit zu reagieren. Er rauchte lediglich und spürte, dass seine Hände klatschnass waren. Gleichzeitig fühlte er sich, als hätte er sich eben fünf Espressi intravenös verabreicht und einen SpectorX-Flashback als Crema obendrauf.

Cleo redete weiter. »Ich habe mich kürzlich noch mal dort umgesehen. Es ist wie eine Manie, ich weiß. Dieses Mal habe ich in einem Riss in der Fahrbahndecke eine

Schraube mit abgebrochenem Gewinde gefunden. Ich habe sie von der Spurensicherung untersuchen lassen und außerdem einen Unfallsachverständigen nach seiner Meinung gefragt. Der Schraubentyp passt zu Fahrzeugen, die Mercedes in den siebziger Jahren gebaut hat. Ich habe mich erkundigt, ob diese Schrauben auch in einem 280 SE Coupé von 1971 verwendet worden sind. Was der Fall ist. Sie wurden eingesetzt, um den Unterboden an den Radkästen zu befestigen sowie an Stoßstangen, wo Metallschellen damit verschraubt wurden. Dein Mercedes hatte Schäden am Radkasten und an der Stoßstange. Ich habe den Unfallgutachter nach seiner Meinung gefragt, ob solche Schäden, wie Herr Heitzer sie mir an deinem Auto beschrieben hat, durch mutwilligen Vandalismus entstehen können. Er war der Auffassung, dass das bei den Dellen in der Tür sicherlich so sein kann, bei der Stoßstange und dem Radkasten eher nicht.« Cleo machte wieder eine Pause. Dann fuhr sie fort: »Es gibt zwei Möglichkeiten, und ich habe lange über beide nachgedacht. Ich kann den Fall wiederaufrollen und lasse dein Auto für eine gutachterliche Untersuchung beschlagnahmen, ziehe in Sachen der Schraube die Spurensicherung noch mal offiziell hinzu und bitte außerdem einen medizinischen Gutachter, die Resultate der Ermittlungen an deinem Mercedes mit den Unterlagen aus der Rechtsmedizin bezüglich der Verletzungen an Fannys Körper abzugleichen – und gelange dann zu irgendeinem Resultat. Oder du sagst mir, was passiert ist.«

Nick rauchte, ließ Cleos Worte verhallen. Er hatte keinen Zweifel daran, dass sie tun würde, was sie gerade angekündigt hatte. Wenn nicht morgen, dann übermorgen oder sobald sie wieder im Dienst war. Letzten Sommer und im Winter wäre ihm die Wahrheit beinahe einige Male über die Lippen gekommen. Er hatte sich zusammenreißen können. Er dachte an Bekkas Worte darüber, dass er mit seiner Vergangenheit abschließen sollte. Ihm war klar, dass es dabei nicht nur um Betty ging. Es ging auch um Fanny und das, was er mit sich herumtrug.

Nick betrachtete die Brandruine der Tankstelle. Er empfand sie als Sinnbild für das, was von seinem Leben übrig war: ein verwüsteter Haufen Schrott mit randvollen Tanks, deren Inhalt im Moment für niemanden von Nutzen war.

Er zog an der Zigarette.

Er fällte eine Entscheidung.

51

Cleo erinnerte sich lebhaft an jenen heißen Spätsommer ihrer Kindheit. Sie war damals acht Jahre alt, und Zeit war ein Begriff, den sie zwar kannte, mit dem sie aber nichts in Verbindung brachte. Ihr kam es vor, als habe sie in den Schulferien nichts anderes getan, als im Freibad zu schwimmen, im Garten zu spielen und Eis zu essen. Papa hatte im Garten einen Swimmingpool aufgebaut, und nach dem Frühstück sprang Cleo rein und kam erst zum Abendessen wieder heraus. Ihre Eltern teilten sich die Sommerferien auf, damit an jedem Tag sichergestellt war, dass es eine Betreuung für Cleo gab. In der einen Woche Schnittmenge fuhren sie damals meist an die Nordsee oder die Ostsee, wo Cleo und Papa zahllose Sandburgen bauten, Quallen betrachteten und Muscheln sammelten, während Mama im Strandkorb saß, sich bräunte und einen Roman las.

In jenem Sommer waren sie gerade wieder nach Hause gekommen. Papa war zum Arbeiten gegangen, und Mama lag den ganzen Tag im Liegestuhl oder fuhr mit Cleo und ihren Freundinnen ins Freibad oder zum Spielplatz.

An diesem speziellen Tag waren sie jedoch zu Hause und Mama im Haus, weil gerade Onkel Harry vorbeigekommen war, um nach der Waschmaschine zu sehen. Onkel Harry war nicht wirklich Cleos Onkel, sondern ein guter Freund ihrer Eltern, und Mama und Papa und Onkel Harry und seine Frau Silke grillten manchmal zusammen, hatten Spaß und tranken Bier und Rotwein. Onkel Harry hatte ein Geschäft, das Elektrosachen verkaufte. Papa war mit Cleo einmal dort gewesen, um einen Wäschetrockner preiswerter zu bekommen, und Onkel Harry hatte gesagt: »Ist doch klar!« Dann hatte er Cleo durch die Haare gewuschelt und sie »Süße« genannt – vielleicht wollte er selbst gerne Kinder haben, aber er hatte keine.

Cleo war allein am Pool im Garten und spielte mit ihren Puppen, was sie oft stundenlang tat und dabei in ihrer Phantasiewelt versank. Sie hatte die Barbies kunstvoll verbogen, weil sie gerade ein Wasserballett aufführten, und da brach aus einer der Arm heraus. Was an sich kein Problem war: Man konnte den Arm wieder hineinstecken. Aber so sehr sich Cleo auch bemühte, sie bekam es einfach nicht hin.

Also stand sie auf und ging ins Haus, um Mama um Hilfe zu bitten oder Onkel Harry, wo der schon mal wegen der Waschmaschine da war und bestimmt auch Barbies reparieren konnte.

Das Wohnzimmer war leer, die Küche auch – was klar war, denn die Waschmaschine stand ja im Keller, weswegen es auch zwecklos war, nach Mama zu rufen. Da würde sie nur wieder ärgerlich werden und sagen: »Komm zu mir, wenn du etwas willst, und brüll nicht durch das ganze Haus.«

Deswegen ging Cleo zur Kellertür und die Stufen hinab.

Sie erinnerte sich gut daran, wie kalt der Boden gewesen war und dass sie sich wegen der komischen Geräusche gewundert hatte. Es klang, als würden Mama und Onkel Harry sich gerade ziemlich anstrengen, um die Waschmaschine zu verrücken. Dabei wollte Cleo besser nicht stören, schaute nur kurz um die Ecke, weil sie dann lieber wieder nach oben gehen und das mit der Puppe noch mal selbst versuchen wollte.

In den zwei Augenblicken, die sie um die Ecke linste, sah sie Mama im Bikini auf der Waschmaschine sitzen, sich mit beiden Händen abstützen. Onkel Harry stand vor der Waschmaschine. Die Hose hing in seinen Kniekehlen, und er ruckte immer wieder heftig gegen die Waschmaschine, und Mama sagte immer wieder »Ja! Ja!«, um ihm zu zeigen, dass er es richtig machte.

Cleo ging leise wieder nach oben und zurück in den Garten, um sich neben den Pool zu setzen. Warum half Mama Onkel Harry nicht dabei, die Waschmaschine zu verrücken, sondern saß obenauf – das machte es doch nur schwerer? Und warum war Onkel Harry die Hose verrutscht? Wahrscheinlich war der Gürtel nicht richtig festgemacht worden, und das Rucken hatte ihn gelöst. Oder Mama hatte sie ihm im Spaß runtergezogen – so wie sie es manchmal bei Papa mit der Badehose machte und Papa dann lachte und in dem Ton schimpfte, den er benutzte, wenn er etwas nicht wirklich ernst meinte.

Jedenfalls war die Situation im Keller komisch gewesen,

und Cleo hatte instinktiv gewusst, dass irgendetwas nicht richtig war. Aber sie hatte nie darüber gesprochen.

Auch nicht ein paar Jahre später, als sie in einem Film gesehen hatte, wie ein Mann und eine Frau auf einem Tisch Sex machten, was ziemlich so aussah wie Mama und Onkel Harry an diesem Sommertag im Keller. Weitere ein oder zwei Jahre später war Cleo vollends klar gewesen, was Mama und Harry da getrieben hatten, nämlich gevögelt.

Cleo konnte nicht sagen, ob das häufiger passiert war oder ob es sich um einen Einzelfall gehandelt hatte, denn Mama und Papa waren noch heute verheiratet, und auch Jahre nach diesem Tag waren Harry und Silke immer wieder mal zu Besuch gekommen. Ob sie noch heute befreundet waren, konnte Cleo nicht sagen.

Jedenfalls war ihr klar gewesen, dass Mama Papa mit Harry betrogen hatte. Ein einziges Wort von Cleo hätte ausgereicht, um die Familie zu zerstören. Warum hätte sie das tun sollen – wo doch alle glücklich zu sein schienen? Andererseits war es falsch, ein solches Geheimnis für sich zu behalten. Es war schwer, mit dieser Verantwortung zu leben und die Erinnerung immer wieder zu verdrängen. Abgesehen davon hätte ihr Papa vielleicht sowieso nie geglaubt, und Mama hätte gesagt, dass sich Cleo da nur etwas Dummes eingebildet habe – so wie Kinder sich eben manchmal etwas Dummes einbilden.

Aber manchmal auch nicht.

Später hatte Cleo Mama dafür gehasst, dass sie Papa betrogen hatte. Als Teenager war Mama deswegen oft an ihr verzweifelt und hatte einfach nicht verstanden, woher diese starke Ablehnung kam. Einige Male war Cleo kurz davor gewesen, es ihr an den Kopf zu schleudern. Dass sie sie dafür hasste, dass sie Papa betrog und mit seinem Freund vögelte und Cleo – ein Kind! – mit der schweren Bürde der Verantwortung belastet war, es entweder zu erzählen und die Familie zu zerstören oder zu schweigen.

Cleo hatte geschwiegen. All die Jahre. Denn Mama und Papa waren glücklich und liebten sich. Das sah man nicht nur, man spürte es auch. Warum hätte Cleo das zerstören sollen? Stand ihr das zu? Und: Wem hätte es denn genutzt, wenn Cleo von dem Vorfall im Keller erzählt hätte? Keinem. Es hätte nicht einmal Cleos Gewissen erleichtert, sondern es nur noch stärker belastet. Außerdem hatte sie gelernt, mit dem Geheimnis zu leben. Sie wusste, dass sie das problemlos auch noch weiter aushalten könnte, denn sie war im Verdrängen gut trainiert und darin, nach Harmonie zu streben.

Könnte sie das nun ein weiteres Mal? War es richtig? War es falsch?

Cleo schlug mit der Faust aufs Lenkrad. Die Straße vor ihr verschwamm. Sie wischte sich mit dem Handballen die Tränen aus den Augen und verfluchte den Scheißkerl namens Nick Beck. Sie schrie laut auf, und dann trat sie auf die Bremse, fuhr rechts ran und stieg aus, um sich in den Straßengraben zu übergeben.

Am liebsten hätte sie Nick eben ins Gesicht geschlagen. Er hatte reinen Tisch gemacht und ihr erzählt, dass er nachts betrunken auf der Landstraße über den Körper einer Frau gefahren war, bei der es sich um Fanny Monecke gehandelt hatte. Nicht nur dass: Im Suff und in Panik hatte er die Leiche verschwinden lassen wollen, dann aber Spuren an ihr gesichert und untersucht, wobei er festgestellt haben wollte, dass sie bereits tot auf der Straße gelegen hatte und erdrosselt worden war. Er hatte Cleo geschildert, wie Fannys Körper auf die Straße gelangt war – das Missing Link in den Ermittlungen, über das Nick die ganze Zeit über Bescheid gewusst hatte, Cleo aber nicht. Anschließend hatte er die Leiche im Bach an einer Stelle platziert, wo sie in jedem Fall entdeckt werden würde, damit die Mordermittlungen so schnell wie möglich beginnen konnten. Im Hintergrund hatte er alles dafür getan, um unentdeckt zu bleiben, aber auch dafür, dass der Mörder von Fanny gefunden wurde. Beides hatte zum Erfolg geführt.

Nick hatte Cleo außerdem erklärt, warum er in bestimmten Situationen so reagiert hatte, wie er reagiert hatte. Er hatte ihr in aller Seelenruhe die Fakten erläutert und gesagt, dass er betrunken gewesen war und falsch gehandelt hatte, was er anderntags zu korrigieren versuchte, ohne dabei in Schwierigkeiten zu geraten. Die Geschehnisse würden auf ihm lasten, und Cleo habe letztlich den richtigen Riecher gehabt. Er könne nichts ungeschehen machen, wofür er sich verdamme. Aber er habe nie gelogen, da er mit Fannys Tod nichts zu tun gehabt und alles dafür getan hatte, dass ihr Tod geklärt und gesühnt wurde. Was ja auch geschehen war.

»Fick dich«, hatte Cleo gezischt. »Bist du völlig irre, Nick? Du hättest das melden und es mir viel eher sagen müssen. Du hast … Mann, du hast trotz allem ein ganzes Füllhorn an Straftaten begangen!«

»Ich weiß. Ich kann es nicht ändern. Ich war sturzbetrunken. Etwas in mir ist ausgetickt. In dem Moment, als ich über den Körper fuhr …«

»Red dich nicht raus!«

»Wenn du willst, mach den Fall wieder auf. Spul das volle Programm ab. Nimm die Schraube und setz sie in eine Beweismittelkette ein. Zeig mich an. Zieh mich aus dem Verkehr. Es ist deine Entscheidung.«

Cleo kochte vor Wut und war gleichzeitig niedergeschmettert vor Enttäuschung. »Weißt du, was du gerade machst? Du schiebst mir die Verantwortung für etwas zu, dass du zu verantworten hast! Es wäre an *dir*, dich selbst anzuzeigen und reinen Tisch zu machen – und nicht an *mir*!«

»Es kommt auf die Sichtweise an«, sagte Nick. »Du bist die Polizistin. Ich habe Straftaten begangen. Du hast mich erwischt. Tu, was du tun musst.«

»Du kapierst es nicht, oder? Du bist ein verdammter Polizist, Nick. Du musst das Richtige tun.«

Nick schnippte seine Zigarette fort, zuckte mit den Achseln, fuhr sich über das Kinn, dachte nach und sagte schließlich: »Ich habe dir alles erzählt. Ich werde es keinem anderen erzählen. Dir vertraue ich. Du wirst die richtige Entscheidung treffen. Tut mir leid, Cleo, aber du hängst jetzt in meinem Mist mit drin. Du wolltest wissen, was geschehen ist, und hast nicht lockergelassen. Jetzt weißt du es. Mach damit, was du willst. Stoß mich in den Abgrund. Oder lass es bleiben. Ich will nur, dass du eines weißt: Ich habe dich zu keinem Zeitpunkt belogen. Mit keinem Wort.«

»Aber du hast mir auch nicht die Wahrheit gesagt.«

»Nein«, erwiderte Nick, »nicht die ganze. Um meinen Hals zu retten. Und jetzt hältst du die Schlinge in der Hand. Besser du als irgendjemand anders. Was ich getan habe, ist schlimm. Ich habe falsch reagiert. Andererseits hat es keinen Schaden angerichtet. Und wäre ich in dieser Nacht nicht über Fannys Leiche gefahren, dann hätten wir ihren Mörder niemals gefunden. Fanny wäre einfach verschwunden. Da ist was dran, oder?«

Schließlich hatte er sich einfach umgedreht und war zum Haus gegangen. Cleo hatte ihm hinterhergerufen, dass er sie nicht einfach hier so stehen lassen könne. Aber genau das hatte er getan. Danach hatte sie sich ins Auto gesetzt, um wieder in die Stadt und nach Hause zu fahren – sie hatte Chris, der auf die Kleine aufpasste, gesagt, dass sie nur schnell ein paar Besorgungen machen wolle und in zwei Stunden wieder zurück sei.

Und jetzt hing sie hier über dem Straßengraben und kotzte sich vor Wut, Enttäuschung und Aufregung die Seele aus dem Leib und fühlte sich entsetzlich wegen dieses Scheißkerls Nick Beck.

Cleo keuchte, wischte sich mit dem Handrücken über den Mund und atmete einige Male tief durch. Sie setzte sich wieder ins Auto, steckte sich ein Minzbonbon gegen den bitteren Geschmack in den Mund. Wie hatte Nick gesagt? *Du hältst die Schlinge in der Hand. Besser du als irgendjemand anders. Du wirst die richtige Entscheidung treffen.*

Cleo fuhr los. Was war die richtige Entscheidung? Sie hatte keine Ahnung. Beides war richtig: Nick anzuzeigen oder es nicht zu tun. Nichts davon würde Fanny wieder lebendig machen. Weder das eine noch das andere würde sich außerdem auf den abgeschlossenen Fall auswirken.

Ja, man könnte eine Lücke schließen: Wie war der Körper von Fanny in den Bach gelangt? Wie waren die Verletzungen entstanden? Und man würde einmal offiziell ausschließen müssen, was eh bekannt war: dass Nick nicht verantwortlich für Fannys Tod war. Es war klar, wer Fanny ermordet hatte. Wenn bekannt gewesen wäre, dass Nick über die Leiche gefahren war und sie kurzfristig hatte verschwinden lassen, hätten sich die Ermittlungen zu dem Zeitpunkt mit Sicherheit auf ihn als Hauptverdächtigen fokussiert. Dennoch: Es würde nichts ändern.

Es stimmte, dass Fannys Mörder wohl nie gefunden worden wäre, wäre Nick in dieser Nacht nicht entlang dieser Straße gefahren und hätte nicht die Leiche überrollt.

Trotzdem. Irgendjemand musste das Richtige tun. Niemand durfte sich so verhalten, wie Nick es getan hatte. Es durfte sich allerdings auch niemand so verhalten wie damals Onkel Harry und Mama. Hatte Cleo das Richtige getan, indem sie bis heute darüber schwieg? Oder das Falsche? Und wie wäre das mit Nick?

Ich weiß es nicht, dachte Cleo und fuhr wieder los. Aber wir werden sehen.